CLOSE-UP

Première édition : Hugo&Cie, 2017
34-36, rue La Pérouse
75016 – Paris
www.hugoetcie.fr
Ouvrage dirigé par Isabelle Antoni
Couverture création et photographie :
Christophe Petit/© Nanettegrebe/Fotolia

ISBN : 9782755633122
Dépôt légal : avril 2017
Imprimé en France par CPI Brodard et Taupin - N°d'impression : 3022267

NEW ROMANCE®

JANE DEVREAUX

CLOSE-UP

TOME 3

Insaisissable Steve

Roman

Hugo Roman

1

STEVE

J'observe sa bouche s'animer entre mes jambes. Il n'y a rien de meilleur qu'une belle blonde qui vous astique le manche. Mes membres tremblent sous le plaisir. J'ignore son prénom et je m'en moque, grâce à elle, l'espace d'un instant, je ne suis plus cet affreux salaud que j'aperçois chaque fois que je croise le regard azur de Marcy. Mon esprit s'emballe, et je vois ma belle qui me sourit en faisant monter mon désir. Il faut être honnête, Marcy n'aurait jamais autant d'audace, mais on peut toujours rêver. Le plaisir croît, j'aurai bientôt tout oublié. Je ne penserai plus à ce qu'elle fait avec lui. Dire que c'est moi qui les ai jetés dans les bras l'un de l'autre en tentant de les séparer !

Marcy est partie avec Josh quelques heures à peine après le début du bal de fin d'année, et j'ai cru disjoncter. Depuis quelque temps, rien ne va plus entre eux, Josh semble obsédé par Sandre qui s'est glissée dans leur relation, mais Marcy s'accroche, malgré tout ce qu'il lui fait subir. Elle ne l'a pas quitté lorsque la rumeur de sa trahison a circulé dans le lycée, et je pensais que la jalousie de Josh en me découvrant au bras de Sandre changerait la donne, mais elle s'agrippe toujours à leur histoire comme à une bouée de sauvetage. Ça me rend dingue. Même la bouche provocatrice de Sandre n'a pas réussi à me calmer. Comment Marcy a-t-elle pu se laisser avoir à ce point ? Elle ne voit pas qu'il n'est pas pour elle ? Elle ne se doute pas du mal qu'il va lui faire ?

Je grogne en sentant la jouissance approcher et je me cambre, mes mains tirent sur la tignasse figée par un trop-plein de laque.

– Allez viens, Chérie, je vais te rendre la pareille, je souffle en l'aidant à se relever.

Elle est dans un sale état, je ne sais pas ce qu'elle a bu, mais une chose est sûre, elle a vraiment abusé. Je l'installe sur le capot de la superbe BM de ma mère, soulève sa robe de bal pastel pleine de froufrous et lui retire sa culotte. Elle gémit dès que je la touche, et j'imagine Marcy faire la même chose avec Josh. Je me demande si ce crétin sera aussi doué que moi.

La blonde contre mes lèvres se moque de se trouver en plein air sous les yeux des voyeurs à l'affût, elle crie tandis que je m'anime entre ses jambes. Ses gémissements me donneraient presque envie de remettre le couvert, mais je crois que Cendrillon vient de se transformer en citrouille. Elle s'est écroulée sur le métal du capot et semble presque inerte.

– Eh, ma beauté, si tu veux que je te raccompagne, il va falloir me dire où tu habites.

– On est voisins, siffle-t-elle à, peine consciente.

– Mais des voisins, j'en ai beaucoup !

– Les Crawford au bout de la rue, précise-t-elle quand je la porte jusqu'à la banquette arrière.

Cinq minutes plus tard, je suis devant chez elle. Je l'aurais bien reconduite jusqu'à sa chambre, mais une lumière sur le perron m'indique que quelqu'un l'attend. Cendrillon va se faire démonter ! Je la secoue :

– Ma princesse est arrivée aux portes de son château et, malheureusement, elle va devoir affronter le dragon avant de retrouver sa tour d'ivoire et son petit lit douillet.

– Quoi ? hurle-t-elle en se redressant d'un bond.

Elle a une tronche à faire peur, et rien dans son apparence ne reflète la fille bien qu'elle doit être. Je replace ses mèches folles sur son crâne et sors un mouchoir de ma boîte à gant pour essuyer son rimmel qui a coulé. Elle me remercie d'un sourire étrange et quitte l'habitacle en titubant. Je démarre avant qu'elle n'ait atteint la porte d'entrée. Hors de question de me faire choper par ses vieux en colère.

Je sais, je suis un enfoiré, mais qu'est-ce que vous voulez, on ne se refait pas.

Je passe devant chez moi, ralentis, mais ne m'arrête pas. Si je me couche maintenant, je ne dormirai pas et mes rêves vont se transformer en cauchemars. C'était vraiment une soirée merdique. Je déteste sentir mon cœur se comprimer douloureusement en les voyant ensemble, je déteste tout simplement éprouver quelque chose pour elle. Elle n'est pas pour moi, elle ne l'a jamais été. Qu'est-ce qui m'a pris d'espérer que les travers de Josh changeraient la donne ? Et Sandre qui n'a pas pu s'empêcher de se comporter en vraie garce… Si elle avait joué le jeu, ils ne se seraient pas éclipsés. Si Josh n'avait pas trompé Marcy avec elle, si le proviseur n'avait pas imaginé cette punition surréaliste, je n'aurais jamais osé espérer. Putain, comme je hais ce ridicule sentiment d'espoir !

Je tourne en rond dans le quartier, fais un détour par le gymnase du lycée pour repérer les derniers fêtards et là, je la vois. Son impressionnante robe de bal est dégrafée dans le dos, seuls ses bras enroulés autour d'elle la maintiennent encore. Elle est toute décoiffée et marche à vive allure, la tête basse. J'ai des envies de meurtre en imaginant que Josh ait pu lui faire du mal, il a beau être mon ami, je ne supporte pas qu'il la touche. Marcy est une petite chose fragile.

– Besoin d'un chauffeur ? je demande en m'arrêtant à sa hauteur.

– Ce n'est pas le moment, Steve, me gronde-t-elle, sans ralentir le pas ni même poser ses doux yeux clairs sur moi.

Mon cœur s'affole, elle ne va pas bien ! Qu'est-ce que cet idiot de Josh lui a fait ? Je vais lui régler son compte à cette enflure. Je mets le frein à main et me précipite hors de la bagnole.

– Eh, Marcy, tu es sûre que ça va ? je l'interroge en prenant son visage entre mes mains pour l'obliger à me regarder.

Ses yeux sont rouges et son mascara a coulé. Elle a pleuré, elle a pleuré à cause de lui !

– Je vais bien, je suis juste fatiguée, et tu es bien la dernière personne que j'ai envie de supporter ce soir, alors laisse-moi, s'il te plaît.

Waouh, ça, ça fait mal !

– Justement, je crois que tu as besoin qu'on te reconduise chez toi, mon ange, j'insiste en ouvrant la portière passager pour qu'elle s'installe. Je te promets que je ne ferai aucun commentaire.

Elle me détaille d'un œil désapprobateur et souffle avant de s'engouffrer à l'intérieur. Comme promis, je reste silencieux tandis que je roule prudemment, et même très lentement pour en profiter un max. Je ne saurais dire ce qui me plaît chez elle, mais elle me rend dingue, pire que la plus inaccessible des chattes. Sa façon de m'ignorer, alors que je suis juste à côté, me fait bander comme un fou. J'ai envie de la provoquer, puis je me souviens qu'elle a eu une mauvaise soirée et je passe de l'excitation à la rage.

– Il t'a fait du mal ? je l'interroge en ralentissant devant chez elle.

Je sais, j'avais promis de me taire, mais ce n'est pas mon genre de tenir mes promesses. Pourtant, je redoute sa réponse, mais c'est plus fort que moi, il faut que je sache.

– Non, je suis juste contrariée.

– Je savais qu'il ne serait pas à la hauteur. Pour perdre sa virginité, Chérie, c'est à Steve Marchal qu'il faut demander, je raille en détaillant son visage irrité.

Marcy émet un hoquet de surprise, mon audace l'a toujours perturbée et ses réactions rendent mes couilles complètement incontrôlables. Je vais encore devoir me branler en rentrant ! Elle est d'une beauté renversante, je ne connais aucune fille qui ait des traits aussi fins et délicats qu'elle et j'adore quand ses beaux yeux bleus me font la morale silencieusement. Pourquoi tenterais-je de dire ce qu'il faut ? Je n'ai aucune chance, de toute façon.

– C'était... très bien... il m'a juste... jetée ensuite, s'emporte-t-elle, prête à déverser sa rage sur moi.

Je n'en reviens pas qu'elle n'ait pas nié et je hais sa réponse. Mes mains se crispent sur le volant. J'ignore la douleur d'avoir appris qu'elle l'a fait avec lui, je me contente de sourire, juste parce qu'elle déteste ça.

– Mais tu vas le reconquérir, tu as tout ce qu'il faut, mon cœur, je réplique en profitant du décolleté impressionnant que m'offre sa robe entrouverte.

Elle repère mon coup d'œil déplacé, remonte le tissu et s'extirpe de la BM sans même se donner la peine de me répondre. Mais j'insiste, juste pour le plaisir :

– Parce que tu as enfin compris qu'on ne garde pas un mec en jouant aux vierges effarouchées, n'est-ce pas, Chérie ?

Et je me marre, tandis qu'elle claque violemment la portière à quelques centimètres de mon nez. Son dos dénudé, la cambrure de ses reins sont un spectacle incroyable qui se volatilise bien trop vite dans la nuit. Je reste un long moment à observer l'endroit où elle a disparu, je l'imagine réapparaître en dessous sexy, avec ce sourire coquin qu'elle affiche uniquement dans mes rêves les plus fous. J'ai glissé une main dans mon pantalon et suis à deux doigts de me branler dans la bagnole lorsqu'une berline noire se gare devant chez eux.

Merde, son père ! Est-ce qu'il m'a vu ? Est-ce qu'il m'a reconnu ? Il se tourne dans ma direction, et je prie pour qu'il ne vienne pas à ma rencontre. Penché sur le siège passager, je rajuste ma tenue, juste au cas où, et respire à nouveau en le voyant s'engouffrer à son tour dans la maison. Mais qu'est-ce qu'il fait dehors si tard ? Il n'est pas censé être un parfait petit chrétien qui passe ses soirées en famille avant de se coucher à une heure plus que raisonnable ?

2

MARCY

Je n'ai pas dormi de la nuit. Comment trouver le sommeil après ce qui s'est passé ? Le bal de fin d'année s'est transformé en une succession d'horribles catastrophes. Tout a commencé par un regard. Ce simple regard qu'il a posé sur elle a été le premier coup porté à mon univers déjà vacillant, le premier signe d'un désastre imminent. J'ignore que j'ai défié mes idéaux, que je l'ai fait, et qu'un remue-ménage inquiétant s'est éveillé entre mes jambes. Je ne pense qu'à une chose : aux yeux brillants de Josh quand il a découvert Sandre, magnifique dans sa robe de bal. Jamais je n'avais vu cette étincelle dans ses yeux, jamais je n'avais vu autant de désir dans tout son être. Je la hais pour ce qu'elle a fait de lui et je me hais encore plus d'avoir accepté de devenir une fille qui s'offre si facilement.

Moi qui pensais qu'il ne désirait personne d'autre ! Maintenant, je ne sais plus. Mes souvenirs tentent de me rassurer : « Tu es l'unique, quand on aime comme je t'aime, aucune autre n'a d'importance » me murmure Josh. Il a toujours été doué pour dire ce qu'il faut. Mais ses mots, à cette soirée qui aurait dû être si importante, ne collent pas à notre histoire : « Nous ne sommes pas faits pour être ensemble », « Je veux m'éclater, je veux tout vivre à fond, je veux rire, je veux de la passion et du sexe. C'est ce que tu veux aussi ? » Moi qui croyais qu'on souhaitait la même chose, qu'on était d'accord, qu'il était heureux avec moi !

Je suis perdue, quelque chose m'échappe. Est-ce qu'il l'a fait avec moi parce qu'il la désirait, elle ? J'ai toujours été sûre de son amour, c'est la seule chose dont je n'ai jamais douté. Peut-être que j'aurais dû, mais il a toujours eu l'air tellement sincère. J'en suis convaincue, Josh m'aime. Mais s'il m'aime sans me désirer, est-ce qu'il manquera toujours quelque chose entre nous ? Est-ce que c'est ce qui est arrivé à mes parents ? Est-ce pour ça que Josh n'a pas pu aller jusqu'au bout ?

Je revois la chambre magnifique qu'il avait réservée pour nous, pour qu'enfin il n'y ait plus aucun obstacle entre nous. Et les yeux qu'il a posés sur moi quand il m'a vue nue. C'était parfait, tout était parfait. Pourquoi ça n'a pas fonctionné ? Je me repasse en boucle chacun de ses gestes, chaque sensation qu'il a provoquée en moi. J'étais terrifiée par ce que je ressentais, j'étais terrifiée de ne pas être à la hauteur ! J'ai prié, prié pour que tout se passe bien, prié pour ne pas avoir mal, prié pour…

Non, je n'ai pas fait ça ! Pas à voix haute !

Cette affreuse manie que j'ai de solliciter Dieu pour chaque infime difficulté, pour chaque crainte. Il a toujours été mon plus grand soutien, mon guide, mais il n'avait pas sa place hier soir. Je l'ai glissé entre nous, je l'ai invité dans notre intimité. Comment ai-je pu faire une erreur pareille ? J'ai fait fuir Josh, alors que je souhaitais le récupérer. J'ai tout gâché en cherchant à me rassurer.

Je ne veux plus d'obstacles entre nous, je ne veux plus hésiter. Il faut que j'élimine mes craintes de l'équation.

Je dois être sûre de moi, de nous. Je deviendrai celle qu'il aime et celle qu'il désire. Il n'a pas besoin de deux femmes. Ma mère a tort.

J'observe le révérend Clark disposer les dépliants sur les bancs. Il est tellement grand qu'on ne peut pas le rater. Ses cheveux noirs bouclent sur sa nuque et sa chemise claire rehausse la beauté de son corps athlétique. Je me demande quel genre de sport il fait pour avoir un corps pareil. Y a pas à dire, il est vraiment bel homme pour un pasteur, quoique, je ne suis pas sûre qu'il y ait un profil type.

J'hésite à m'avancer, il est beaucoup trop tôt. Pourtant, le pasteur a l'habitude de me voir débarquer bien avant l'heure. J'aime aider à préparer le culte, alors j'attrape une liasse de livrets et les répartis dans l'allée transversale. S'il savait que j'étais debout bien avant l'aube, que j'ai préparé des pancakes, mis la table pour le petit déjeuner, et même sorti la tenue du dimanche de ma petite sœur Tara, qu'est-ce qu'il en penserait ? Mais je préfère éviter ce sujet-là avec lui, parce que je sais exactement ce qu'il dirait et que je n'ai pas envie de l'entendre. Il me jette un coup d'œil de temps en temps. Il n'apprécie pas mes questions, il trouve que je m'en pose beaucoup trop pour mon âge. Et mon cœur ne peut s'empêcher de s'affoler en sachant ce que je m'apprête à lui dire.

– Alors, Marcy, qu'est-ce qui te contrarie aujourd'hui ? finit-il par me demander en étalant ses notes sur le pupitre central.

– Est-ce qu'on pourrait aller s'asseoir ?

Je me dirige vers un banc devant moi. Je suis terrorisée, je vais le décevoir, lui et tous les autres. Si ma mère l'apprenait… je n'ose même pas imaginer ce qu'elle en penserait, je ne mérite plus leur confiance.

– Je… je l'ai fait, je bafouille alors qu'il s'installe à bonne distance.

Il sait de quoi je parle, il sait parce que j'ai souvent évoqué la sexualité avec lui. Je me suis beaucoup interrogée à ce sujet, en partie à cause de mon père, mais aussi de Josh. Ce n'est pas que je souhaitais absolument attendre le mariage, mais j'aurais préféré faire les choses bien, et hier, ce n'était pas bien.

– Oh, souffle-t-il après une quinte de toux impressionnante. Et tu le voulais ?

Je le dévisage un instant, estomaquée. Je pensais avoir droit à un sermon terriblement gênant, voire humiliant, et il s'inquiète de mon consentement. Il va finir par s'emporter, c'est obligé.

– J'ai toujours su que ça serait Josh. Est-ce que c'est si grave que ça de ne pas avoir attendu que l'on s'engage plus sérieusement ? je l'interroge en grimaçant.

– Marcy, vous vous aimez tous les deux. Vous vous aimez depuis si longtemps, c'est tout à fait normal de vous désirer. Je sais que l'Église préconise d'attendre le mariage pour découvrir le corps de l'autre, mais dans le monde où nous vivons, je crois qu'il est préférable de connaître parfaitement la personne avec qui on souhaite partager son existence.

Je n'en reviens pas. Le pasteur qui me conseille de le faire… enfin vous voyez. On aura tout vu !

– Donc… vous pensez que je devrais connaître Josh… plus intimement… avant de faire un choix à long terme ?

– Est-ce que c'est si surprenant que ça, un homme d'Église qui approuve deux êtres qui s'aiment et qui se contentent de se le prouver ? Mais en aucun cas tu ne dois te sentir obligée de le faire, même par amour, c'est une décision qui ne peut venir que de toi. Et surtout, n'oublie pas l'importance de te protéger.

Et maintenant, il parle contraception, de pire en pire. S'il me propose une boîte de préservatifs, je fais une attaque. Je me redresse, rougissante, et alors que j'aligne soigneusement les brochures déjà réparties sur les bancs, il ajoute :

– Tu devrais lire *Le cantique des cantiques*.

Je ne saurais dire à quel point je me sens soulagée lorsque les premières personnes entrent dans l'église et qu'il m'abandonne pour les accueillir. Et mon soulagement est complet quand, dans son sermon, il n'évoque pas les hormones adolescentes ou le plaisir de la chair. Mais ses mots passent et repassent en boucle dans ma tête : il est préférable de bien connaître le corps de l'autre avant de s'engager.

Et maintenant, je ne pense plus qu'à ça. Je veux parcourir sa peau soyeuse, je veux découvrir chacun de ses muscles et savoir comment ils réagissent à mon contact. Josh est tellement... sexy ! Je vais devenir la femme qu'il a toujours désirée et notre couple retrouvera sa sérénité. Désormais, c'est sur moi qu'il posera des yeux brillants de désir. J'ai fini de douter de lui, de penser qu'il vaut mieux éviter de se donner pour ne pas être trahie. Josh m'a trahie parce que je ne me suis pas offerte à lui, et j'ai failli le perdre à cause de ça. Et puis, s'il est comme mon père, qu'est-ce que ça change ? Contrairement à ma mère, j'ai bien l'intention de me battre pour qu'il ne soit rien qu'à moi.

J'ai passé le dimanche à tenter de me remémorer son corps nu et les sensations délicieuses qu'il a éveillées en moi. J'ai cherché dans mes souvenirs ce que je n'ai pas fait pour lui plaire, j'ai corrigé mes lacunes dans mes rêves. Il va falloir que je le convainque que je peux être cette femme-là et je sais que ça ne sera pas facile. Josh est tellement têtu parfois. Je suis remontée à bloc, prête à tout affronter en arrivant au lycée lundi matin. Le pasteur a raison, nous nous aimons, nous nous aimons depuis si longtemps.

Josh est là comme toujours, au milieu de notre bande de copains, plus beau que jamais, avec un jean délavé qu'il porte bas sur les hanches et une chemise très ajustée. Mais son regard plein de regrets et de pitié me vrille le cœur et, lorsqu'il m'entraîne à l'écart, il lui suffit de quelques mots pour que mon optimisme vole en éclats comme un ridicule château de cartes :

– Je pensais que tu avais compris que nous ne pouvions pas poursuivre comme avant.

J'essaie de me défendre, de nous défendre, mais je ne suis pas certaine qu'il m'écoute. Josh semble décidé à tirer un trait sur nous, et je déteste ça.

– Mais nous n'allons pas reproduire les mêmes erreurs ! C'était de ma faute, je n'étais pas préparée, je ne savais pas à quoi m'attendre. Nous n'allons pas renoncer à nous pour un petit malentendu, nous nous aimons, Josh. La prochaine fois sera forcément meilleure. Le pasteur dit que chaque couple doit s'accorder avant de trouver sa propre harmonie.

Je tente de réduire la distance entre nous, mais il ne me laisse pas l'approcher, il refuse que je le touche.

– Ce n'est pas de ta faute, Marcy, c'est moi qui n'ai pas fait ce qu'il faut. On ne se parle pas assez, on ne se connaît pas assez. Si tu savais vraiment qui je suis, tu ne voudrais certainement pas de moi. Je ne vaux pas mieux que Steve.

Pourquoi se compare-t-il à Steve ? Ils sont si différents, lui est le bien et l'autre le mal, lui n'est que tendresse et l'autre tentation.

Je suis perdue. Est-ce toujours Sandre qui se glisse entre nous ? Ce qu'il a fait avec elle, et pas encore avec moi, peut-il réellement tout gâcher ? Ses remords viennent-ils de ses aveux que j'ai refusé d'écouter ? Puisqu'il n'y avait rien que du sexe entre eux, ça ne devrait pas mettre autant de distance entre nous. J'ai l'impression d'avoir tout fait de travers, de ne plus rien comprendre. Dire que je l'ai laissé faire, qu'il refuse aujourd'hui d'entendre ce que j'ai à lui dire, qu'il ne nous laisse pas une seconde chance.

Voilà, de nouveau je doute. Qu'ai-je fait samedi soir qui a tout changé entre nous ? Je lui ai tout donné, absolument tout de moi, et il me repousse. Il me rejette, parce qu'il se reproche de m'avoir volé ma virginité. Est-ce qu'on peut vraiment ne plus aimer quelqu'un parce qu'on l'a poussé à se remettre en question ?

Non, Josh se trompe !

Comment pourrait-il m'avoir pris quelque chose que je lui aurais donné plus tard ? J'entends encore ses mots pleins de culpabilité : « On ne se parle pas assez, on ne se connaît pas assez. Si tu savais vraiment qui je suis, tu ne voudrais certainement pas de moi. » Je lui ai tout dit de moi, je lui ai ouvert mon cœur et mon âme. Qu'est-ce qu'il me cache ? Quel horrible secret s'est glissé entre nous ?

3

MARCY

D'habitude, j'adore les maths, mais là, je n'arrive pas à suivre. Je dois trouver la solution, et pas celle du problème de maths. Il peut penser ce qu'il veut, aucun obstacle n'est infranchissable et s'il n'y croit plus, je les franchirai seule pour lui, pour nous. « Notre amour est le plus fort » me convainc Josh dans mes souvenirs.

– Quelque chose ne va pas ? me souffle Lucy qui copie, comme toujours, sur mes notes.

Lucy est une magnifique blonde aux yeux sombres qui sait jouer de ses charmes comme personne. C'est aussi ma meilleure amie, celle qui est à mes côtés dans mes plus beaux souvenirs d'enfance. Elle me racontait ses plus grosses bêtises et je l'aidais à faire ses devoirs, on formait un vrai duo toutes les deux. Moins maintenant, mais je crois qu'on continue à s'accrocher l'une à l'autre pour garder encore un peu de cette insouciance. Enfin, je suis peut-être la seule à le penser.

– Je me suis offerte à Josh et il ne veut plus de moi, je précise simplement, moi-même surprise de ma réponse si directe.

J'aurais dû me taire, Lucy n'a pas à connaître les détails de notre vie privée. Ça va encore se retourner contre moi, comme le jour où je lui ai parlé des écarts de conduite de mon petit copain et que tout le monde l'a su à cause de son manque de discrétion. Mais pour être honnête, j'ai vraiment besoin qu'elle me réconforte.

Un sourire étrange se dessine sur ses lèvres, un sourire qui me nargue comme si elle savait quelque chose que j'ignore. Je vais le regretter ! Bien sûr, Lucy a plus d'expérience que moi en la matière. Nous n'en parlons jamais parce que ça me gêne terriblement, mais je sais qu'elle n'a pas toujours été très sage avec Steve. Quand je pense à ce qu'il lui a fait subir. Que les hommes aient besoin d'aller voir ailleurs est une chose, mais Steve, lui, n'a aucun scrupule. Lucy dit qu'elle s'en doutait, qu'il ne comptait pas, mais je sais qu'elle me ment, qu'elle en souffre. Ce type est le diable en personne, dissimulé dans un corps et un visage incroyablement beaux. Il lui suffit de sourire, et tout votre être est comme possédé.

– Marcy, se donner ne suffit pas, tu dois aussi participer, affirme-t-elle en secouant ses longs cheveux blonds.

Je la dévisage, bouche bée. Dire que je la considère comme ma meilleure amie, que je comptais sur elle pour me rassurer, mais non, elle enfonce le clou. C'est vrai, je ne suis pas experte, mais de là à en déduire que c'est moi qui ai tout gâché, elle exagère. C'était ma première fois, c'est normal de faire preuve de maladresse, et Josh ne m'aurait jamais laissée tomber pour ça. Il l'aurait fait ? Non, il a toujours été si gentil.

Monsieur Stanford toussote, et je sursaute en découvrant qu'il nous observe. Mon Dieu, s'il était capable de deviner mes pensées, j'en mourrais. Lucy, elle, ne semble nullement gênée et elle reprend de plus belle lorsque nous quittons le cours :

– Alors, c'était comment ?

– Très... très bien, je bafouille, déstabilisée d'avoir une telle discussion avec juste une autre personne que moi-même.

– Hé, Marcy, je suis ton amie, insiste-t-elle, tu peux tout me dire. Il s'est forcément passé quelque chose pour qu'il ne souhaite pas continuer, il est fou de toi.

Ses mots me soulagent, il est fou de moi, je savais qu'il m'aimait. Elle se plante devant moi et son regard noisette scrute chacune de mes réactions. Est-ce que je suis vraiment obligée d'avoir une conversation pareille avec ma meilleure amie ?

– J'ai eu un peu mal, mais c'est normal la première fois, non ? je réplique à contrecœur.

– Bien sûr, mais il aurait dû avoir envie de recommencer, c'est un mec. Ils ne sont jamais rassasiés.

Moi qui pensais qu'une fois, c'était déjà pas mal ! Je suis perdue, je n'y comprends plus rien. La sexualité est vraiment un mystère pour moi et je viens de découvrir l'importance qu'elle a. Une importance cruciale. J'aurais dû m'y préparer avant de me lancer sans réfléchir. Nous serions encore ensemble si je n'avais pas été si réfractaire.

– Et toi, c'était comment ta première fois ? j'ose, sans parvenir à la regarder dans les yeux.

Elle me sourit et inspire profondément, comme si elle attendait cette question depuis longtemps. Nous sommes très proches, je ne lui cache rien, je suppose que j'aurais dû m'intéresser un peu plus à sa vie amoureuse.

– J'ai eu très mal moi aussi et j'ai cru n'être pas prête, mais Steve a vraiment été génial. Il m'a montré comment m'y prendre, il a pris son temps. Je sais ce que tu penses de lui, c'est vrai c'est un salaud, mais c'est vraiment un bon professeur en la matière. Tu devrais lui demander son avis, il connaît bien Josh.

Demander de l'aide à Steve ? Lucy est complètement folle, c'est bien la dernière personne avec qui je souhaite partager mon expérience ou plutôt mon inexpérience.

– Comment peux-tu, ne serait-ce que parler de lui, après ce qu'il t'a fait ?

– C'est un connard, et tu ne me feras pas croire que tu ne l'avais pas remarqué avant parce que c'était mon copain. Ce que je dis, c'est que lui saura ce que Josh pense et il pourra te donner quelques conseils, mais c'est toi qui vois !

J'ai tourné et retourné la question toute la journée, furieuse de voir Josh me fuir. Lucy se trompe, il ne m'aurait pas quittée parce que je n'ai pas été à la hauteur. Tout le temps que nous avons passé ensemble, il s'est toujours montré si tendre, si attentionné. Il a juste eu peur de m'entraîner sur un chemin que je n'avais pas choisi. Il a cru m'avoir blessée, manipulée, il s'en veut et il redoute de me faire du mal. Je dois juste lui prouver que c'est ce que je désire aussi. Il va revenir. Pourtant, je ne peux m'empêcher de douter et n'arrive à penser à rien d'autre. Même après avoir récupéré Tara à l'école pour l'emmener à son cours de danse, je focalise sur cette horrible soirée qui a tout chamboulé. Même après avoir rejoint mon groupe de catéchisme, je suis toujours incapable de songer à autre chose.

Nous nous retrouvons tous les lundis, et j'apprécie nos conversations. C'est ce qui m'a le plus aidée quand j'ai découvert la relation tordue qu'entretenaient mes parents. Il faut être honnête, avant de réaliser que ma famille n'était pas le pilier indestructible que j'imaginais, je n'étais pas aussi croyante. Bien sûr, mes parents m'emmenaient à l'église tous les dimanches, mais Dieu n'avait rien de très concret à mes yeux. Aujourd'hui, il est le soutien qui m'empêche de m'effondrer, la force qui me manquait pour avancer.

Et puis, lorsque j'ai eu besoin de réponses, seul le révérend Clark a été capable de m'en donner. Il est sage et sa bonté est incroyable, j'ai eu envie de lui ressembler, d'aider les autres moi aussi. Je me suis battue pour faire renaître le groupe de catéchisme, pour soutenir ceux qui étaient perdus comme moi. Nous parlons souvent sexualité, car beaucoup ont dû mal à concilier leurs convictions et leurs pulsions. Je me croyais un exemple jusqu'à présent, je me pensais plus mûre, plus réfléchie, je viens de réaliser que je suis juste plus naïve.

Elsa pleure à chaudes larmes dans les bras de Jeremy parce que son petit copain depuis six mois vient de rompre le soir du bal en lui reprochant ses croyances religieuses. Elsa est la plus petite personne que je connaisse, elle est aussi la plus sensible et la plus gentille. Ses formes généreuses et ses longs cheveux ondulés font baver d'envie toutes les filles et attirent le sexe opposé, mais elle ne semble pas en avoir conscience. Jeremy paraît immense et gringalet à côté d'elle, il doit se pencher pour lui murmurer quelques mots rassurants et je ne peux retenir un sourire à la vue de ce couple hétéroclite.

La force tranquille de Jeremy a toujours été un atout au sein du groupe et aujourd'hui plus que jamais parce que je suis incapable de prononcer le moindre mot réconfortant. Chaque sanglot d'Elsa fait écho à mon histoire. La religion est une barrière qui divise les amoureux, Elsa souhaite que son copain la comprenne, lui veut qu'Elsa arrête de croire à ces « bêtises ». Ce n'est pas la première fois que ça se produit, c'est même assez courant. Habituellement, c'est moi qui les rassure, qui les guide, mais là, je ne peux pas, je ne peux plus, et ils savent tous pourquoi. Tout le lycée m'observe en attendant que je réagisse, et je déteste ça. Mais ils ignorent tous à quel point j'ai besoin de lui.

– Et si nous nous trompions ? je finis par déclarer. Si la sexualité avait son importance dans une relation, si elle était nécessaire pour avancer ensemble ?

Tous me détaillent comme si je venais d'insulter Dieu en personne, pourtant c'est bien ce que m'a dit le pasteur la veille.

– Quelque chose ne va pas avec Josh ? m'interroge Jeremy d'une voix blanche.

Comme s'il l'ignorait…

– Je crois que notre couple est arrivé à un stade où nous devons nous connaître plus intimement. J'en ai discuté avec le révérend Clark et il pense que c'est essentiel de faire ce genre de découverte avant de s'engager.

– Mais… bafouille Elsa, c'est toi qui m'as dit que je ne… devais pas.

– Je suis désolée, mais moi aussi il m'arrive de m'égarer et… je ne suis plus convaincue de rien.

Je quitte la pièce avant qu'ils ne décident de me persuader du contraire. Je marche vite et m'oblige à ne pas réfléchir. Dans une demi-heure, je dois récupérer ma petite sœur Tara à la danse et j'ai promis à ma mère de faire quelques courses avant de rentrer, je n'ai pas le temps de m'égarer.

Et puis, une idée stupide, terriblement stupide, mais plus forte que tout, germe dans ma tête. J'ai besoin de savoir. Je dévie mon chemin et frappe à sa porte, et comme je m'y attendais, à peine entrouverte, je regrette mon geste. Sa mère est d'une beauté incroyable, très élégante et elle me sourit gentiment lorsque je demande à lui parler.

4

STEVE

Qui aurait cru qu'elle mettrait un jour les pieds dans mon univers ? Pas moi en tout cas. Je savoure l'instant en retenant un sourire : Marcy en tenue légère et fleurie, debout près de mon lit, les mains serrées sur un grand sac qui dissimule en partie ses longues jambes fines. Elle s'est perdue ? C'est surréaliste, même si son air totalement déstabilisé rend la scène très authentique.

– Que me vaut cette intrusion dans l'antre de la bête, je me moque en scrutant son magnifique visage qui détaille chaque recoin de la pièce.

Je suis sûr qu'elle s'imaginait un truc crasseux, envahi de fringues puantes et de posters d'équipes de foot, de base-ball ou de rugby. Après avoir esquivé mon lit défait, son regard se pose sur la sculpture que je n'ai pas encore terminée. Je cherche depuis plusieurs jours un tube en cuivre assez fin pour représenter l'urètre, mais aucune casse n'a ce qu'il me faut. Je sais que ma passion surprend, que beaucoup ne comprennent pas l'intérêt d'assembler des déchets métalliques pour reproduire l'intérieur du corps humain.

Ça m'a pris comme ça, quand je suis rentré du pensionnat, je n'ai pas vraiment cherché à comprendre pourquoi je faisais ça, je l'ai fait, c'est tout. C'est mon exutoire, je n'ai pas envie de l'expliquer, et cerise sur le gâteau, ma mère les vend suffisamment bien pour arrondir considérablement nos fins de mois.

Je m'attends à ce qu'elle m'interroge, mais elle se contente de bredouiller en respirant bruyamment :

– Juste une question.

Elle veut ma mort ! Marcy ignore à quel point elle est bandante, et sa poitrine qui se soulève anarchiquement sous sa petite robe fine, c'est tout simplement irrésistible.

– Tu veux peut-être boire quelque chose avant ? je l'interroge en me dirigeant vers le frigo.

Ma mère a bien voulu que j'aménage le garage, histoire d'avoir un peu plus de liberté et d'espace pour mes sculptures envahissantes. Je crois même qu'elle est soulagée de ne plus avoir à me supporter à l'étage. Ici, j'ai tout ce qu'il faut, de quoi me faire à bouffer et des provisions à foison qu'elle m'achète régulièrement. Je sors deux verres, les pose sur la table en fer forgé et les remplis de thé glacé. Marcy grimace, mais s'installe quand même sur la vieille chaise de jardin, alors que je m'adosse à ma minuscule cuisine. Je ne peux m'empêcher d'admirer ses magnifiques cheveux blonds qui tombent en cascade le long de son dos dénudé et son incroyable regard océan bordé d'une rangée de cils impressionnante. J'engouffre mes mains dans mes poches pour me retenir de la toucher.

– J'ignorais que tu avais ton indépendance, commente-t-elle en contemplant mes placards en formica.

– Tu es vraiment venue pour que je te raconte ma vie ?

Je ne la quitte pas des yeux, mais Marcy ne me regarde pas. Je sais ce qu'elle s'apprête à me demander et je sais que je ne vais pas aimer lui répondre. Elle boit d'un trait une bonne moitié de son verre comme si ça pouvait lui donner du courage.

– Est-ce que… est-ce que Josh t'a parlé de nous ? Enfin… de ce qui s'est passé entre nous samedi soir.

Et voilà, nous y sommes ! Et elle engloutit le reste de son verre. Il faudra que je lui propose plus costaud la prochaine fois.

– Josh n'aborde pas ce genre de sujet.

Elle a l'air déçu et, l'espace d'un instant, je serais prêt à lui dire n'importe quoi, juste pour la rassurer. Mais elle insiste, limite blême :

– Et… et il… il parle de Sandre ?

Je secoue la tête, mais Marcy s'acharne :

– Est-ce que… est-ce que tu penses qu'il ne veut plus de moi parce que… parce que je n'ai pas été à la hauteur ?

Bon sang, de pire en pire. Je pourrais lui dire la vérité, mais je suis un connard, vous vous souvenez.

– Mon cœur, tu le sais bien, tu as tout ce qu'il faut pour exciter un mec bien comme il faut, pourtant je parierais que tu n'as utilisé aucun de tes charmes cette nuit-là.

Et de nouveau, sa poitrine s'agite, elle va m'achever. Marcy rougit, mais tente de garder son calme :

– Dis-moi ce qu'une fille est censée faire d'après toi, et je te dirai si j'ai fait ce qu'il faut.

J'aime la voir se débattre avec ses émotions, d'autant plus qu'elle se met en danger sous mes yeux. Pourtant, ce n'est vraiment pas son genre.

– Tu ne veux pas entendre ça, mon ange…

Elle plonge ses magnifiques iris déterminés dans les miens. J'adore son caractère de gamine trop sûre d'elle.

– J'en ai marre que tout le monde me dise que je ne peux pas entendre, voir ou comprendre tout ce qui touche de près ou de loin au… sexe, je suis une fille comme les autres, s'emporte-t-elle.

Quand elle s'énerve, ses longs cils se mettent à papillonner irrésistiblement. Je lui prends la main pour l'obliger à se relever et je profite de son corps si proche du mien. Putain, ses seins sont splendides !

– Non, tu n'es pas comme les autres.

Je remonte ses fines mains sur ma poitrine et m'accroche à sa taille en précisant :

– Si tu veux exciter un mec, tu dois le toucher partout, sur sa poitrine, son dos, son cou, ses bras, mais surtout entre ses jambes. Les femmes ont de nombreuses zones érogènes, je lui explique en parcourant sa colonne vertébrale du bout des doigts, tandis que chez les gars, tout se passe essentiellement autour de leur bite.

Ses pommettes rosissent, et elle ne sait plus où regarder. Je jubile et me trémousse contre elle dans une danse silencieuse. Si elle savait comme son souffle saccadé est à lui seul un incroyable stimulant.

– Steve ! proteste-t-elle, choquée.

– Tu voulais des détails, tu les as. Alors, Chérie, dis-moi, tu as touché sa queue ?

Marcy frémit entre mes bras, elle déteste les grossièretés et chaque mot vulgaire lui fait un effet de malade. Je me foutrais à poil devant elle que je ne suis pas sûr que ça puisse être plus efficace.

– Je… je ne crois pas, bafouille-t-elle.

J'hallucine, elle joue le jeu. Je resserre mon étreinte autour de sa taille et poursuis sans quitter ses yeux déstabilisés qui tentent de me fuir.

– Et la bouche, c'est très important la bouche, il faut l'embrasser, le sucer, partout, vraiment partout.

Elle déglutit bruyamment et je ne peux m'empêcher de rire, elle va se décomposer entre mes doigts.

– Je veux savoir, mon cœur, si ces lèvres magnifiques connaissent chaque parcelle de la peau d'un homme, j'insiste en frôlant sa bouche charnue avec la pulpe de mon pouce.

– N... non, murmure-t-elle, la voix tremblante et le reste de son corps plus tendu que jamais.

Je me demande quand elle se décidera à fuir. En attendant, je me délecte de la situation :

– Oh, et j'oubliais, quels sons ont résonné dans cette gorge splendide... je commence en caressant la naissance de son cou. Si tu ne chantes pas quelques louanges à ses couilles, comment veux-tu qu'elles frétillent pour toi ?

Et je geins en montant dans les aigus :

– Mmh... Oui... Vas-y, continue... Plus vite... C'est trop bon... Encore...

– Arrête ! hurle-t-elle soudain en me repoussant violemment. C'est vrai, je n'ai peut-être pas fait ce qu'il faut, mais Josh n'est pas comme ça !

Elle hurle, et l'abruti que je suis sourit. Je savais qu'elle n'aimerait pas l'entendre, mais Marcy doit ouvrir les yeux, elle est un peu grande pour jouer les gamines trop naïves.

– On n'est pas vraiment un couple si on n'a jamais été intimes, mon cœur, je m'écrie alors qu'elle se précipite hors du garage.

J'observe l'endroit où elle a disparu en savourant le doux souvenir de cet instant trop bref. C'est malin, maintenant j'ai la trique et je vais devoir trouver une solution pour arranger ça ! Mon carnet d'adresses est inutilisable depuis que Sandre a foutu la merde dans mes affaires, il va me falloir une autre option, me branler ne suffira jamais. Marcy me rend fou ! Je donnerais n'importe quoi pour l'attirer à nouveau dans ma tanière, pour pouvoir la toucher encore, éprouver encore ces sensations incroyables.

– Pourquoi la petite Shepard vient de s'enfuir en courant ? me gronde ma mère en m'arrachant à ce délicieux moment, presque aussi bon qu'une après-baise.

Dire qu'elle a failli me surprendre avec la main dans le pantalon ! Même si elle est au courant de mon énorme appétit sexuel, encore à cause de Sandre, je refuse qu'elle sache à quel point je suis pathétique. Elle s'avance, et je contemple un instant la magnifique femme qu'elle est. Ma mère fait baver d'envie tous les hommes et, pour être honnête, je déteste ça, mais je les comprends. C'est une blonde sublime, grande et mince, aux pommettes hautes, au nez bien droit et au regard émeraude dont j'ai hérité.

– Je croyais que nous étions d'accord sur le fait que tu devais frapper avant d'entrer, je proteste en replaçant mes mains dans mes poches pour dissimuler une bêtise trop flagrante.

– Pas lorsque tu embêtes des demoiselles innocentes.

Je ne peux m'empêcher de rire, ma mère est vraiment sérieuse ?

– Je ne lui ai rien fait ! je me défends comme un gamin pris en faute.

– Alors, pourquoi avait-elle cet air si déstabilisé ?

– Je n'y peux rien si je fais cet effet-là aux femmes.

Ma mère déteste que je plaisante quand la discussion est sérieuse, et je vois bien à son regard vert foncé que je l'ai contrariée.

– Je croyais que tu en avais fini avec ces bêtises, s'énerve-t-elle.

Je suppose qu'elle parle des photos pas toujours très convenables qui ont circulé sur moi et la moitié des pouffes du lycée, mais c'est plus fort que moi, et ce ne sont pas ces souvenirs qui me reviennent à l'esprit.

– Je ne les ai pas forcées, je ne les ai pas blessées, je m'emporte à mon tour.

Ma réplique la fait frémir, et je regrette aussitôt mes paroles. Elle n'est pas responsable de mon attitude, je ne veux pas qu'elle se sente coupable. Je la prends dans mes bras et la serre contre mon torse en murmurant un pardon d'une voix mal assurée.

– Si j'avais pu l'empêcher, je l'aurais fait, souffle-t-elle dans mon cou. Tu es mon bébé, Steve, tu le seras toujours, j'aimerais juste que tu sois plus respectueux envers la gent féminine.

– Je respecte uniquement celles qui méritent de l'être.

Ma mère a tenu à ce que je monte dîner avec elle, et j'ai accepté uniquement parce que lui n'y était pas. Je ne supporte pas d'être obligé de jouer au connard avec lui, mais c'est plus fort que moi, je redoute tellement qu'il lui fasse du mal. Tout le repas, elle m'a ramené au présent, m'interrogeant sur mes derniers jours de cours, sur mes projets pour les vacances, et tout le repas, je me suis dandiné sur ma chaise pour contenir cette irrépressible envie de m'astiquer le manche. Marcy m'a foutu dans un état tel que j'ai fini par le faire sous la douche, mais je suis sorti quand même parce que c'était loin d'être suffisant.

Le bar que j'ai dégoté est assez tranquille, c'est le genre d'endroit que doivent fréquenter les quelques célibataires du coin après le boulot. Le lieu est cosy avec un parquet et des fauteuils en cuir bordeaux, c'est sobre et élégant avec une petite musique d'ambiance. Je ne m'y sens pas vraiment à ma place, mais j'aime mieux ça que risquer de croiser des potes ailleurs. La clientèle est un peu âgée pour moi et les rares femmes sont terriblement chic. Ce n'est pas particulièrement mon type, mais je n'ai rien contre les nouvelles expériences et une femme plus mûre pourrait m'apprendre quelques trucs sympas. Cette idée me fait bander.

J'avais envisagé de me commander un whisky ou au moins une bière, mais à la tronche du barman lorsque je me suis approché, j'ai préféré opter pour un Coca. D'une place dans le fond, j'observe les habitués. J'aurais aimé m'installer au comptoir, c'est l'emplacement idéal pour attirer les gonzesses en manque, mais là encore, le gros costaud, qui essuie les verres en me dévisageant, m'en a dissuadé. Je préfère esquiver ses questions, genre qu'est-ce qu'un jeunot comme moi fait dans un bar raffiné comme le sien un soir de semaine.

J'ai repéré une belle rousse avec un décolleté incroyable au centre de la pièce, mais elle semble attendre quelqu'un, alors j'hésite, je n'ai encore jamais dragué une femme plus âgée et j'ai peur d'être un peu nul. Un mec s'avance vers elle et je grogne de frustration, je ne peux pas repartir bredouille. Il s'assied pile en face de moi et mon cœur s'arrête de battre. Putain, j'hallucine !

Qu'est-ce que le père de Marcy fait là, avec une autre femme que la sienne ? Merde, ce n'est pas possible ! Madame Shepard est une chieuse, tout le monde le sait, mais il l'a choisie, il doit assumer. Si elle est coincée du cul, il a qu'à l'initier, c'est son job, bordel, il l'a juré devant Dieu ! Et en plus, il se barre avec les nichons de mes fantasmes, quelle soirée pourrie !

Et la soirée vire au cauchemar quand une cougar dans une robe à sequins me taille une pipe dans les toilettes. Si on m'avait dit plus tôt que ce genre de créature désespérée était aussi abordable, j'aurais testé depuis longtemps. Il n'empêche que j'ai détesté, il n'y a pas d'expérience plus traumatisante, qui te fasse sentir plus minable. Je n'ai même pas eu le courage de lui rendre la pareille tellement sa bave en abondance sur ma queue m'a répugné, je me demande encore comment j'ai réussi à jouir dans ses conditions.

Les rares voitures me doublent en klaxonnant, se moquant de l'heure tardive. Je suis incapable de rouler plus vite, toujours dans un état second, je n'arrive pas à reprendre pied. Dire qu'il a fallu que je me fasse baiser par une pouffe de l'âge de ma mère pour réaliser à quel point je suis pitoyable. Heureusement, un magnifique cul m'attire sur le bas-côté. C'est inespéré, il ne m'en faut pas plus pour arrêter de broyer du noir : un cul tout frais, bien jeune.

– Que fait une innocente jeune fille dans la rue à une heure aussi tardive ? je minaude en arrivant à sa hauteur.

Et je grimace en découvrant le regard noir que je connais trop bien. Pourquoi a-t-il fallu que je tombe sur le seul cul que je n'ai pas le droit de toucher ?

– Quelle surprise, le prédateur est de sortie ! Tu es vraiment désespéré au point de ramasser sur le trottoir ? raille-t-elle.

Mais pourquoi a-t-il fallu que ce soit elle ? Ce soir, j'avais besoin d'une fille un peu naïve qui rit à toutes mes blagues débiles, une qui croit que je la drague parce qu'elle me plaît vraiment, pas d'elle. Sandre ne comprend vraiment rien, elle ignore à quel point sa réplique me blesse, me blesse vraiment, surtout après une soirée pareille. Dire qu'elle avait pourtant si bien commencé ! En repensant à Marcy, à ses frémissements entre mes doigts, à sa peau si douce, voilà, c'est reparti, je bande ! Est-ce qu'un jour ma queue pourrait me foutre la paix ? Mais au lieu du sourire gêné de ma belle, de son regard déstabilisé, je me prends en pleine tronche cette provocatrice incontrôlable.

– Il me semble que la maison des Donnell est de l'autre côté, je riposte.

Bien sûr, j'en suis même certain, puisque c'est moi qui l'ai conduite au bal, il y a seulement quelques jours. Je me souviens aussi du baiser que nous avons échangé, du goût de sa langue, de la violence de ses gestes, c'était dur, exigeant, j'aurais presque envie de recommencer.

– Tu vas voir Josh, c'est ça ? j'insiste comme elle ne me répond pas.

– Je suis loin d'être aussi pathétique que toi.

– Bien sûr, tu l'es ! Tu t'imagines vraiment que personne ne vous a vus vous tripoter en douce le soir du bal ?

Elle stoppe net et je pile à côté d'elle, faisant caler le moteur dans un toussotement ridicule. Son regard mauvais me rassure, je suis convaincu d'avoir le pire des sourires d'enfoiré. C'est plus fort que moi, contrarier les nanas m'excite toujours, toujours sauf avec elle. Sandre représente un véritable défi pour mes couilles, une incompréhensible exception, elle est canon, elle a ce je-ne-sais-quoi dans le regard, et pourtant rien, elle ne me fait pas plus d'effet qu'un vieux pote.

– Mais contrairement à toi, je suis capable de m'arrêter quand la situation devient pitoyable, réplique-t-elle en traversant la route pour se diriger vers le quartier de Josh.

Je le savais, Sandre est comme moi, irrécupérable. Après avoir redémarré mon 4x4, je tourne dans la même rue qu'elle et ajuste ma vitesse sur ses pas rapides.

– Josh est dingue de toi, je ne vois vraiment pas ce qu'il y a de minable là-dedans ?

– Il est amoureux de Marcy.

– Tu en es certaine ?

Parce que moi, cette idée m'est insupportable.

– C'est ce que je te disais, pitoyable. Tu n'auras jamais Marcy.

Elle se précipite dans la petite allée où elle vivait avant… Et je réalise que je ne sais même pas ce qui lui est arrivé. Peut-être qu'elle aussi a passé une soirée merdique, peut-être que pour elle aussi j'ai été la goutte de trop, pourtant je gueule quand même, alors qu'elle disparaît dans la pénombre :

– Tu veux parier ?

5

MARCY

Steve est un ingrat, un ingrat grossier et insupportable. Je n'aime pas du tout la façon dont il me traite, et plus encore qu'il se joue de moi. Je ne m'étais jamais retrouvée aussi proche de lui et, mon Dieu, ce que j'ai ressenti contre sa poitrine ! Il y a un petit quelque chose de puissant et de mystérieux qui émane de lui, un petit quelque chose d'irrésistiblement attirant que je crains plus que tout. Oui, découvrir le sentiment étrange que toutes les filles éprouvent dans ses bras m'a dérangée. Surtout sachant que je suis loin d'être la seule à le ressentir. Steve a éveillé en moi des sensations surréalistes, a ébranlé mes convictions les plus profondes. Je suis complètement déstabilisée à cause d'un bref contact. Trop bref ?

Le lendemain, j'ai tout fait pour l'éviter, lui et son expression moqueuse, le reste de la semaine aussi. Mais Josh en a fait tout autant avec moi. J'aimerais tant savoir comment m'y prendre pour qu'il ne se sente plus coupable, pour qu'il me revienne. Je voudrais capter son regard, son attention, qu'il me sourie et m'enlace à nouveau. Ses mots doux me manquent. Avant, il était le seul à pouvoir rassurer mes doutes, maintenant, je ne sais plus à qui me confier. Qui d'autre que lui pourrait comprendre que ma mère est à nouveau au plus mal ? Même s'il ne sait pas tout parce qu'il aurait flippé, lui seul est capable d'apaiser mes pires craintes.

Lucy pense que je suis en retard parce que j'ai passé deux heures à me préparer, à me bichonner pour lui, elle ignore juste que Tara ne parvient pas à s'endormir lorsque notre mère est trop nerveuse. C'est de ma faute aussi, je ne dis pas tout à Lucy, je préfère qu'elle pense que je suis un peu superficielle, qu'on est pareilles. Je ne veux pas perdre son amitié, alors je m'enthousiasme avec elle devant notre équipe de rugby, j'oublie que je ne suis jamais rassurée quand Tara est seule avec maman à la maison. Et je prie pour que, ce soir, Josh me réconforte sur la tournure terrifiante que prend ma vie en ce moment.

J'ai quand même pris le temps d'enfiler sa robe préférée pour le dernier match de la saison. Josh est toujours plus entreprenant les soirs de victoire, alors j'espère que Winsted gagnera pour qu'il me serre dans ses bras et me susurre des mots tendres. « Ma Chérie, c'est grâce à toi si je me surpasse chaque fois, tu me donnes ta force » me souffle Josh, comme lors de leur précédent triomphe. Et je ne prie plus, je supplie. Si Dieu approuve mes nouvelles initiatives, il les fera gagner. Le révérend Clark ne cautionnerait certainement pas que je fasse ce genre de requête futile, mais j'ai terriblement besoin d'un signe. J'ai trop besoin de Josh.

Lucy ne cesse de m'observer en coin alors que je me dandine frénétiquement à ses côtés. Josh semble tellement enragé ce soir que je m'inquiète pour lui. Il n'est jamais comme ça d'habitude, qu'est-ce qui lui arrive ? Le coach finit par l'évincer et je crie pour l'encourager. J'essaie d'attirer son attention, mais il ne me regarde pas, comme s'il n'y avait rien ni personne en dehors du match. Il culpabilise toujours. Oui, c'est ça, c'est pour ça, il culpabilise !

– Ouvre les yeux, râle Lucy en m'attrapant par l'épaule pour m'obliger à lui faire face, il a tiré un trait sur toi, sur vous.

Elle ne comprend pas, elle se trompe, un lien puissant comme le nôtre ne s'évapore pas si rapidement.

– N'importe quoi, il a juste besoin de temps.

– D'habitude, il passe le match à te reluquer, même quand il devrait se concentrer sur le terrain. Dis-moi, combien de fois as-tu croisé son regard ce soir ?

– Il s'en veut d'avoir déstabilisé notre couple !

– Marcy, arrête de te faire des films ! Tu en connais beaucoup, des mecs qui se reprochent une partie de jambes en l'air ? Ils aiment ça et ils l'assument, Josh autant que les autres.

Je l'ignore, elle et ses idées trop douloureuses, et je sautille joyeusement quand Paul marque le but décisif. Josh hurle et se précipite dans la cohue. J'oublie que nous ne sommes plus ensemble et accours dans ses bras musclés qui, pour une fois, ne m'accueillent pas tendrement. J'ai toujours adoré ces instants d'après match. Mais ce soir c'est différent, mon cœur se brise quand il me repousse instinctivement et j'ai beau finir serrée contre sa poitrine, j'ai beau sentir qu'il veut se faire pardonner, j'ai mal, vraiment mal. Ce n'était pas le même désir de me retrouver qu'autrefois.

Josh s'éloigne trop vite, alors que nous n'avons même pas pu nous dire un mot. J'aimerais patienter devant la porte du vestiaire, mais Lucy m'en dissuade et je dois bien reconnaître qu'elle n'a pas tort. Ils sont toujours comme des fous à la sortie du stade, ce n'est pas le bon moment, mais il faut que je lui parle. J'ai besoin qu'il panse mes plaies, qu'il rassure mon cœur meurtri, j'ai besoin de lui et je souffre en l'attendant.

Lucy m'a abandonnée au milieu de l'imposant salon de Boby. Je crois qu'elle a des vues sur un gars de l'équipe, mais j'aurais préféré qu'elle reste un peu avec moi. Elle sait que je déteste ces soirées où tout le monde se tripote, pas discrètement du tout, y compris les plus sérieux d'entre eux.

Elsa me rejoint, et je serais prête à lui sauter au cou tellement je suis heureuse qu'elle vienne me tenir compagnie. Elle se tortille à côté de moi et je devine qu'elle veut me demander quelque chose. J'ignore pourquoi, mais Elsa a besoin de mon approbation chaque fois qu'elle doute de ses décisions. Si elle savait à quel point je me suis perdue moi-même, elle ne se préoccuperait pas de mon opinion.

– Ça s'est arrangé avec Cameron ? je l'interroge en me concentrant sur elle pour ne pas songer à Josh qui ne devrait plus tarder.

– Eh bien… en fait… j'ai réalisé que Cameron n'était pas le gentil garçon que je pensais. Il aurait attendu que je sois prête s'il tenait vraiment à moi. On en a beaucoup parlé avec Jeremy et on a aussi réfléchi à ce que tu as dit l'autre jour. Tu vois, on a très envie d'expérimenter certaines choses, mais c'est compliqué de trouver quelqu'un qui comprenne ce qu'on ressent, qui partage nos convictions. Et puis, une chose en entraînant une autre, on s'est dit que tous les deux…

Elsa vient de débiter à une vitesse impressionnante ces mots qui font tellement écho en moi, qui ravivent mes doutes. Mais soudain elle hésite, et je redoute ce qu'elle s'apprête à m'avouer, pourtant je l'encourage :

– Vous vous êtes dit quoi ?

– Qu'on pourrait peut-être découvrir… enfin… certaines choses tous les deux, bafouille-t-elle, maintenant terriblement gênée.

Je n'en crois pas mes oreilles ! Elsa et Jeremy ont sauté le pas ! Non, c'est impossible, j'ai dû mal comprendre.

– Vous l'avez fait ?

– Pas tout à fait. On a… On s'est dévêtus pour mieux connaître le corps de l'autre. Tu es choquée ?

De nouveau, elle se dandine et, moi, je ne sais plus du tout quoi penser. Elle attend mon avis, mais je n'en ai pas, je n'en ai plus.

– Euh… non… je ne crois pas que ça soit mal, si vous êtes d'accord tous les deux.

– Tu le penses vraiment ? insiste-t-elle avec un sourire timide, comme si mon opinion avait le pouvoir de tout changer.

– Oui… Jeremy est un gentil garçon et vous vous entendez bien. Je ne crois pas qu'il y ait de bonne ou de mauvaise façon de faire.

– Tu es formidable, Marcy ! Je ne sais pas ce que je ferais sans toi, s'enthousiasme-t-elle en me prenant dans ses bras chaleureusement.

Si seulement, Josh pouvait penser ça !

Mais déjà, elle m'abandonne pour rejoindre, si j'ai bien compris, non son petit ami mais son « compagnon d'expérience ». Idée étrange, mais je me demande s'ils n'ont pas raison finalement. C'est certainement bien plus facile de tâtonner, de se tromper avec quelqu'un qui ne compte pas vraiment. Si je n'avais pas été aussi inexpérimentée, nous n'en serions peut-être pas là, Josh et moi. Je les observe discuter joyeusement et je découvre Steve à quelques pas d'eux, qui me scrute, moqueur, comme s'il pouvait tout savoir de mes pensées dérangeantes. Je me sens rougir en redoutant qu'il en soit capable.

Il est encore avec Sandre et aussi ridicule cela soit-il, ça m'énerve ! Qu'est-ce qu'ils lui trouvent tous ? Elle n'est pas féminine, elle n'est pas élégante, elle est peut-être bien faite, mais elle est incapable de se mettre en valeur.

Mon estomac proteste violemment quand je comprends : elle leur donne ce qu'ils attendent. Josh a passé du temps avec elle uniquement pour le sexe et, maintenant, c'est le tour de Steve. Je ressens un pincement de jalousie, elle représente tout ce que je ne suis pas.

Josh entre dans mon champ de vision et mon cœur s'emballe. Il est magnifique avec ses cheveux ébouriffés, encore mouillés de sa douche, et son sweat qui moule sans en avoir l'air son corps parfait. Il semble aussi perdu que moi, et de nouveau j'espère. Je lui souris en m'approchant, hésitante. Il me regarde avec toujours le même regret dans les yeux, mais il ne s'éloigne pas quand je glisse mes mains sur ses hanches et me trémousse lentement, collée contre sa poitrine. Exactement comme il aime tant !

– Je n'ai pas changé d'avis, susurre-t-il dans mon cou.

– Alors, pourquoi danses-tu avec moi ? je lui demande en tentant de rester calme, alors qu'en réalité je suis complètement paniquée.

– Parce que j'ai trop bu pour savoir encore ce que je fais.

Je m'écarte pour mieux détailler ses iris dilatés par l'alcool. Avant, Josh était sérieux, avant il ne se laissait pas dominer par l'ivresse, maintenant on dirait qu'il apprécie de perdre le contrôle, comme s'il ne souhaitait plus être lui. Je frémis à cette pensée, il ne veut plus être ce si gentil garçon, il ne veut plus être celui que j'aime plus que tout ? Mes bras quittent son corps, et il se remet à danser seul en portant un verre à ses lèvres. Mais moi, je n'existe déjà plus, je ne compte plus.

Son regard se perd au loin, et il grimace comme si quelque chose avait pu le blesser. Je me penche pour apercevoir ce qui le perturbe tant. Sandre, bien sûr ! Sandre qui est avec Steve, prête à se donner sans réserve. J'entends d'ici Lucy : il en a envie, il en aura toujours envie, comme tous les mecs, et dans ces cas-là, ce n'est pas à toi qu'il pense, parce que c'est elle qui sait si bien l'envoyer au septième ciel.

Non, elle se trompe, ils se trompent tous, la vie n'est pas comme ça ! Je voudrais m'enfuir, me recroqueviller dans mon lit et pleurer toutes les larmes de mon corps. Je souffre, je souffre tellement ! Mais ce n'est pas en m'apitoyant sur mon sort que tout rentrera dans l'ordre. Alors, je fais une chose que je n'aurais jamais faite dans mon état normal : je me précipite vers Steve qui a enfin abandonné l'affreuse créature de tous mes cauchemars (je parle de Sandre) et déclare, en ignorant qu'il est entouré d'une bande de garçons ivres et en pleine crise hormonale :

– Apprends-moi à rendre un homme fou de désir.

Je regrette instantanément mes paroles, car tous les regards lubriques me détaillent comme un gâteau dans une vitrine. Steve pose un bras protecteur autour de ma taille et je le remercie silencieusement alors qu'il m'éloigne du troupeau en rut.

– L'innocente petite Marcy ne peut pas devenir ce genre de femme, déclare-t-il en me caressant la joue tendrement, comme si j'étais un pauvre animal sans défense.

– Tu m'en crois incapable ? je demande, prête à lui prouver qu'il se trompe, lui aussi.

Il sourit, et ses beaux yeux verts s'illuminent de malice, me faisant presque regretter d'avoir osé le défier. Steve aime ce genre de jeu et j'ignore jusqu'où il est capable d'aller. Il me prend la main et m'entraîne dans les escaliers qui conduisent à l'étage. Après avoir examiné plusieurs pièces, il trouve enfin une chambre libre et me pousse à l'intérieur.

6

MARCY

Quand j'entends le verrou se refermer derrière nous, je déglutis bruyamment.

– Donc, tu veux savoir ce que ça fait de provoquer le manque chez un mec ? me demande Steve.

Je hoche la tête et il poursuit :

– Et tu crois pouvoir en supporter les conséquences ? Le nouveau regard qu'on portera sur toi ? Tous les gars qui risquent de te faire des avances ?

J'acquiesce à chacune de ses interrogations. C'est pour Josh, je tente de me convaincre, il saura me protéger si le regard des autres change, comme semble le penser Steve. Un silence insoutenable s'ensuit. Son regard brûle chaque parcelle de ma peau qu'il examine. Sa main glisse dans ses boucles blondes qui se rebellent sur son front et sa langue passe sur ses lèvres bien dessinées comme s'il s'apprêtait à me dévorer tout cru. C'est loin d'être rassurant. Je suis censée dire quelque chose ? Est-ce que je dois encore le convaincre ?

J'envisage de bafouiller un « s'il te plaît, aide-moi », quand il m'ordonne :

– Montre-moi ta chatte.

– Quoi ?

Mon Dieu, dans quelle galère je me suis mise ! Alors que mon regard parcourt la pièce en espérant y découvrir une issue de secours, il précise en riant :

– Inutile de chercher. Je ne parle pas d'une adorable petite chose velue qui vient te ronronner dans les pattes quand tu as un coup de blues. Quoique…

– Arrête, je sais de quoi tu parles, mais il est hors de question que je te montre mon intimité.

– Pourtant s'il y a une chose qu'il faut connaître parfaitement lorsqu'on parle de désir, c'est bien… l'intimité. Et ne nous racontons pas d'histoire, à quelque chose près, elles se ressemblent toutes. Donc, je ne devrais pas être trop perturbé en découvrant la tienne étant donné que j'ai déjà vu toutes celles qui se trémoussent ici ce soir.

– Raison de plus pour que tu ne voies pas la mienne.

J'essaie de rester calme, mais en réalité je panique. Mon idée était complètement folle. Comment Steve pourrait-il combler mes lacunes sans se servir de moi ?

– Tu vois, Chérie, j'avais raison, tu n'es pas prête, annonce-t-il en déverrouillant la porte.

– Attends, je veux… je voudrais que tu m'aides, mais… mais, s'il te plaît, ne profite pas de la situation.

Je rêve, j'ai vraiment dit ça, alors que j'aurais dû en profiter pour m'enfuir en courant et ne plus jamais l'approcher. Il est toxique, je le sais ! Et pourtant, c'est plus fort que moi, je veux croire que lui seul peut m'aider, je veux croire que je peux lui faire confiance. Je dois vraiment avoir perdu l'esprit !

– Tu me prends pour qui ? s'offusque-t-il. J'ai des principes et je n'ai pas l'intention de te toucher. Enfin, pas ce soir ! J'aimerais juste découvrir l'étendue des dégâts. Allez, montre-moi la forêt vierge, Trésor.

Steve est d'une indélicatesse impressionnante et ses lèvres qui s'étirent avec arrogance suffisent à me faire voir rouge.

– Je vais chez l'esthéticienne ! je le contre, tout en priant pour que la situation ne prenne pas la tournure que je redoute.

– Très bien, bon point pour toi. Je suis sûr que le spectacle est magnifique, tu ne devrais donc pas te sentir gênée.

Et pourtant, je le suis. C'est ridicule, je ne peux pas faire ça. On ne montre pas son corps à un parfait inconnu ou presque. Et Steve qui ne cesse de me manger du regard, de me déshabiller de ses superbes yeux verts. Il me déstabilise complètement. Son sourire s'illumine et il enlève ses chaussures en déclarant :

– Très bien, on va commencer par ma queue, puisque tu as du mal à retirer ta petite culotte.

Ses chaussettes volent derrière lui et ses mains glissent sur la ceinture de son jean. Mon Dieu, il ne va pas faire ça, il ne peut pas se dévêtir devant moi ? J'aimerais protester, mais je suis hypnotisée par ses bras puissants qui descendent lentement le long de son corps, par ses longues jambes musclées qui apparaissent progressivement et par le renflement que je distingue à travers son boxer marine. J'ai du mal à respirer, mon cœur s'affole, mes jambes s'agitent alors que je leur ordonne de rester immobiles, et la chaleur augmente dans tout mon corps.

Je devrais lui dire d'arrêter, mais je ne me contrôle plus. Seule une infime partie de mon cerveau fonctionne encore et elle en veut plus. Je sursaute quand il retire sans aucune hésitation son boxer. Mon Dieu, il est… c'est… énorme… et je m'étonne de trouver sa peau nue, son sexe, incroyablement attirant.

– Le spectacle te plaît, mon cœur ?

Sa voix grave me renvoie brutalement à la réalité. Il se délecte de mon expression fascinée et je riposte, pour recadrer son ego surdimensionné :

– C'est loin d'être beau !

– Si tu savais tout ce que cette chose peut te faire, tu ne penserais pas ça, se moque-t-il en s'avançant vers moi.

Je recule d'un pas, terrifiée à l'idée qu'il me touche ainsi dévêtu, et il stoppe en précisant, les mains levées innocemment :

– Je vais m'installer sur le canapé derrière toi. Tu permets ?

Je hoche la tête et il s'approche. Il passe près de moi, trop près de moi, et mon cœur recommence à paniquer. Pourtant mes yeux, eux, ne pensent pas la même chose, ils profitent de la proximité de son postérieur pour le contempler. Et pour être honnête, ses fesses sont vraiment splendides ! Mais lorsqu'il me fait face à nouveau en s'asseyant confortablement, je sais à son sourire qu'il a deviné où ont osé se poser mes yeux. Cette simple pensée me fait rougir, alors que lui ne semble pas gêné le moins du monde.

– Tu pourrais t'installer dans le fauteuil, me propose-t-il en écartant les jambes pour mieux m'offrir une vue imprenable sur ses parties.

Je m'exécute sans vraiment savoir pourquoi. Je devrais partir maintenant, ce qu'il fait là, ce que je fais avec lui n'est pas correct. Mais aussi étonnant que ce soit, je veux découvrir la suite des événements. Instinctivement, je croise les jambes et tente de me concentrer sur le haut de son corps. Merci mon Dieu, il a gardé son T-shirt ! Il doit avoir un torse magnifique, parfaitement dessiné. On en distingue presque trop à travers le tissu fin et moulant. Je frémis en revenant sur son visage qui m'observe, satisfait. Steve a l'air d'un ange avec ses boucles blondes qui tombent sur ses longs cils et ses yeux clairs rieurs qui vous initient inconsciemment au bonheur. Pourquoi Dieu l'a-t-il paré de si beaux atouts ?

– Mon cœur, ça serait plus équitable si tu retirais ta petite culotte, insiste-t-il en prenant son sexe dans ses mains.

Je me dandine sur place en ajustant mes jambes bien serrées l'une contre l'autre, et son sourire s'étire comme s'il savait que ce serait ma réaction.

– Bien, alors on va dire que pour cette première leçon, tu peux te contenter d'observer.

Et il fait coulisser ses doigts le long de son membre. Mon Dieu ! Je ne devrais pas regarder, mais je me sens comme hypnotisée, envoûtée. Sa deuxième main vient caresser... ses boules, et je retiens ma respiration en contemplant la scène. À chacun de ses va-et-vient, il semble plus long, plus gros, plus dur, et les gémissements qui s'échappent du fond de sa gorge suivent le rythme de ses mouvements.

– Mon ange, te voir avec ces yeux-là est incroyablement jouissif, mais ça serait encore meilleur si tu participais, grogne-t-il en amplifiant son geste.

– Que... que dois-je faire ? je bafouille, sans quitter ses longs doigts qui s'animent pour lui procurer ce bien-être.

C'est surréaliste !

– Remonte cette robe trop sexy et fais-toi plaisir, Trésor !

Impossible ! Ses mots me renvoient à l'instant présent et j'ose le regarder à nouveau. Quelle erreur ! Le désir qui brûle dans le fond de ses iris est incroyable et le plus surprenant, c'est que j'adore ça. Je voudrais en être la cause, je voudrais pouvoir lui faire cet effet-là, prendre la place de ses doigts, mais m'exciter moi comme lui le fait si bien, impossible ! Je secoue la tête et il ajoute, amusé :

– Alors, comme ça, notre petite fille sage aime observer ! Hum, l'idée me plaît ! Mais si tu souhaites que je continue, il va falloir m'encourager, halète-t-il.

Il relâche son sexe, et ses mains descendent entre ses jambes tandis que ses hanches se mettent à danser. C'est ridicule, mais j'en veux encore et mon cœur est au bord de l'arrêt cardiaque.

– Je… je ne saurai pas… comment m'y prendre !

Un rire rauque s'échappe de sa bouche appétissante et je serais certainement vexée si tout mon être ne tenait pas à poursuivre plus que tout ce petit jeu pervers.

– Bien sûr que tu sauras, Trésor ! Dis-moi juste ce que tu veux que je fasse !

– Continue… Je veux que tu continues, je bredouille en tentant de rester calme, mais je suis sûre que mes lèvres tremblantes et mes joues rouges me trahissent.

– Il va falloir être plus précise, Chérie !

Tous ses muscles se tendent à chacune de ses caresses et mon corps réclame le même traitement. Mon Dieu, c'est une torture ! Si je ne me faisais pas violence, je crois que je lui sauterais dessus. Pourtant, j'ignore totalement ce que je suis censée faire.

– Je… j'aime quand tu… quand tu touches ton sexe… j'aime le voir… durcir, le mouvement de tes hanches…

Ma voix s'affole, déraille, ma peau brûle et tout mon corps s'embrase. Je n'arrive pas à croire que j'ai dit ça, et Steve jubile en s'emparant de son sexe.

– Oh oui, vas-y continue, c'est trop bon, suffoque-t-il.

– J'aime comme tes mains le pressent et… et les muscles de ton ventre qui se contractent. J'aime entendre tes râles de plaisir et ton regard brûlant qui m'appelle…

J'ai l'impression d'être dans un rêve. Marcy n'aurait jamais mis les pieds ici, ne dirait jamais des choses pareilles et ne ressentirait certainement pas de la fierté à le faire.

Steve m'observe, fasciné, son sourire s'illumine et sa lèvre inférieure tremble légèrement. Il grogne en accélérant la pression de sa main, et les mots sortent de ma bouche bien malgré moi. Mon cœur a quitté ma poitrine pour s'emballer dans le fond de mon ventre. Une sensation incroyable monte en moi et je dois me retenir pour ne pas m'agiter sur mon siège.

– Je… je voudrais tout connaître de ton corps pour pouvoir te faire cet effet-là. Je…

– Oh, putain, grogne-t-il, alors que sa tête tombe lourdement sur le dossier derrière lui. J'y suis !

Il soulève légèrement son T-shirt, alors que son autre main s'anime frénétiquement. Son désir gicle sur son bas-ventre et la façon dont tout son être se tend me ferait presque gémir. Je me surprends à me sentir frustrée de ne pas avoir joué le jeu.

Sa tête se redresse, et il scrute mon visage comme s'il redoutait que je panique. Je crois que je lui souris, parce que sa bouche s'étire en un sourire rassuré. Il se penche sur la table basse que je n'avais même pas remarquée et attrape un paquet de mouchoirs. Il ne me quitte pas des yeux alors qu'il essuie le sperme qui a coulé sur sa hanche.

– Expérience intéressante, finit-il par déclarer.

Je devrais sans doute répondre que c'est partagé, mais j'en suis incapable. Je peine à retrouver mes esprits, j'ai l'impression d'avoir abandonné mon corps pour ne faire qu'un avec le sien et je ne souhaite plus jamais récupérer le mien. Je dois vraiment avoir l'air paniquée, parce qu'il croit bon de préciser :

– Il ne s'est rien passé. Tu n'étais pas là et je ne me suis jamais masturbé dans cette chambre. Tu étais fatiguée, ce qui explique pourquoi je vais te raccompagner. Et si tu veux que nous ne reparlions pas de ce qui ne s'est pas passé ici, je serai chez moi lundi toute la journée.

En même temps qu'il parle, il renfile ses vêtements avec une aisance surprenante. Comment fait-il pour se comporter normalement après ce qu'il vient de faire ?

Steve n'a pas dit un mot en me reconduisant chez moi, et je n'ai pas osé ouvrir la bouche. Je ne parviens pas à trouver un sens à ce que je ressens. C'est de la frustration, c'est sûr, c'en est, mais pourquoi au juste ? Parce qu'il ne m'a pas touchée, parce que j'ignore tout du plaisir que Steve vient de se donner. Il rompt enfin le silence en s'arrêtant devant la maison, mais j'aurais préféré qu'il se taise :

– Ton père rentre toujours aussi tard ?

Je n'avais même pas vu sa berline se garer dans l'allée et ça m'énerve que Steve l'ait remarqué.

– Il travaille beaucoup, j'élude.

– Même le samedi soir ?

Je suis une pitoyable menteuse, je le sais, mais d'habitude les gens se contentent de mes boniments, alors pourquoi il s'obstine ? Josh comprenait que je ne souhaite pas parler de la vie compliquée de mes parents.

– Certains se battent plus que d'autres pour que leur famille vive confortablement.

Je bredouille un « Merci » et claque la portière derrière moi sans lui laisser le temps de me déstabiliser encore. Comment ose-t-il juger, alors qu'il ne sait rien ?

7

MARCY

J'ai esquivé mon père. Je ne supporte pas qu'il se mette à papoter avec moi comme un adolescent lorsqu'on rentre ensemble à une heure un peu tardive. Après avoir vérifié que Tara dormait toujours profondément, j'ai pris une douche bien chaude en espérant me débarrasser de cette frustration. Mais c'est peine perdue, je suis dans mon lit et je n'arrive pas à dormir. J'ai peur de fermer les yeux, parce que je redoute que les images de ce soir soient plus déstabilisantes encore une fois endormie. Et puis, il y a cette brûlure intense entre mes jambes, mon cœur qui palpite dans le fond de mon ventre et qui réclame qu'on mette un terme à ses souffrances. Mes hanches ont une envie irrésistible de s'animer, mais je les en empêche.

Est-ce que c'est convenable de se donner seule du plaisir ? La sexualité est un acte d'amour que l'on doit partager. Je n'ai rien partagé avec Steve et, pourtant, j'ai le sentiment qu'un lien étrange est né entre nous. Et je me déteste de ne pas voir le mal qu'il y a dans ce que nous avons fait ensemble. Car s'il était l'instigateur, j'ai bel et bien participé, alors que je n'aurais jamais dû.

Je me suis levée aux aurores, en partie parce que je n'ai pratiquement pas fermé l'œil, mais j'aime aussi profiter de la maison encore endormie pour cuisiner. C'est plus fort que moi, j'ai besoin de savoir qu'il y a des petits plats tout prêts dans le congélateur, juste au cas où. Le pasteur va me détester de l'interroger encore, alors je repousse l'inévitable. Lorsque j'entends les premiers mouvements à l'étage, je remonte me glisser en douce dans ma chambre et en profite pour me changer, je préfère que mon père ignore que je suis celle qui garnit son assiette.

En retournant dans la cuisine un peu plus tard, je suis surprise de découvrir qu'il est déjà installé avec un café et le journal du matin. Comme toujours, à peine levé, il est déjà très élégant, avec une chemise bleu ciel et un pantalon de flanelle. Ses cheveux châtains commencent à grisonner, mais il fait encore bien plus jeune que son âge et je déteste ça, peut-être qu'il en profiterait moins si ce n'était pas le cas. Des cernes marqués sous ses yeux clairs me font sourire inconsciemment, lui non plus n'a pas bien dormi. Et je me réprimande silencieusement de m'en réjouir, parce que ça me plaît de penser qu'il culpabilise de ce qu'il fait vivre à notre famille. Il croit peut-être que ça ne nous concerne pas, Tara et moi, mais il se trompe. Je sais où il était sorti hier soir, mais il ignore que je le sais. Je n'ai jamais eu le courage d'en parler avec lui, surtout après en avoir discuté avec ma mère. Moi qui avais cru à l'époque détruire leur mariage, notre famille, alors qu'elle savait déjà tout ! J'ai admiré sa force et sa grandeur d'âme, mais j'ai aussi réalisé ce jour-là qu'elle était une femme anéantie, qu'elle avait besoin de moi.

Elle apparaît avec une boîte d'œufs et un pot de confiture de groseilles, je sursaute tellement c'est inhabituel, c'est toujours moi qui prépare le petit déjeuner du dimanche. Je l'observe s'avancer vers lui dans sa tenue très chic.

J'aime particulièrement cette robe pastel très ajustée qui met en valeur sa silhouette fine, il paraît que je ressemble beaucoup à ma mère et j'en suis fière, mais je voudrais aussi arriver à être plus forte qu'elle, à me battre là où elle baisse les bras. Son sourire ne dupe que mon père, son attitude aussi. Elle s'est maquillée et a coiffé sa tignasse blonde avec soin comme elle le fait uniquement les jours où mon père ne travaille pas, mais je vois bien que quelque chose la contrarie, même si elle ne l'avouera jamais. Elle l'embrasse avec amour, et lui la serre dans ses bras. À quoi rime cette mascarade ? Est-ce que c'est à ça que ressemblera notre relation avec Josh si je ne fais rien ? Je l'étreindrai amoureusement au matin, sachant qu'il a passé la moitié de la nuit avec une autre ?

– Tu veux que je t'aide ? je demande à ma mère en réprimant une grimace de dégoût.

Elle me retourne un regard noir et je sais instinctivement que nous sommes dans une phase où rien ne doit la contrarier. Ma mère aime avoir l'air parfaite quand il est là.

Tara débarque, ces cheveux châtain clair sont hirsutes, elle a les bras chargés de son impressionnante collection de figurines Disney qu'elle étale sur la table, et mon père vient la câliner avec un sourire heureux qui m'agace depuis que je sais. Il se joue de nous. Ma petite sœur ne semble rien remarquer et je préfère ça. Elle lui ressemble énormément et c'est encore plus flagrant lorsqu'ils sont ainsi côte à côte. Il se tourne vers moi et je tente de donner le change, je ne dois pas être crédible, mais il est trop aveugle pour s'en apercevoir.

– Ça fait un moment qu'on n'a pas vu Josh, me lance-t-il en m'enlaçant à mon tour.

– Nous avons décidé de faire une pause, je réponds à contrecœur.

Si seulement il ne s'agissait que d'une pause !

– C'est une sage décision, intervient ma mère, il vaut mieux qu'il expérimente certaines choses sans toi. Mais ne t'éloigne pas trop non plus, Josh est un bon garçon, il finira par s'assagir.

Et voilà, le genre de discours qui m'a conduite là où j'en suis. Est-ce que mon père a fini par s'assagir, lui ? Non. À trop écouter les divagations de ma mère, j'ai tout fait de travers.

– Lynda ! la gronde mon père. Tu ne peux pas la laisser croire ce genre de choses.

Mais hors de question que j'écoute mon père, c'est un traître.

– C'est de mon bébé qu'on parle, s'énerve ma mère.

Je suis prête à emporter Tara loin d'eux, mais comme toujours, mon père courbe l'échine et l'interroge sur sa semaine. Elle va encore mentir, et il fera semblant de la croire. Je voudrais qu'ils crèvent enfin l'abcès, qu'ils donnent une autre chance à leur couple, mais ça n'arrivera jamais, alors je m'éclipse pour éviter d'assister à cette pitoyable imposture.

Je chasse mes parents de mes pensées, j'ai des tourments bien plus perturbants pour le moment. Et bizarrement, c'est un soulagement de ne plus faire passer ma famille en priorité, juste pendant quelques instants.

J'hésite à m'avancer dans la nef. Les nouvelles questions que j'aimerais poser au révérend Clark sont pires que les précédentes et j'ignore si je ne dépasse pas les limites de ses compétences. Mais je ne connais personne d'autre qui puisse éventuellement y répondre.

Finalement, je m'assieds sur un banc tout au fond de l'église et me contente de contempler les sculptures et les fresques représentant le long périple de Jésus. Lorsque le révérend Clark m'aperçoit, il s'approche en soufflant bruyamment :

– Quelle question te tourmente aujourd'hui, Marcy ?

– C'est assez délicat.

– Si tu savais tout ce que mes oreilles ont entendu, tu ne douterais plus de mes capacités à écouter, réplique-t-il en s'installant à côté de moi.

– Je voulais votre avis sur la… masturbation.

La fin de ma phrase meurt presque entre mes dents. Le pasteur sourit, comme si la situation avait pu être comique. D'habitude, il est gêné et je préfère ça.

– Tu as lu *Le cantique des cantiques* comme je te l'avais conseillé ?

Je secoue la tête. Est-ce que c'était ma punition pour mes actes ou mes mauvaises pensées ? Mais il n'insiste pas.

– Marcy, il s'agit de ton intimité, même Dieu respecte cela.

À peine rentrée, je m'enferme dans ma chambre. J'ai besoin de m'isoler, de réfléchir, et Tara joue tranquillement dans la sienne. La sensation étrange dans le fond de mon ventre, ces picotements entre mes jambes sont toujours là, et ça m'effraie. Qu'est-ce qui m'arrive ?

J'attrape ma bible. Il me faut un signe, un signe de Dieu. C'est presque par hasard que *Le cantique des cantiques* s'ouvre devant moi. Et je lis :

Cantique des cantiques
Chapitre 1.2-3
Qu'il me baise des baisers de sa bouche !
Car ton amour vaut mieux que le vin,
Tes parfums ont une odeur suave ;
Ton nom est un parfum qui se répand ;
C'est pourquoi les jeunes filles t'aiment.

Mon Dieu ! Est-ce que ça parle vraiment de ce que je crois ? Est-il vraiment possible que la Bible glorifie le sexe sous toutes ses formes ? Je poursuis ma lecture à la recherche d'une quelconque morale qui m'annoncerait que je ne suis pas sur la bonne voie, que je me suis égarée dans les jeux pervers de Steve, mais il n'y a rien. Rien de plus qu'une louange à l'amour. Des mots envoûtants, des phrases troublantes qui ne font qu'intensifier mon désir. La Bible qui m'excite, on aura tout vu !

Mon cœur palpite à nouveau entre mes jambes, j'hésite à glisser une main dans ma culotte, mais je ne peux pas. Je ne peux pas faire ça. Cette simple idée me perturbe plus qu'elle ne devrait.

8

STEVE

Je ne saurais dire le nombre de fois où je me suis masturbé cette nuit en pensant à son regard intense focalisé sur ma queue en érection et à son corps frêle qui se dandinait d'un désir inconscient. Je n'aurais jamais pensé que ça puisse être aussi jouissif de le faire devant une spectatrice naïve et inexpérimentée. Et aussi étrange soit-il, je culpabilise.

Je n'aurais peut-être pas dû la mettre dans une situation aussi embarrassante. Les regards qu'elle me lançait, passé l'ivresse de l'instant, me donnent encore des sueurs froides. Je suis convaincu qu'après ça, elle ne s'approchera plus de moi à moins d'un mètre et que plus jamais ses magnifiques iris trop clairs ne croiseront les miens.

Autant vous dire que je suis estomaqué lorsque je la découvre sur le pas de ma porte le lundi matin. Son regard azur me détaille, aussi amusé que gêné.

– Euh… salut ! finit-elle par bafouiller, alors que je suis toujours figé sur place. Je peux entrer ?

Encore sous le choc, je m'écarte pour la laisser passer et jette un œil à la pièce en remerciant silencieusement ma mère de m'imposer un minimum d'ordre et de propreté. Ma chambre est nickel, seul mon lit trahit ma nuit agitée. Je l'observe s'avancer vers le coin-cuisine dans une splendide robe ajustée. Ses épaules dénudées réclament ma bouche et son cul parfaitement moulé hurle qu'il a besoin d'attention. Bon sang, si Marcy savait à quel point elle est bandante, porterait-elle des tenues pareilles ? Pourtant, elle ne semble pas aussi mal à l'aise qu'à la soirée chez Boby, elle me sourit même. Son regard se pose sur mes mains couvertes de rouille. Si elle savait qu'elle m'a perturbé au point que j'ai dû attaquer une nouvelle sculpture, à peine levé. J'ai étalé dans un coin de la pièce des vieilles pièces de bagnoles, d'électroménager et de morceaux non identifiables, mais aux formes intéressantes. Je me tourne pour me laver les bras et elle en profite pour s'installer sur l'unique chaise en fer forgé en annonçant :

– J'ai beaucoup réfléchi à ce qui s'est passé samedi soir.

Si sa petite tête bien pleine a décortiqué la scène, je suis mal barré. Moi qui pensais qu'elle voudrait oublier et ne jamais en reparler.

– Peut-être pourrais-tu m'expliquer puisque je n'étais pas vraiment là, j'ironise en m'essuyant les mains.

Elle me regarde faire. Si confiante, elle ne peut être venue que pour me faire la morale. Elle risque de le regretter.

– Il est difficile d'oublier ce que tu n'as pas fait, insiste-t-elle.

Ça y est, nous y sommes ! Marcy la moralisatrice va encore frapper. Je porte mes mains à mon jean pour les glisser dans mes poches quand je réalise que je n'ai enfilé que mon boxer. Merde ! Je scrute son magnifique visage toujours aussi détendu. Mais où est passée la Marcy qui m'aurait fait un scandale rien que pour ça ? Et elle continue, plus déroutante que jamais :

– Depuis, c'est comme si… comme si mon corps se consumait. Je suis parcourue de frissons enflammés qui s'embrasent de manière intempestive. Je ne sais pas comment gérer ça.

Incroyable ! Je jubile. Non, mieux, je bande ! Je suis celui qui a éveillé le désir chez la trop prude Marcy, et elle vient me supplier de soulager sa souffrance !

– Chérie, si tu t'étais tripotée comme je te l'ai conseillé, tu ne serais pas dans cet état-là !

De nouveau, elle se tortille sur place en rougissant. Revoilà la si prude Marcy !

– Est-ce qu'on est vraiment obligé d'en passer par là ? Le pasteur considère l'acte comme normal, mais je ne sais pas, c'est…

Je rêve, j'hallucine, je ne peux pas en entendre davantage. Je la coupe, horrifié :

– Attends, tu ne peux pas parler masturbation à un homme d'Église ! Et ne me dis pas que le révérend Clark sait que je me suis branlé devant toi ?

Elle souffle, excédée, comme si je jouais les enfants gâtés. Mais sur quelle planète vit Marcy ?

– Je ne suis pas entrée dans les détails, réplique-t-elle en se dandinant sur sa chaise. Je souhaitais juste son opinion sur la chose.

– Tu m'étonnes que Josh ait fui à toutes jambes, aucun mec ne voudrait se faire castrer de cette façon.

Les yeux clairs de Marcy s'embrasent.

– N'importe quoi, Josh apprécie le révérend, c'est une oreille attentive et discrète. Je suis sûre que lui aussi a déjà évoqué notre couple avec lui, s'emporte-t-elle, outrée.

J'y suis peut-être allé un peu fort, mais j'ai quand même du mal à imaginer Josh parler de ses pulsions sexuelles avec le pasteur, aussi compréhensif soit-il.

– Mais bien sûr ! Alors, pourquoi tu ne demandes pas au père Clark de te guider sur la voie du plaisir, pendant que t'y es ? Pourquoi as-tu choisi le fils de la traînée du coin, le gros dragueur qui saute sur tout ce qui bouge ?

Je m'avance pour mieux la dominer, et son regard trop pur se perd sur mon boxer avant de contempler le sol, déstabilisé. Je voudrais qu'elle se défende, qu'elle démente mes propos, mais elle reste silencieuse. Je pose un genou à terre pour retrouver ses beaux yeux bleus et déclare plus calmement :

– Marcy, je ne comprends pas grand-chose à la Bible et aux histoires du pasteur. Mais je sais une chose, deux êtres consentants ne font de mal à personne. Tu ne devrais pas culpabiliser d'avoir des désirs, parce que c'est naturel. Qu'y a-t-il de mal à te donner du plaisir ou à en offrir ?

– Je suppose qu'il n'y en a pas, répond-elle, hésitante.

– Et donc, tu es venue pour que je t'aide à éteindre l'incendie que l'on n'a pas provoqué samedi soir, ou juste pour me faire la morale.

– Je… je veux que tu m'apprennes.

Mon cœur cesse de battre un instant pour finir par s'emballer anarchiquement. Marcy veut des cours particuliers ? Je rêve, c'est sûr, je n'ai toujours pas ouvert les yeux et le réveil risque d'être brutal, mais je m'acharne :

– Aujourd'hui, tu comptes enlever ta petite culotte ou tu n'as pas suffisamment observé la dernière fois ?

– Je préférerais que tu me montres, bafouille-t-elle en triturant ses ongles parfaitement manucurés.

Je n'en reviens pas de ce qu'elle me demande. J'aurais presque envie de la faire répéter, et pour être sûr qu'il n'y ait aucune ambiguïté, j'insiste :

– Tu veux que je te touche, que je te fasse jouir avec mes doigts ?

Elle acquiesce, et mon cœur s'affole. Je n'en crois pas mes oreilles, Marcy va me laisser me glisser en elle. Ça y est, j'ai la trique ! Et je redoute un instant qu'elle ne me gâche trop vite ma joie.

– Je croyais que tu voulais que Josh reste l'unique.

– Malheureusement, ce n'est plus réciproque, alors je préfère connaître moi aussi les bras d'un autre, souffle-t-elle, à peine audible.

Bon sang, j'en grognerais presque de satisfaction. Je pose mes mains sur ses chevilles et sans la quitter des yeux, lentement, très lentement, remonte le long de ses jambes incroyablement douces. J'attends qu'elle proteste.

– Tu as le droit de me demander d'arrêter, je précise, alors que mes doigts atteignent le bas de sa robe.

Sa bouche s'entrouvre pour laisser passer l'air qui s'engouffre anarchiquement et ses iris clairs me supplient silencieusement de continuer. Son corps attend cet instant depuis dix-sept ans, Marcy n'a plus le contrôle de la situation. Je n'ai pas encore atteint l'intérieur de ses cuisses que je sens déjà son corps s'enflammer, et ses jambes s'ouvrent pour m'offrir un meilleur accès à son intimité. Elle se soulève quand je tire sur sa culotte et se cambre tout naturellement lorsque mes doigts trouvent son sexe.

– Pauvre cœur, tu es trempée, je ne t'aurais pas donné vingt-quatre heures avant de te transformer en une créature dégoulinante de désir. Ne t'inquiète pas, Trésor, je vais arranger ça, j'annonce en remontant sa robe sur ses hanches pour mieux contempler sa chatte humide.

J'attrape ses fesses et la tire contre le bord de la chaise. Elle s'accroche à la table, mais ne semble nullement surprise, on dirait qu'elle n'attendait que ça. Marcy observe chacun de mes gestes comme si elle souhaitait s'en souvenir pour les reproduire seule dans son lit. Elle se mord la lèvre tandis que mon pouce dessine des petits cercles sur son clitoris, j'introduis un doigt en elle et elle se met à gémir en psalmodiant :

– Mon Dieu, c'est… Seigneur, je ne devrais pas…

Je retire mon index avant qu'elle ne me récite le Notre Père et je râle en attrapant son visage entre mes mains :

– Chérie, il n'y a pas plus réceptif que moi, mais là, tu viens de perdre mes couilles dans tes louanges. Continue comme ça, et ma bite risque de me supplier de te foutre à la porte avant de finir impuissante.

Elle me dévisage comme si je venais d'avouer ma fascination pour Satan, et j'ajoute en replaçant ma main contre son sexe en manque :

– Je ne suis pas convaincu que Dieu ait envie de participer à tes séances d'initiation sexuelle.

Son expression reste outrée, mais de nouveau ses pupilles se dilatent quand mes doigts se faufilent dans son intimité trempée. Je la caresse lentement, et ses hanches suivent le mouvement. Je sursaute quand elle s'accroche à mes épaules en retenant des gémissements.

– Ne lutte pas, Bébé, vas-y, laisse le feu se propager. Dis-moi que ça te plaît, que tu veux que je continue.

Et j'accélère en m'insinuant plus profondément en elle. Sa voix s'éraille alors qu'elle commente chacun de mes gestes :

– Je… j'aime ce que tu me fais… J'en veux plus, plus vite, plus fort… C'est tellement agréable, tellement intense… Tu es tellement…

Marcy est douée quand elle veut, très douée, je bande comme un malade et chacun de ses mots rend la torture plus insupportable. Elle finit par crier mon prénom, tandis que ses ongles s'enfoncent dans mes biceps. Je sens son intimité palpiter entre mes doigts et son corps se crisper.

J'en profite pour contempler ses lèvres rougies qui tremblent légèrement, ses longs cils qui effleurent délicatement ses joues et ses traits fins totalement détendus. Elle est tellement belle dans cet état post-coït, mais quand elle rouvre les yeux, la culpabilité que j'y découvre me retourne l'estomac. Comment peut-elle ne pas assumer une telle déferlante de sensations ?

Avant qu'elle ne s'enfuie à toutes jambes, je l'aide à se relever et l'entraîne jusqu'à mon lit.

– Je n'en ai pas encore fini avec toi, mon ange !

Ses magnifiques yeux paniquent et s'agitent à la recherche d'une issue, mais elle ne proteste pas, quand je l'aide à s'allonger sur la couette que je viens de rajuster.

– Détends-toi, Chérie, je précise, je vais rester sage. Aujourd'hui, ce n'est que pour ton plaisir.

Elle ne me quitte pas des yeux alors que je remonte le bas de sa robe et me penche entre ses cuisses ouvertes.

– Ton esthéticienne est talentueuse, j'ajoute en caressant du bout des doigts les lèvres parfaitement épilées de son sexe.

Elle frissonne et sa bouche s'entrouvre en silence. Sa respiration devient rauque lorsque j'embrasse son intimité et titille son clitoris avec la pointe de ma langue.

– Oh, mon… gémit-elle sans finir sa phrase.

Je souris en l'observant se retenir d'évoquer le bon Dieu, et ses hanches s'agitent alors que je commence à la sucer doucement.

– Mmh, Steve… C'est extraordinaire, grogne-t-elle, tu as des pouvoirs… comment peux-tu me faire cet effet-là ?

Je la pénètre de ma langue et me retiens de ne pas gémir à mon tour alors qu'elle continue à glorifier mes prouesses. Ma queue n'en peut plus, je suis à deux doigts de jouir dans mon boxer. J'accélère la cadence en effleurant l'intérieur de ses cuisses du bout des pouces.

– Je n'aurais jamais pensé que ta bouche… tes lèvres… puissent être encore meilleures que tes doigts, poursuit-elle en glissant ses mains dans mes cheveux.

Je n'en peux plus, je grogne sans retenue alors que ses doigts fins réveillent des sensations incroyables sur mon crâne et le long de ma colonne vertébrale. Je prie en silence pour qu'elle explose enfin, je ne vais pas tenir. Si je jouis juste avec ses mains dans mes cheveux, je suis sûr que je vais la choquer. Elle se cambre soudain et des cris étranges s'échappent de sa gorge. Je la caresse encore un peu avec ma langue, puis m'écarte pour la contempler.

Marcy reste longtemps immobile, je finis même par me demander si elle ne s'est pas endormie. Lentement, je rampe jusqu'à elle et m'allonge à côté de son corps inerte en prenant garde de ne pas la toucher. Pourtant, j'en meurs d'envie, toucher son intimité est loin de m'avoir contenté. Je veux parcourir chaque parcelle de sa peau, connaître les recoins qui la font frissonner et ceux qui réveillent son plaisir. Je plaque mes mains dans mon dos, plus frustré que jamais, mais ce n'est pas suffisant. Sa bouche rougie semble réclamer la mienne et je me mords l'intérieur de la joue pour ne pas succomber. Si elle s'était assoupie, je pourrais essayer de frôler ses lèvres. J'observe les traits de son visage. Au mouvement de ses paupières closes, de sa respiration saccadée, je sais qu'elle ne dort pas.

– Après ça, tu devrais pouvoir tenir quelques jours avant que le feu ne te consume à nouveau, je souffle en tentant de ne rien laisser paraître de ma frustration grandissante.

Elle entrouvre un œil et me sourit. J'adore ça.

– J'avais espéré que ça ne se reproduirait pas.

– Tu rêves, Chérie ! Une fois que le dragon est réveillé, il ne se fait plus oublier.

Elle se redresse en soufflant, presque déçue par ma remarque, et parcourt la pièce à la recherche de sa culotte en dentelle. Je me relève d'un bond pour la saisir avant elle et l'aide à l'enfiler. Le regard de Marcy fuit le mien et je déteste ça. Je l'observe rajuster sa tenue et j'ajoute avant qu'elle ne disparaisse :

– Tu devrais t'entraîner.

Elle ne répond pas et se dirige vers la porte. Avant de l'ouvrir, elle murmure, gênée :

– Merci.

Bon sang, elle souhaite vraiment me perturber ! Je ne l'ai pas maltraitée, je ne lui ai pas fait de mal, alors pourquoi cette tête-là ? Je ne veux plus de ce regard-là, il va falloir que Marcy assume ses actes.

Une fois seul, j'entre dans la salle de bains et recouvre le miroir d'une serviette avant de retirer mon T-shirt et mon boxer. Je me glisse sous la douche et ouvre le mitigeur. Ma queue réclame déjà mes doigts rien qu'aux images que lui suggère mon esprit, je suis sûr que je vais jouir à peine je l'étreindrai de ma paume. Personne ne m'avait mis dans un état pareil avant Marcy, avant ses doigts dans mes cheveux et sa bouche rougie. Si elle compte vraiment sur moi pour l'initier, je risque de passer l'été à me branler, j'en ai mal aux couilles rien que d'y penser. Je vais avoir besoin de quelqu'un pour m'épauler et il est hors de question d'envisager Lucy comme échappatoire. Elle est douée, mais c'est aussi sa copine et je ne veux pas prendre le risque de perdre celle que je désire depuis si longtemps. Je vais enfin réussir à baiser la trop prude Marcy.

9

MARCY

J'ignore si ce que j'éprouve est bien ou mal, mais mes pensées cohérentes se sont volatilisées. Seules les images de ses doigts qui me caressent, de son sourire magnifique et de ses beaux yeux verts qui scrutent chacune de mes réactions passent en boucle dans ma tête. Je n'entends même pas Lucy s'enthousiasmer devant la ribambelle de tenues improbables de ma penderie. Elle sort une robe bustier bien trop courte qu'elle m'a fait acheter l'année dernière. Son visage s'anime, ses mains s'agitent, mais ses mots ne m'atteignent pas. Elle s'approche de moi, vêtue d'un immense T-shirt fluo qui dissimule un short en jean minuscule, et je chasse Steve et ses doigts provocateurs.

– Quelque chose ne va pas ? m'interroge-t-elle.

– Il y avait le pique-nique au lac Crystal le week-end dernier, Josh m'y invite toujours d'habitude, je réponds en priant pour qu'elle ne devine pas le fond de mes pensées.

Je n'aurais jamais dû en parler, mais je préfère ça plutôt que de lui avouer la vérité. Deux jours que je m'oblige à ne pas y songer. Dire que Sandre y était et pas moi, qu'elle l'a peut-être provoqué et qu'il a succombé. Ça me rend malade !

Je préfère imaginer la bouche de Steve entre mes jambes, même si ça n'est pas raisonnable. J'ai aimé qu'il me fasse oublier ce qu'ils peuvent faire dans mon dos, j'ai aimé me sentir désirable à ses yeux et je veux retrouver cette même flamme dans ceux de Josh. Lucy se penche sur moi, conspiratrice :

– Marcy, tu es jeune, tu es libre, tu devrais en profiter. Tu n'es qu'une magnifique fleur à peine éclose, profite de cet été pour t'épanouir, et Josh n'aura d'yeux que pour toi à la rentrée.

Mon Dieu, comment peut-elle savoir que c'est exactement ce que j'ai besoin d'entendre ?

– Mais je ne sais pas comment m'y prendre, je bredouille, défaitiste.

– Choisis-toi un beau garçon et laisse-le te montrer.

Elle m'embrasse sur la joue avant de disparaître avec les tenues qu'elle a entassées. Lucy part pour l'Europe d'ici quelques jours, ses placards sont aussi fournis que les miens, mais elle aime que nous échangions nos fringues. « C'est ce que font les amies » me répète-t-elle chaque fois. J'avoue que je ne vois pas vraiment l'intérêt d'avoir dans mes affaires ces minuscules robes que je n'enfilerai jamais.

Soudain, je réalise qu'elle pourrait croiser ma mère en sortant de la maison ou, pire, la chercher pour papoter. Lucy est la seule qui ne redoute pas ses sautes d'humeur. Au début, ça me rassurait, mais maintenant je ne le supporte plus. C'est comme si elle s'en moquait ouvertement, alors qu'elle ne sait rien de ce que ma mère traverse. Mais, depuis ce matin, rien ne va. J'ignore ce qui s'est passé durant la nuit, mais ma mère est dans un état second. Je veux bien que Lucy la baratine sur les ragots du coin quand elle est irritable, mais pas quand elle est comme ça, pas quand un grain de sable pourrait la faire tomber, alors je cours derrière Lucy pour arriver la première à la porte.

– Tu viens me voir dès que tu rentres, d'accord ? je l'interroge en essayant de ne pas avoir l'air trop essoufflé.

– Tu es toute seule ? Je croyais que ta mère était là.

Elle se penche parce que d'ici on peut apercevoir s'il y a quelqu'un dans la cuisine. Faites qu'elle n'y soit pas et que Lucy n'ait pas envie de lui soutirer quelques potins ! Lorsque tout va bien, ma mère va parfois prendre le thé chez la voisine, c'est une commère qui passe ses journées à épier tous les habitants du quartier et je sais que ma meilleure amie adore ses racontars indiscrets et souvent totalement faux.

– Tara dort chez une amie. C'est la première fois, alors elle s'inquiète. Je crois qu'elle voulait vérifier que tout allait bien.

En réalité, c'est moi qui ai fait ma curieuse aux aurores parce que je m'angoissais pour ma petite sœur. Je n'ai pas eu besoin de sonner, je l'ai entendue rire du jardin et j'ai été rassurée. C'est bien que Tara s'éloigne de la maison pendant quelques jours, qu'elle voie que toutes les familles ne sont pas comme la nôtre.

– C'est dommage ! Il paraît que les Stanford divorcent, et je suis sûre qu'elle doit avoir plus de détails que moi sur le sujet.

– Je ne parierais pas là-dessus, je souffle en espérant qu'elle n'insiste pas. Tu sais bien que Barbara s'exile toujours dans le Sud bien avant tout le monde, on ne l'a pas vue depuis trois semaines.

– J'aimerais voir sa tête quand elle apprendra tout ce qu'elle a raté ! Tu me raconteras, glousse Lucy en agitant la main et en s'éloignant enfin dans l'allée.

Je ferme derrière moi et me précipite dans le salon en espérant que ma mère n'est pas en train de contempler l'écran noir de la télé et je commence à paniquer, juste parce qu'elle n'y est plus. Je lui ai proposé tout à l'heure de faire un bouquet avec les quelques fleurs restant dans le jardin avant que la chaleur de l'été ne précipite leur fin, mais je doute qu'elle m'ait écoutée. Ma mère ne m'écoute jamais. Pourtant, elle est bien là, au beau milieu de la pelouse, le regard vide, elle a même enfilé la robe légère que je lui ai suggéré de porter ce matin. Je découvre une cisaille entre ses doigts fins et je stresse à nouveau, mon idée n'était peut-être pas si bonne.

– Oh, les roses sont encore magnifiques ! je m'exclame sans m'attarder sur son visage inerte.

Est-ce qu'elle vient réellement de passer une heure à observer les fleurs en se demandant laquelle cueillir ou est-ce que ses pensées sont bien plus sombres ? J'aimerais l'interroger, mais ma mère ne répond pas à ce genre de question. Elle ne supporte pas que je lui fasse remarquer qu'elle s'affaiblit, alors, je me contente de récupérer la cisaille dans ses mains et de couper quelques roses sans rien dire. Une fois le bouquet cueilli, je la prends par le bras et l'entraîne à l'intérieur en la divertissant des derniers cancans de Lucy. Je l'installe sur le canapé et allume la télé en ignorant son regard soudain paniqué. Je trouve une émission qui lui plaît d'habitude, dispose devant elle le point de croix qu'elle fait parfois, sans jamais remarquer les quelques rangées que j'ajoute discrètement pour qu'elle n'ait pas le sentiment de ne plus être une femme active. Après avoir arrangé les roses dans un vase, je retourne dans ma chambre pour chasser le souvenir de ce que je viens de faire, en écoutant de la musique. Ça paraît banal, pourtant ça me rend malade, ça me terrifie, l'avenir de ma famille me terrifie. Alors, pour oublier, je repense à Steve, à son sourire provocateur, à sa bouche aventurière, et il ne m'en faut pas plus pour réveiller ces sensations étranges dans le fond de mon ventre.

Les robes de Lucy me font de l'œil depuis le fauteuil où elle les a déposées. Je m'imagine capable, comme elle, de séduire sans aucune pudeur, j'aimerais tant avoir son insouciance et son sex-appeal. Et ses mots avant de quitter ma chambre me provoquent une fois de plus : « Choisis-toi un beau garçon et laisse-le te montrer. » Je suppose que si je veux plaire, je devrai tester l'une de ses tenues, alors je retire ma petite robe d'été pour en choisir une plus osée. Déroutée par si peu de tissu, j'opte pour la seule qui n'a pas un décolleté vertigineux. Elle est d'un rose pastel, mais c'est bien l'unique signe de sagesse dans cette tenue. Les épaules sont dégagées, le dos est entièrement dénudé et la jupe moulante arrive à peine en dessous de mes fesses. Mon Dieu, si ma mère me voyait dans cet accoutrement je suis sûre qu'elle ferait une attaque ! J'ai l'air d'une…

Mais cette robe affine mes jambes et les fait paraître incroyablement longues. C'est peut-être pour cette raison que les vêtements courts sont si prisés.

J'essaie d'imaginer la réaction de Josh s'il me découvrait ainsi, je visualise son regard avide semblable à celui de Steve il y a quelques jours, je voudrais qu'il apprécie le spectacle, je voudrais être audacieuse pour lui. Et, pour une fois, je sais exactement ce que je suis censée faire, j'allume ma station Bluetooth et cherche une musique lente et sexy dans ma playlist. Il faut être honnête, je n'ai pas grand-chose. Après quelques hésitations, je lance « Good For You » de Selena Gomez. Les premières notes résonnent doucement, et je m'avance devant l'imposante glace qui fait face à mon lit. Je me dresse sur la pointe des pieds en me trémoussant. Le résultat me plaît, même si je ne me sens pas très à l'aise si peu vêtue. Maladroitement, je dégrafe l'attache dans mon cou. Le tissu glisse sur ma peau et je l'aide à poursuivre sa chute. Je me demande ce que Steve penserait de mon attitude, s'il aimerait mon initiative. Mais pourquoi est-ce à lui que je songe et pas à Josh ?

Et je continue parce que, pour une fois, je me sens séduisante. Avec le bout du pied, j'éloigne la fine étoffe et me contemple, la peau nue, uniquement couverte d'une culotte en dentelle blanche. Les paroles semblent se moquer de moi, et mon cœur se comprime au son de la voix langoureuse de la chanteuse :

Make you never wanna leave, so don't, so don't
Gonna wear that dress you like, skin-tight
Do my hair up real, real nice
And syncopate my skin to your heart beating[1]

De nouveau, je doute. Est-ce que je suis belle ? Est-ce que je suis attirante ? Je manque un peu de formes, mais ma taille est marquée et mon ventre bien dessiné. Que suis-je censée faire maintenant ? J'hésite à allumer mon ordinateur pour me documenter sur les strip-teases, mais je redoute ce que je pourrais y trouver.

Finalement, j'attrape mon portable et compose un texto : DANS UN STRIP-TEASE, QUE FAIT LA FILLE UNE FOIS DÉVÊTUE ? J'ai peur qu'il ne me réponde pas ou, pire, qu'il se moque de moi. D'habitude, je ne le contacte qu'à propos de Josh. Mais le message de Steve ne se fait pas attendre : T'ES SÉRIEUSE ? SI TU VEUX UNE RÉPONSE, FAIS-MOI RÊVER, CHÉRIE ! Je grimace en levant les yeux au ciel. Ce garçon est horripilant, je me demande comment toutes les filles peuvent se faire avoir.

---

1. Je ferais tout pour que jamais tu ne me quittes, alors ne pars pas, ne pars pas
Je vais mettre cette robe que tu aimes, moulante
Je vais attacher mes cheveux,
Et synchroniser ma peau sur ton battement de cœur.

Qu'attend-il de moi ? Hors de question que je lui envoie une photo, j'ai trop peur qu'elle circule chez tous les pervers du lycée. Après plusieurs hésitations, j'écris : J'AI LAISSÉ MA ROBE GLISSER SUR MES CUISSES ET MON CORPS ATTEND VOS INSTRUCTIONS, PROFESSEUR. Je sursaute lorsque la réponse apparaît sur mon écran : HUM, J'AIME ÇA ! TU ES DOUÉE QUAND TU VEUX, BÉBÉ. J'apprécie de savoir que je suis capable de l'exciter, même si Steve réagit toujours au quart de tour. Mais ça ne me dit pas ce que je suis supposée faire.

Un autre SMS arrive et je frémis en le lisant : LA POITRINE EST UNE ZONE INCROYABLEMENT ÉROGÈNE, AUTANT POUR LA FEMME QUE POUR L'HOMME. JE POURRAIS TE FAIRE JOUIR RIEN QU'EN TE LES SUÇANT. VAS-Y TRÉSOR, CARESSE-TOI LES SEINS, MONTRE-MOI QUE TU AIMES ÇA ! Mon Dieu, je n'oserais jamais l'avouer, mais ses mots résonnent en moi et, de nouveau, le feu dans le fond de mon ventre s'embrase. Cette créature insatiable est une horrible plaie. Si j'avais su, je ne l'aurais jamais éveillée.

Je pose mon portable dans un coin du bureau et effleure ma poitrine du bout des doigts en m'interrogeant sur la bonne manière de les toucher. Je ne sais pas trop comment faire, et le miroir me renvoie une image de moi mal à l'aise et particulièrement gauche.

C'est affreux de réaliser qu'on est incapable de séduire un homme. Ma longue chevelure blonde et mes yeux bleus ont toujours attiré les œillades et les compliments, mais je préfère garder mes distances, et rares sont les garçons à m'avoir approchée finalement.

J'essaie de penser à Josh en faisant courir mes doigts sur les pointes sensibles de mes mamelons. Je le revois le soir du bal, ses iris brillants de désir, avant que le pire se produise. Cette image ne m'aide pas à me détendre et sans que je n'aie rien commandé, c'est le visage de Steve entre mes jambes qui s'impose à moi. Je ferme les yeux et tente de retrouver cette sensation enivrante, mais mon corps refuse de réagir.

Mon portable vibre et je sursaute en découvrant un nouveau message de Steve : ALORS, MON CŒUR, EST-CE QUE TES SEINS APPRÉCIENT L'ATTENTION ? Il m'énerve, je ne peux pas lui dire que je n'y arrive pas, mais il s'entête : CHÉRIE, IL VA FALLOIR QUE TU TE DÉCIDES À DESCENDRE PLUS BAS. LE PRINCIPAL SE TROUVE ENTRE TES JAMBES ! Steve me rend dingue, il devrait savoir que je ne peux pas faire ça. Mais je l'écoute et laisse mes mains glisser sur mon ventre. Je caresse la dentelle de ma culotte, et un frisson monte le long de ma colonne vertébrale. Rassurée de retrouver ces sensations si plaisantes, je faufile mes doigts sous la fine étoffe. Je tâtonne, cherche les zones sensibles sans parvenir au résultat souhaité. Les papillons ont bien rejoint le fond de mon ventre, mais ils refusent de s'envoler et lorsque je rouvre les yeux, l'image que me renvoie le miroir finit de me désespérer. Je ne me reconnais plus. Qui est cette fille si maladroite qui ose faire de telles choses ? J'ai toujours cru en moi, en ma capacité à réussir, à tout affronter. Je peux le faire.

Et sans réfléchir plus longtemps, je remets la petite robe rose, ajoute un legging noir, une petite veste pour dissimuler mon dos dénudé et des talons aiguilles tout simples. J'attrape mon sac, mon portable et abandonne précipitamment ma chambre. Je jette un œil dans le salon, où ma mère se trouve toujours, et récupère dans le congélateur l'un des plats que j'ai concoctés en douce. C'est plutôt utile d'être prévoyante, il me suffit de programmer le four, et mon père n'y verra que du feu, il me suffit d'installer la table maintenant et il croira qu'elle l'a fait en nous attendant. Mon téléphone vibre dans ma main et je vérifie l'écran à l'instant même où ma mère apparaît dans l'embrasure de la porte. J'ATTENDS TOUJOURS DE TES NOUVELLES. JE VEUX JOUIR AVEC TOI, TRÉSOR !

Oh Mon Dieu !

– Où vas-tu ? m'interroge-t-elle, alors que je dissimule le message dérangeant contre mon ventre en rougissant.

Elle a passé sa journée à côté de la plaque et elle a déjà compris que je m'apprête à la laisser seule ? Ses sautes d'humeur me surprendront toujours.

Je mens, en essayant de rester calme.

– Je vais passer la soirée avec Lucy. On ne se verra pratiquement pas cet été, je voudrais en profiter avant qu'elle parte.

D'habitude, je ne lui cache rien, il y a déjà trop de mensonges dans sa vie. Et puis j'ai l'impression que ça lui fait du bien de savoir que je lui fais confiance, alors je lui dis tout et je suis souvent surprise de découvrir qu'elle est de bon conseil. Mais là c'est différent, elle ne comprendrait pas, elle détesterait le chemin que j'ai choisi d'emprunter.

– Tu es sûre que tu vas bien ? insiste-t-elle. Je te trouve bizarre ces jours-ci.

Elle a remarqué ?

– Je m'inquiète pour mon couple, c'est tout, je déclare en me dirigeant vers l'entrée.

Elle grimace en m'ouvrant ses bras réconfortants, ses sentiments sur ma vie amoureuse oscillent toujours entre l'envie que je me trouve un gentil garçon et la peur qu'il me fasse souffrir. Pourtant, Josh a tout pour lui plaire, il est poli, discret et de bonne famille, c'est juste que c'est trop tôt pour elle. Elle préfère que je me concentre sur mes études. Même mes bons résultats et la discrétion de Josh n'ont pas réussi à la dérider.

– Les garçons ont tendance à se dissiper facilement. Soit patiente, mon enfant, ils finissent tous par se stabiliser un jour, souffle-t-elle dans mon cou.

Et ma mère parle en connaissance de cause. Elle et mon père se sont rencontrés très jeunes et il ne lui a pas fallu bien longtemps pour prendre de mauvaises habitudes. Elle le trouve plus sage depuis quelques années, ça n'empêche qu'elle en souffre encore beaucoup.

Avant, je pensais qu'elle avait raison, qu'il valait mieux garder ses distances en attendant que ça passe, maintenant que j'ai éprouvé cette douloureuse expérience, je suis convaincue qu'elle a tort. Elle n'a fait que donner raison à mon père en le laissant faire. Moi, j'ai bien l'intention de prendre les devants.

Je l'embrasse sur la joue tandis qu'elle me caresse affectueusement le dos et quitte la pièce avant que la conversation ne devienne plus embarrassante qu'elle ne l'est déjà.

– Je ne rentrerai pas tard, je te promets.

Et je la laisse seule dans la cuisine.

Il ne me faut pas plus de cinq minutes pour rejoindre la petite villa des Marchal. Je vérifie que la rue est bien déserte avant de me glisser derrière le 4x4 de Steve, pour retirer ma veste et mon legging.

10

STEVE

J'attends, impatient, la réponse de Marcy, avachi sur mon lit, une main dans mon pantalon. Je suis en transe rien que d'imaginer qu'elle est en train de se masturber chez elle, mais je voudrais des détails. Je souhaiterais savoir si elle aime ça, si elle pense à moi en le faisant, je voudrais jouir avec elle.

Un coup contre le portail me fait sursauter. Je grogne de frustration en abandonnant ma queue à mon boxer trop étroit. Elle se calme, mécontente, mais se dresse à nouveau d'excitation en découvrant l'invitée surprise qui me pousse à l'intérieur.

– Finalement, les études à distance ce n'est pas mon truc, annonce-t-elle en posant son sac dans un coin de la pièce.

Mon cœur vient de réaliser qu'il s'était arrêté, et je suis à deux doigts de m'écrouler alors qu'il s'emballe à un rythme fou. Marcy porte une robe incroyablement courte et sexy. Ses longues jambes fines perchées sur des talons vertigineux semblent interminables. Elle est tellement belle et elle se dresse fièrement devant moi pour me prouver qu'elle est capable de séduction. Si elle savait que je suis déjà à ses pieds !

Je me racle la gorge, gêné, et elle s'avance, satisfaite de ma réaction. Elle dénoue l'attache sur sa nuque et le haut glisse délicatement pour révéler des seins magnifiques. Juste la taille idéale, juste pour mes mains. Je me retiens de m'approcher pour les toucher. Ce n'est qu'un jeu d'expérimentation, Marcy n'est pas là pour moi, pour mon plaisir. C'est douloureux !

– Est-ce que jusque-là j'ai fait ce qu'il faut ? me demande-t-elle en poussant la robe sur ses hanches.

Bordel, comment a-t-elle fait pour retourner la situation si rapidement ? Je déglutis bruyamment en passant une main dans mes cheveux. Je ne m'attendais pas à un tel revirement. Et, putain, qu'elle est belle, juste avec sa petite culotte en dentelle !

– Il ne manque qu'un peu de musique, je riposte d'une voix rauque et mal assurée en me dirigeant vers ma chaîne.

Sans hésiter, je sors mon CD spécial gonzesse en chaleur et lance « Sexyback » de Justin Timberlake. Le rythme électronique emplit la pièce et je me retourne vers Marcy qui a l'air de nouveau complètement perdue. Je souris, heureux de retrouver la petite fille sage. C'est ridicule, mais je la préfère comme ça. J'ondule des hanches et lui fais signe de m'imiter, mais elle semble pétrifiée sur place et la voix suave de Justin ne fait rien pour l'encourager. Elle rougit même alors qu'il chante pour elle les mots que je ne dis pas.

Dirty babe
You see these shackles baby I'm your slave
I'll let you whip me if I misbehave
It's just that no one makes me feel this way
Come here girl, go head be gone with it
Come to the back, go head be gone with it
VIP, drinks on me
Lemme see what you're working with

Look at those hips
Make me smile
Go 'head child and get your sexy on[2]

– Je vais te montrer, mon cœur, je la rassure en laissant mes mains courir sur la ceinture de mon jean.

Sans cesser de me déhancher, je fais sauter le bouton et retire mon jean. Marcy m'observe, les yeux pétillants d'envie. Elle frémit lorsque je pose les doigts sur ses hanches pour lui imposer un mouvement. Après une hésitation, un sourire se dessine sur ses lèvres et ses fesses s'accordent au rythme entraînant.

– C'est bien, Bébé, je l'encourage. Maintenant, je veux te voir te toucher.

Et je glisse mes paumes sur mon abdomen, redessinant mes abdominaux par-dessus le tissu de mon T-shirt et remontant sur ma poitrine pour lui montrer l'exemple. Docilement, elle m'imite, et ses mains courent maladroitement sur sa peau lisse. Le spectacle est magnifique et je grogne de satisfaction.

– Est-ce que tu sens sous tes doigts comme tu es belle, comme tu es désirable ? Aucun homme ne pourrait te résister, Trésor. Continue ! Si ma bouche pouvait prendre la place de tes mains, je lécherais chaque parcelle de tes seins, baiserais ton ventre et tes cuisses, je la stimule.

La respiration de Marcy s'affole et ses gestes se font plus assurés.

– J'aimerais que tu enlèves ton T-shirt, me demande-t-elle, sans quitter des yeux mes mains caressant la naissance de mes hanches.

---

2. Coquine, tu vois ces menottes, Bébé, je suis ton esclave / Je te laisserai me fouetter si je me comporte mal / C'est juste que personne d'autre ne me fait cet effet / Viens ici, Chérie, vas-y, laisse-toi aller / Reviens ici, vas-y, laisse-toi aller / VIP, les boissons coulent sur moi / Laisse-moi voir avec quoi tu joues / Regarde ces hanches / Fais-moi sourire / Vas-y, Bébé, et sois sexy.

Je me fige un bref instant avant de répondre :

– Chérie, c'est la seule barrière qui reste entre toi et mon cœur. Si tu veux le retirer, il faudra le mériter.

Elle grimace, mais ne relève pas. J'aimerais pouvoir me foutre à poil pour elle, j'aimerais être aussi beau qu'elle le pense. Elle ignore que je suis aussi laid et dépravé à l'intérieur qu'à l'extérieur, mais je m'en moque. Je profite de l'instant, je la regarde, elle, si désirable.

Ses doigts osent enfin caresser sa culotte, et je commence à retirer mon boxer pour qu'elle m'imite. Marcy ne se fait pas prier, la dentelle glisse sur sa peau délicate, elle rougit en apercevant mon sexe déjà prêt à l'action. Tous ces moments avec elle m'excitent et me rendent dingue. Est-ce qu'elle réalise que ça fait quatre jours que je n'ai pas baisé, que je me suis tellement branlé en pensant à elle que j'en ai mal aux couilles ? Ça ne m'était pas arrivé depuis la joyeuse époque où j'étais puceau.

Tout mon corps se tend pour me retenir de la toucher. Marcy est nue devant moi, sa peau hâlée semble me réclamer et je ne peux même pas l'effleurer. Je lui fais signe de s'allonger sur le lit en déglutissant bruyamment. Il faut vraiment que je me reprenne.

– Le spectacle est à tomber, je finis par articuler en me couchant sur le côté, une main sous la tête et l'autre sur ma bite.

Marcy m'imite et ses doigts se faufilent entre les lèvres de sa chatte. Mes hanches basculent instinctivement vers elle à chaque passage de mes doigts sur mes parties, et ses pupilles se dilatent en me regardant faire.

– Tu es très douée, mon cœur, continue. J'aime te voir te faire du bien. Ma queue n'aurait même pas besoin de mes mains tellement tu m'excites. Je vais devenir fou chaque nuit en pensant que tu as joui sur mes draps. Un doigt, ça ne suffit pas, Trésor !

À mes mots, son majeur va rejoindre son index et je poursuis en ralentissant la pression de ma main pour ne pas éjaculer trop vite :

– Si je pouvais, je m'enfoncerais en toi jusqu'à la garde et j'y resterais jusqu'à ce que je ne puisse plus me retenir. Vas-y, fais-le, Bébé ! Oui… j'aime ça !

Elle se mord la lèvre alors que ses yeux clairs rencontrent les miens. On dirait qu'elle se retient de ne pas se jeter sur moi et je jubile en me mordant l'intérieur de la joue, parce que j'en ai certainement beaucoup plus envie qu'elle. Un sifflement sourd s'échappe de sa bouche, et je reprends mes encouragements :

– Crie, Trésor, ne te retiens pas, il n'y a rien de plus sexy que les gémissements d'une femme pendant l'amour. Mmmh, c'est trop bon… J'aime sentir ton souffle chaud qui s'affole, j'aime ton regard sur ma peau. J'y suis presque, Bébé, dis-moi que tu y es aussi ?

– J'y arrive, mais je préfère tes doigts, je préfère quand c'est toi qui me touches. Tu es tellement doué. Aide-moi, Steve !

Son murmure rauque, son corps qui m'appelle me rendent dingue, si je ne me retenais pas, je me jetterais sur elle et la baiserais brutalement sans que rien ne puisse m'arrêter. Je râle de frustration en ajoutant ma main sur la sienne pour accorder mon mouvement au sien. Je l'incite à enfoncer ses doigts plus profondément, à presser sa paume sur son clitoris, et j'accélère la cadence. Ses yeux me remercient silencieusement avant de se fermer comme épuisés et son corps se cambre tandis qu'elle jouit en gémissant mon prénom. Je serre ma bite plus étroitement pour la rejoindre dans l'extase et la contemple en imaginant mon corps collé contre le sien, ma queue en elle et ma langue parcourant sa bouche charnue. Je suis sûr que j'adorerais.

Marcy n'a pas bougé, elle se délecte de l'instant, le regard dans le vague. J'en profite pour attraper mon paquet de mouchoirs sous le lit et nettoyer un peu avant de pouvoir retirer les draps. Puis je renfile mon boxer et mon jean, et récupère la magnifique culotte en dentelle de Marcy. Elle sursaute lorsque j'empoigne son pied pour faire glisser le dessous minuscule sur ses chevilles. Son regard encore empli d'un bien-être intense m'admire tandis que je remonte la fine étoffe sur ses cuisses. Je saisis sa robe sur le sol et la lui enfile sans difficulté. Elle retient sa respiration quand mes doigts atteignent son cou pour renouer l'attache.

– Tu veux bien souper chez moi ? je souffle, tout contre son oreille.

Je sais que cette proposition dépasse nos engagements, mais j'en ai marre de me farcir Julian chaque fois que j'ai envie de passer une soirée avec ma mère. Ils ne vivent pas ensemble, mais c'est tout comme. Parfois, j'ai l'impression que c'est uniquement à cause de moi. Je sais que je devrais lui donner ma bénédiction, c'est juste que je n'y arrive pas. Marcy me détaille, étonnée, avant d'acquiescer, hésitante. Hors de question de lui laisser le temps de changer d'avis, je l'entraîne par la main vers les escaliers qui conduisent à l'étage. Pour une fois qu'elle n'a pas l'air trop déstabilisée par ce que nous avons fait, j'ai bien l'intention d'en profiter.

11

MARCY

Alors que Steve me présente à son beau-père, sa mère me scrute avec un sourire étrange. Elle fait étonnamment jeune, vêtue simplement d'un jean délavé et d'un T-shirt beige. J'observe son beau visage me détailler, Steve lui ressemble beaucoup, les mêmes yeux verts, les mêmes boucles blondes, deux beautés parfaites qui attirent forcément les regards.

Steve a posé une main protectrice dans le creux de mes reins et il me tient fermement contre lui, comme s'il voulait me protéger de quelque chose. Lorsqu'il m'a proposé de dîner avec eux, j'ai cru à un piège, une de ses innombrables idées tordues, mais maintenant, je m'interroge sur ma présence dans son univers.

Je contemple sa mère et Julian Fisher avec ses cheveux presque blancs malgré sa petite quarantaine et son visage d'adolescent tout juste pubère, ils forment un couple magnifique, parfaitement assorti. Les regards énamourés qu'ils se lancent me réchauffent le cœur, pourtant ils restent à bonne distance l'un de l'autre. Julian est de ces grands hommes, carrés, incroyablement attirants, que j'imaginais coureur de jupons, alors qu'il est bel et bien casé. L'architecte du coin semble même totalement épris.

Et puis, j'ignorais que la mère de Steve avait quelqu'un. Je me suis toujours demandé pourquoi une femme aussi belle qu'elle restait seule. Je pensais que le père de Steve l'avait brisée et qu'elle n'était plus capable d'aimer, mais peut-être s'agit-il d'autre chose ? Personne ne sait rien du père de Steve, il ne porte même pas son nom. Les rumeurs vont bon train à ce sujet, mais lui n'en parle jamais. Est-ce qu'il le connaît seulement ?

– Comme tu es belle ! me complimente Rebecca Marchal en me tirant de mes pensées.

Steve lui retourne un regard assassin, comme si elle venait de m'insulter, et elle précise, indifférente, en se dirigeant vers la cuisine :

– Je vais ajouter une assiette.

– Je peux vous aider ? je l'interroge en la suivant dans la petite pièce exiguë.

La maison des Marchal n'est pas très grande, mais elle est chaleureuse et décorée avec soin. C'est le genre d'endroit où on se sent tout de suite bien. Steve ne me quitte pas des yeux alors que Julian lui parle du dernier match de foot. Rebecca me tend des verres et des couverts, et je sursaute en comprenant qu'elle s'adresse à moi :

– Marcy, j'adore mon fils et je suis heureuse qu'il fréquente enfin des personnes plus convenables, mais fais attention à toi, il peut parfois se révéler toxique de le côtoyer.

Je la dévisage, choquée, mais elle se contente de me sourire comme si rien de perturbant n'avait osé sortir de sa bouche. Bien sûr, je sais que Steve n'est pas sérieux, que ça n'a pas dû être drôle pour elle quand les photos scandaleuses de son fils sont apparues sur les réseaux sociaux, mais de là à penser de telles horreurs. Qu'a-t-il bien pu faire de si terrible pour qu'elle doute de la sincérité de son enfant ?

Steve récupère les verres entre mes doigts quand je reviens dans le salon. Je frémis au contact de sa peau. Je n'imaginais pas aimer à ce point qu'un autre garçon que Josh me touche. Je ne l'avouerai jamais, mais je me sens encore frustrée de ce que nous avons fait sans pouvoir le sentir contre mon corps. C'est fou ce qu'il a éveillé en moi, j'ai l'impression de me transformer d'heure en heure à ses côtés. J'ignore si c'est bien ou mal, mais j'aime celle que je suis en train de devenir grâce à lui. Comme si, pour la première fois de ma vie, je voyais enfin le monde tel qu'il est vraiment. Et ce que j'y découvre me plaît.

Il aide sa mère à installer la table et me tient même la chaise, comme un garçon parfaitement bien élevé. Je n'aurais jamais imaginé qu'il puisse être si gentil, si attentionné. C'est fou comme il semble différent au contact de sa mère.

– Ça fait plaisir, Steve, que tu nous présentes enfin quelqu'un, annonce Julian en attaquant la découpe du poulet alors que Steve s'empare de l'autre plat.

Je l'observe me servir une petite portion de purée en m'interrogeant silencieusement sur la quantité. Ses attentions me touchent plus qu'elles ne devraient. J'ai l'habitude que les garçons se montrent courtois envers moi, mais venant de Steve, c'est surprenant. Et son attitude éveille en moi une myriade d'interrogations. Steve est-il vraiment le garçon qu'il présente aux yeux de tous ? Est-ce que c'est sa façon à lui de se protéger de quelque chose ? J'ai vu les sculptures dans sa chambre. J'avais d'abord cru qu'elles venaient de quelqu'un d'autre, mais aujourd'hui les déchets métalliques formaient un nouveau corps harmonieux et je suis pratiquement certaine que c'est lui qui les a assemblés si merveilleusement en seulement quelques jours. Il faut avoir un cœur et une grande sensibilité pour être capable de créer tant de beauté avec juste de la ferraille rouillée. Pourtant, il ne cesse de prouver le contraire. Il a passé près d'un an avec Lucy et il ne la leur a jamais présentée, alors que je suis là. Qu'est-ce que ça cache ?

Steve hausse les épaules comme s'il pouvait comprendre mes interrogations.

– Ne t'emballe pas, c'est juste une amie, réplique-t-il sans même le regarder.

Il ne semble pas particulièrement apprécier la présence de Julian, et l'atmosphère est plutôt tendue.

– C'est un bon début, insiste Julian.

Comme la conversation devient particulièrement embarrassante, sa mère me demande :

– Marcy, tu pars en vacances cet été ?

– Oui, dans une semaine, nous allons passer quinze jours à Cuba.

– Ah ! Cuba, j'adore, s'empresse de commenter Julian.

– Et vous, vous partez quelques jours ? je demande en espérant ne pas avoir posé la mauvaise question.

Vivre seule avec un ado à charge ne doit pas être évident. J'ignore ce que fait sa mère dans la vie et si elle a les moyens de se payer des vacances.

– Julian et moi allons à Venise le mois prochain, hésite Rebecca, comme si le sujet avait quelque chose d'embarrassant.

Elle n'a pas cité Steve et je redoute un instant qu'il ait été exclu du voyage pour une autre raison que le simple séjour en amoureux.

– Fin août, je serai au Mexique avec mon père.

Alors, il connaît son géniteur ? Pourtant, il paraît loin d'être emballé par ce voyage.

Durant tout le reste du repas, nous parlons de banalités. Steve s'est collé à moi et sa jambe ne quitte pas la mienne.

Cette proximité me déstabilise, mais je ne saurais expliquer pourquoi, j'aime penser qu'il a besoin de me toucher. Lorsque sa mère se lève pour débarrasser la table, je l'imite, mais Steve me retient en déclarant :

– Il est tard, je vais te raccompagner.

Je frémis à ces mots, et mon regard affolé se pose sur ma montre. Il est dix heures passé et je n'ai pas songé à prévenir ma mère, mes parents ont dîné en tête à tête alors que tout allait de travers aujourd'hui. Comment ai-je pu oublier, ne serait-ce qu'un instant, à quel point ma famille a besoin de moi ? Ça ne m'était jamais arrivé.

Steve me pousse vers la porte, et je me retiens de paniquer en me confondant en excuses. Ça ne se fait pas de partir si vite, j'aurais voulu aider, mais je n'ai pas vraiment le choix et je redoute déjà ce qui m'attend chez moi.

– Ma mère ne t'en tiendra pas rigueur, glousse Steve, visiblement amusé par ma réaction.

Il ne comprend rien.

– Est-ce qu'il t'arrive parfois d'être sérieux ? je m'énerve tandis qu'il m'ouvre la portière de son imposant 4x4.

– Est-ce que j'avais l'air de déconner tout à l'heure ? réplique-t-il en s'installant au volant.

Je rougis au souvenir de ce que nous avons fait dans sa chambre, mais je suis déjà trop stressée pour ne pas lui faire de reproches ridicules. Comme ma mère, je m'emporte pour un rien.

– Notre relation n'a rien de sérieux pour toi, tu n'as même jamais eu de relations sérieuses, je riposte alors que son sourire déserte son beau visage.

– Qu'est-ce que tu en sais ? me questionne-t-il en démarrant lentement.

– Tu as passé… quoi ? Huit mois avec Lucy et tu ne l'as jamais présentée à ta mère, je riposte sans le quitter des yeux.

Steve est d'une beauté impressionnante. Absolument tout est parfait chez lui. Son nez est parfaitement droit, ses lèvres sont charnues, sa bouche est d'un rouge éclatant, sa mâchoire carrée accentue ses pommettes bien dessinées et, pour couronner le tout, son regard est d'un vert émeraude totalement unique en son genre. Je suis ravie qu'il soit trop concentré sur la route pour remarquer que je le contemple sans vergogne…

– Elle ne m'a pas non plus présenté aux siens, ajoute-t-il entre ses dents serrées.

Son attitude me met hors de moi ou peut-être est-ce aussi l'image de ma famille vacillante, mais pour l'instant je ne songe plus à eux, je n'ai plus en tête que le mal qu'il a fait à toutes ces filles, à Lucy. Même si elle prétend souvent qu'il ne comptait pas, je suis convaincue du contraire et je suis certaine qu'elle aurait adoré rencontrer Rebecca et Julian.

– Tu n'es pas le genre de garçon qu'on est fière d'amener à la maison !

D'un coup, il tourne la tête vers moi et lorsque son regard visiblement blessé se braque sur moi, je sens la culpabilité me comprimer le cœur. J'ai soudain tellement honte d'avoir osé dire une chose pareille. De quel droit je le juge ? Il a l'air furieux et je suis à deux doigts de glisser ma main dans la sienne en implorant son pardon.

– Vraiment ? Pourquoi ? Parce que personne ne sait qui est mon père, parce que toutes les rumeurs les plus folles ont circulé à ce sujet et que tout le monde a tourné le dos à ma mère quand elle a décidé de me garder. Vas-y, dis-moi, Marcy, en quoi je ne suis pas quelqu'un de respectable ?

Il y a tellement de colère dans sa voix, de haine refoulée, que ma culpabilité s'envole et que je m'emporte à mon tour :

– Ne me fais pas regretter mes mots, Steve, tu as dépucelé la moitié des filles de la ville.

Il vient de s'arrêter devant chez moi et, après avoir détaché sa ceinture, il se rapproche en me scrutant intensément. Je suis terrifiée par l'intensité de son expression contrariée.

– Et tu en as entendu beaucoup s'en plaindre ? Lucy savait qu'elle n'était pas la seule, mais ça lui plaisait d'être… mon officielle ! Celle pour qui je déciderai de me ranger n'aura pas à douter de ma fidélité. Mais, bien sûr, la parfaite petite Marcy ne peut pas comprendre ces choses-là ?

Ses révélations et sa proximité me déstabilisent. Steve en homme fiable et dévoué, j'ai du mal à le croire, et Lucy… Comment a-t-elle pu faire ce choix en connaissance de cause ? Je pensais qu'elle le voulait vraiment, qu'il comptait, malgré tout.

– Je… je ne savais pas ! je bafouille, gênée.

– C'est justement le problème, Marcy. Tu te crois meilleure que les autres, mais tu passes ton temps à juger sans savoir, réplique-t-il, toujours aussi irrité.

Et sans réfléchir, je me penche pour déposer un baiser coupable sur sa joue. Ma bouche s'emballe et se retrouve à frôler le coin de ses lèvres.

– Je suis désolée, je souffle à deux doigts d'aller plus loin, je n'aurais pas dû dire ça.

Steve reste immobile, un étrange sourire plaqué sur le visage, et je quitte le 4x4 avant de faire une chose que je regretterai.

À peine passée la porte, je me retrouve nez à nez avec ma mère qui a l'air furieuse. Et le mot est faible pour décrire la rage que je lis dans ses yeux. On dirait que le repas avec mon père l'a aidée à retrouver ses esprits, et je panique à nouveau. Est-ce qu'il l'a vue comme ça ? Est-ce qu'il est sorti pour oublier ?

– Ta… Votre soirée s'est bien passée ? Papa dort déjà ?

– Tu te disputes avec Josh et tu profites de cette situation pour te jeter dans les bras de Steve Marchal, mais qu'est-ce qui te prend ma fille ? Tu sais comment ce garçon traite les filles ? Et qu'est-ce que c'est que cette tenue ?

Je baisse les yeux sur mes vêtements pour découvrir, horrifiée, que j'ai oublié de récupérer mon legging et ma veste.

– Je… C'est Lucy qui me l'a prêtée, je ne voulais pas la vexer en ne la portant pas, je tente en rajustant le tissu trop étriqué.

– Ridicule ! se contente-t-elle de siffler entre ses dents. Et pour Steve Marchal, c'est quoi ton excuse ?

– Il a accepté de m'aider à reconquérir Josh.

– Comment un garçon comme lui pourrait-il t'aider à améliorer tes relations avec ton petit ami ? Il a déjà suffisamment mauvaise influence sur ce pauvre Josh, insiste-t-elle, toujours aussi irritée.

– Est-ce que tu lui as seulement déjà parlé ? Tu ne le juges que sur ce que tu as entendu sur lui, je m'emporte à mon tour.

Ce que je regrette aussitôt. Je veux qu'elle se calme, je veux que mon père vienne la rassurer et qu'elle reprenne sa vie en main. C'est la seule chose qui compte, alors pourquoi suis-je si contrariée qu'elle le rabaisse sans rien savoir de lui ?

– Tu ne me feras pas croire que tout ce qu'on raconte est totalement faux.

– Non, mais t'es-tu seulement demandé s'il avait une raison de se comporter comme il le fait. Peut-être a-t-il été profondément blessé, trahi, peut-être tente-t-il juste de se protéger comme il le peut.

J'ai dit ça si bas que je ne suis pas certaine d'avoir seulement prononcé ses mots. Mais, soudain, ça me paraît tellement évident. Steve cache quelque chose, il maintient tout le monde à bonne distance, que ce soit sa mère, son beau-père ou toutes les filles qui ont essayé de l'approcher.

– Tu es ridicule, Marcy, je ne veux pas te voir traîner avec Steve. Quels que soient ses problèmes, tu n'es pas armée pour y faire face.

Sa fureur me renvoie brutalement à la réalité. Ma mère n'a pas besoin que je lui cause des ennuis supplémentaires, alors je ne proteste pas. J'ouvre les bras pour la réconforter et souffle dans ses cheveux :

– Pardon, Maman, je n'ai pas réalisé l'inconscience de mes actes.

Ses bras m'étreignent avec force et ses épaules tressautent légèrement, me faisant presque redouter qu'elle puisse pleurer à cause de moi. Je me redresse pour vérifier, mais aucune larme n'a envahi ses beaux yeux, elle semble juste épuisée, alors je lui propose doucement :

– Si on allait prendre une infusion bien chaude avant de se coucher ?

12

STEVE

Depuis que Marcy est entrée dans ma vie, dans mon intimité, je suis totalement déboussolé et en manque cruel de sexe. Pourtant, c'est ce que je voulais, l'avoir enfin, d'une façon ou d'une autre. Mais je n'imaginais pas que ça puisse être aussi douloureux de jouer avec elle. Alors, au lieu de rentrer bien sagement à la maison, je tourne en rond dans les quartiers résidentiels, je vide mon réservoir sans me soucier de finir à sec. J'ai besoin de cul plus que jamais, mais maintenant que je l'ai vue entièrement nue, j'ai du mal à envisager d'en tripoter une autre. C'est elle que je veux !

Putain, il me faut du sexe !

Et hors de question d'opter à nouveau pour une vieille peau baveuse. À peine je l'évoque que mes couilles se rétractent. C'est peut-être ça qu'il me faut, quelqu'un capable de me couper l'envie. Et, comme par miracle, apparaît dans la pénombre la seule fille qui ne me fasse pas bander comme un taureau.

– Il semblerait que tu aies la fâcheuse habitude de t'égarer, je me moque en ralentissant à sa hauteur. Je te raccompagne ?

Sandre n'a même pas l'air surprise de tomber sur moi en pleine nuit, elle est la seule que je n'intimide pas. Je crois que je ne lui fais pas plus d'effet qu'elle ne m'en fait, et ça me plaît.

– Tu devrais peut-être essayer de marcher toi aussi, tu aurais l'air moins affligeant.

– Tu me trouves affligeant ?

– Tu ne sais même pas ce que ça veut dire !

Venant de n'importe quelle autre nana, ça m'aurait vexé, mais avec elle c'est différent, c'est juste de la provoc. Je le sais parce que je le fais aussi, je déstabilise l'autre avant même qu'il ne cherche à m'ébranler, j'attaque pour ne jamais avoir à me défendre. Et je comprends soudain que nous sommes un peu pareils, finalement.

– Peut-être bien que je le sais et que je te trouve tout aussi déplorable, mais au moins, j'ai la décence de ne pas te le faire remarquer.

Elle éclate de rire en se tournant vers moi et lorsqu'elle redevient enfin sérieuse, je redoute soudain ce qui va sortir de sa bouche. Je viens de l'ébranler, elle se doit de riposter.

– Tu sais ce que je pense, Steve ? Tu as un problème avec le sexe. Jusqu'à présent, tu t'en foutais royalement, mais quelque chose a changé et tu es en train de réaliser que baiser tout ce qui a une chatte n'est pas si jouissif. Seulement c'est trop tard, tu es accro, et ta queue refuse de renoncer à ses bonnes habitudes.

Je m'y attendais, mais ça fait mal quand même. Elle vient de mettre le doigt sur la plaie que je gratte depuis des jours tout en refusant d'admettre que j'aurais peut-être besoin d'un antiseptique pour éviter l'infection.

– Wouah ! On t'a déjà dit que tu étais terrifiante ? D'où sortent des conneries pareilles ?

– Ma mère est sexologue, déclare-t-elle en s'éloignant à nouveau.

– Et elle est où, ta sexologue de mère, pendant que tu te farcis les Donnell ?

Elle m'a provoqué, ma contre-attaque est indispensable.

– Est-ce que je te demande ce qu'a branlé ton père pendant toutes ces années ?

J'ai presque envie de rire tellement sa réplique était prévisible. On pourrait certainement se chamailler pendant des heures en appréciant tous les deux de se défouler sur l'autre. Surtout que ma queue est relativement calme en sa présence, enfin elle le serait si elle n'avait pas osé la défier en affirmant qu'elle avait un problème. Et voilà que j'évoque ma bite au lieu d'assumer mes penchants, parce qu'il faut être honnête, j'ai du mal à admettre qu'un plaisir innocent puisse devenir une addiction néfaste. Je ne suis pas… Et si j'étais addict ?

Je coupe le moteur et la rejoins pour mieux lui faire face.

– OK, touché ! Bon, admettons que tu aies raison, qu'en ce moment, je préférerais diminuer la dose, comment je devrais m'y prendre selon toi ?

Elle souffle, excédée comme elle le ferait avec un enfant trop curieux, mais elle répond quand même, avec les mots crus et trop directs qu'elle utilise pour garder les autres à distance. Elle n'a donc pas vu que je faisais pareil, que ça ne marchait pas avec moi ?

– Tu veux baiser, fais des pompes. T'as envie d'une pipe, va courir. Occupe-toi, pense à autre chose et quand t'en peux vraiment plus, branle-toi. Ça marche comme n'importe quelle addiction, tu dois diminuer la fréquence petit à petit, jusqu'à pouvoir t'en passer complètement.

Sa dernière phrase est pire qu'un bon coup de pied dans les couilles !

– J'ai pas envie d'arrêter ! Putain, merde, je suis jeune ! C'est normal de vouloir du cul à mon âge.

– Seulement quand toi, tu le désires vraiment, m'assène-t-elle en me martelant la poitrine de son index.

Il semblerait que j'aie contrarié la rebelle, comme si ses mots ne m'étaient pas uniquement destinés. Je voudrais l'interroger, mais je sais qu'elle ne me répondra pas, alors je me contente de la regarder disparaître dans la nuit.

– On s'appelle, je hurle alors qu'elle est déjà loin.

J'aurais peut-être dû éviter cette dernière provocation, parce que toute la semaine elle s'est vengée par textos : TU Y PENSES ? ARRÊTE ! NE REGARDE PAS SON CUL, VA COURIR. J'AI UNE ATTELLE POUR TOI SI TU AS MAL AU POIGNET… Et je lui ai rendu la pareille en faisant le pied de grue devant la bâtisse des Donnell chaque nuit où je n'en pouvais plus de tourner en rond dans mon lit, où je disjonctais en pensant au corps nu de Marcy étendu sur mes draps. C'est fou ce que les heures sont interminables lorsqu'on évite de pratiquer son passe-temps favori. Au début, elle grognait dès qu'elle m'apercevait, mais je crois qu'elle commence à s'habituer à partager avec moi ses insomnies.

– Combien ? m'interroge-t-elle en s'installant à côté de moi sur le perron de sa famille d'adoption.

Je n'ai pas besoin qu'elle précise pour savoir qu'il s'agit du nombre de fois où je me suis branlé dans la journée.

– Cinq.

– En progrès, me taquine-t-elle.

– Will est toujours aussi… ennuyeux ?

– À mourir !

Nous nous contentons de banalités de ce genre, jusqu'à ce que je me décide à rentrer. Je ne sais toujours rien de ce qui lui arrive, de ce qui l'entraîne vers son ancienne maison à des heures si tardives. Elle esquive mes questions et j'évite les siennes, je ne veux pas qu'elle sache ce qui m'a rendu si faible, comme elle ne me dira jamais comment elle est devenue si forte.

J'ai parfois l'impression de voir déjà le bout du tunnel et, cinq minutes plus tard, d'être au fond du trou. Il faut dire aussi que j'avais espéré revoir Marcy, j'avais cru naïvement qu'elle avait besoin de moi, qu'elle appréciait mes efforts. Et j'ai fait des pompes, des tractions en attendant sa visite, n'osant presque pas sortir de chez moi de peur de la rater. J'ai aussi terminé deux nouvelles sculptures, des corps de femmes, alors que j'avais préféré jusqu'ici décortiquer les abdomens masculins. Marcy a accaparé mes pensées à un point tel que je cherche même à reproduire la forme de ses seins, la courbure de ses reins dans la dureté du métal ? Et j'ai trouvé le moyen de me foutre un résidu de limaille de fer dans l'œil que ma mère a mis des heures à m'extraire. Maintenant, j'ai un côté larmoyant pathétique que mon pote ne s'est pas gêné de me faire remarquer. Boby a fini par me convaincre de venir me défouler avec lui et les gars. Il est le seul à tout connaître de moi, le seul à savoir pourquoi je n'ai jamais rejoint l'équipe alors que le coach me l'a demandé plusieurs fois. Le seul à être venu me voir quand je suis rentré après quatre ans de pensionnat, brisé et complètement perdu.

– Qu'est-ce qui t'arrive, mec ? Je croyais que la vengeance de Sandre ne t'avait pas affecté, m'interroge Boby en me tirant hors de chez moi.

S'il savait qu'elle est presque devenue ma confidente d'insomnie, mon rempart anti-sexe, il serait sur le cul.

– J'attends quelqu'un, je grogne, en tentant de lui résister.

– Depuis trois jours ? se moque-t-il, en relâchant un peu la pression de ses bras qui enveloppent toujours mes épaules.

Je proteste intérieurement. Je me fais l'effet d'une de ces gonzesses qui croient encore au prince charmant et je hais l'espoir qui a osé naître en moi. Mais après notre soirée masturbation, le dîner à la maison, le presque baiser devant chez elle qui brûle encore le creux de ma joue, j'étais sûr qu'elle reviendrait, qu'elle m'éviterait de me sentir minable chaque fois que je me branle en pensant à elle. Et j'ai mal à la simple idée qu'elle s'éloigne déjà, qu'elle n'a pas besoin de moi, et ce ne sont pas seulement mes couilles qui souffrent.

– L'heure du rendez-vous n'était pas très précise.

Boby sait lire en moi comme personne, et au regard qu'il me lance, je sais qu'il a déjà tout compris.

– Ne me prends pas pour un imbécile, Steve, je sais très bien pourquoi tu as fait tout ça, ce que tu souhaites. Arrête ça tout de suite, ça va mal finir et tu vas encore tout te prendre dans la tronche.

Parfois, je déteste qu'il me connaisse aussi bien et qu'il ait raison. C'est injuste ! Pourquoi c'est toujours pour ma pomme quand la situation commence à déraper ?

– Ce n'est pas si terrible, je veux juste aider un peu et si je peux me faire plaisir au passage… je riposte sans oser le regarder.

Aucune chance qu'il croie des conneries pareilles, mais on peut toujours rêver !

– Le problème, c'est que tu sais très bien que Josh ne se remettra jamais avec Marcy. Putain, Steve ! Je croyais que tu étais passé à autre chose.

Pour être honnête, je le pensais aussi, mais il y a en moi quelque chose de bien plus fort que la raison, bien plus irrationnel. Je désire Marcy plus que tout au monde.

13

STEVE

Juste parce que je ne peux pas lutter contre lui, j'ai fini par suivre Boby. Mais une fois au parc, je regrette presque de ne pas avoir insisté un peu plus pour rester prostré chez moi. Josh semble toujours aussi enragé que le soir du match. Il ignore les règles et les potes, il nous envoie tous au tapis sans ménagement. Ce qu'il ignore, c'est que le manque m'a mis dans le même état. Après le troisième plaquage, je l'entraîne dans ma chute avec, au passage, un bon coup de pied dans le tibia. C'est mérité, quand même !

– Bordel, c'est quoi ton problème ? hurle Josh.

– Là tout de suite, c'est toi, je réplique en l'attrapant par le col de son T-shirt pour l'obliger à me faire face.

– Ce n'est pas un connard qui saute sur tout ce qui bouge qui va me dire comment me comporter, s'énerve-t-il en m'empoignant à son tour.

Ces mots font mal, même si je sais qu'il a raison. Je l'ai poussé hors de ses limites en allant au bal avec Sandre, en racontant à tout le monde que je me la suis faite, mais la vérité, c'est qu'il avait besoin que quelqu'un le secoue.

Et puis, ça me rend dingue de voir mon meilleur pote s'éloigner de moi à cause d'une gonzesse.

– Qu'est-ce qui te dérange, Josh ? Que moi aussi j'aie baisé ta rebelle ou que Marcy souhaite que je la console de ta bêtise ? Vas-y, dis-moi, autant que les choses soient claires, tu veux laquelle ?

Josh semble fou de colère, mais je m'en moque. Je suis un enfoiré, c'est vrai, mais moi au moins, j'assume. Et je suis en manque, bordel !

Boby intervient au moment même où son poing s'écrase sur ma mâchoire. Ça paraît stupide, mais j'apprécie la brûlure du choc, la douleur qui envahit ma bouche. Je suis un salaud et j'aime qu'on me traite comme tel. Si Boby me défend, c'est uniquement parce qu'il pense que j'ai tort.

– Vous êtes amis, il serait peut-être temps de vous en souvenir, s'énerve-t-il en nous séparant.

Je m'éloigne alors qu'il tente de calmer Josh. Boby ne peut pas comprendre. Je déteste Josh parce qu'il obtient toujours ce qu'il veut, parce que les filles qui l'approchent ne le font pas que pour ses couilles. Toutes celles qui me font les yeux doux me tournent autour uniquement parce qu'elles ont entendu dire que j'étais un bon coup. Je les baise, et elles s'en vont. Lucy est la seule à être restée, je ne sais pas vraiment pourquoi. Peut-être qu'elle est comme moi ou qu'elle n'a juste pas compris que j'étais réellement un enfoiré, que je ne la méritais pas. Et comme le connard que je suis, je la trouve parfaitement godiche de s'accrocher.

Je pensais vraiment qu'elle ne s'approcherait plus jamais de moi après l'humiliation des photos publiées par Sandre, mais Lucy a décidé de me prouver qu'elle était encore plus cruche que je l'imaginais. Elle m'attend devant chez moi, dans une robe rouge incroyablement courte et moulante, ses cheveux lâchés tombant en une cascade bouclée le long de ses épaules nues. Le sourire qu'elle me lance est flippant à souhait et elle se jette sur moi comme si elle n'avait pas mangé de la semaine. Mais le pire, ce n'est pas son comportement ridicule, le pire, c'est ma queue qui réagit au quart de tour parce que, putain, elle rêve de la baiser, même si c'est une très mauvaise idée.

– Je croyais que tu avais un peu plus de dignité, je déclare en la repoussant, avant que mes mains ne se retrouvent plaquées sur son cul magnifique.

– Qu'est-ce que tu veux, tu me rends faible, ironise-t-elle, se frottant à moi malgré mon corps crispé.

Il faut dire qu'elle a l'habitude, les mecs dans mon genre ne sont pas de bonne compagnie, mais Lucy a toujours été douée pour me dérider. Et elle a certainement déjà remarqué que je bande comme un âne.

Merde, je dois penser à autre chose. Sandre, elle, saurait me conseiller, je l'entends d'ici se moquer : « Fais des pompes, cours… » Je ne peux quand même pas me barrer comme un trouillard ! Une autre image bien plus efficace que les sermons railleurs de la rebelle me vient à l'esprit. Heureusement, la vieille baveuse me dégoûte toujours autant, et je trouve la force de repousser Lucy de nouveau en protestant :

– Je ne suis pas d'humeur !

– Vraiment ? insiste-t-elle, avec un sourire qui en dit bien trop long sur ses intentions.

Elle fait la moue, me détaille comme si j'étais une petite créature blessée ou… blessante surtout. Avant ça marchait, mais pas aujourd'hui. Enfin, je pourrais peut-être faire une exception ! Après tout, Marcy ne s'est pas pointée et je n'ai certainement plus aucune chance. Lucy profite de cette seconde de faiblesse pour frôler ma poitrine de ses longs doigts manucurés.

– Je devrais pouvoir t'arranger ça, couine-t-elle en descendant une main sur mon bas-ventre.

Bordel ! Bientôt une semaine que je n'ai pas touché une petite chatte humide ! Je grogne en la plaquant contre ma bagnole, récupérant ses mains baladeuses pour les immobiliser au-dessus de sa tête. Je rêve de me frotter contre elle, de l'empaler là, à la vue de tous, sans me soucier d'être trop brutal. Mais son regard triomphant me renvoie une image de moi bien plus répugnante que celle de la vieille baveuse, et je me fige, dégoûté.

– Pour toi comme pour moi, je pense qu'il serait plus judicieux qu'on passe à autre chose.

Elle s'écarte et me dévisage comme si je venais de la gifler, tandis que je me félicite intérieurement d'avoir résisté !

– Ne me dis pas que Marcy t'a converti à ses croyances prudes, s'exclame-t-elle en ricanant.

Ses mots réveillent la douleur dans ma mâchoire et j'ai l'impression que je me suis fêlé une côte. Ou peut-être pas. Je ne supporte pas de savoir qu'elles parlent de moi dans mon dos. Lucy enfonce le clou, comme si ce n'était pas suffisant :

– Quoi, tu pensais que je l'ignorais ? Voyons Steve, Marcy et moi, on se dit tout !

Je rêve ou elle me prend pour un imbécile ?

– Ne t'imagine pas que je sois aussi naïf que ta copine, elle n'est même pas capable de prononcer le mot sexe.

Lucy frémit, et je retiens un fou rire. J'ai sauté la moitié des gonzesses du lycée, elle ne va quand même pas s'offusquer parce que j'ai osé toucher sa meilleure amie. Si elle savait que je l'ai à peine frôlée et qu'elle a déjà chamboulé toute ma vie !

– Tu l'as baisée ? me demande-t-elle, horrifiée.

Le plaisir que me procure cette question ! C'est la preuve évidente que Marcy n'a rien dit, et je jubile en répliquant :

– Tu vois, tu ne sais pas de quoi tu parles.

– À quoi joues-tu avec elle ? Ne lui fais pas ça, Steve, elle n'a pas les épaules pour tes conneries !

Ouais, c'est ça, c'est certainement moi qui risque le plus de souffrir dans cette histoire, mais ça, tout le monde s'en fout. Je ne prends même pas la peine de lui répondre, Lucy ne compte pas, elle n'a jamais compté. Je m'éloigne d'elle et ouvre le garage.

– Je pars ce soir pour un mois, insiste-t-elle, on ne se reverra pas de l'été.

– Parce que tu penses être la seule capable de me satisfaire ? je rétorque en l'abandonnant devant ma porte.

Si on m'avait dit plus tôt qu'on pouvait éprouver une telle fierté à envoyer promener une nana qui rêve de vos couilles entre ses jambes, je l'aurais fait depuis longtemps. Et je rédige un message à la rebelle pour qu'elle profite de cette victoire incroyablement jouissive : SI TU CROISES LUCY CHEZ LE MARCHAND DE GLACE, C'EST NORMAL, ELLE EST EN MANQUE DE BOULES. Sa réponse ne se fait pas attendre : ET LES TIENNES N'ONT PAS ENCORE BLEUI ?

Mon éclat de rire se transforme en quinte de toux en réalisant que ma mère m'attend au milieu de la pièce avec son regard « je ne suis pas fière de ton attitude, mon fils ».

– Ce n'est pas la petite Romy que je viens de voir partir dans l'allée ?

– Possible, je souffle en me laissant tomber sur le lit pour retirer mes baskets.

– Je croyais que vous ne vous voyiez plus ?

– C'est le cas.

– Est-ce que tu pourrais faire un effort pour me parler ? proteste-t-elle en s'asseyant à son tour.

– Qu'est-ce que tu veux que je te dise ?

J'essaie de refouler mon sourire victorieux.

– Ce qui se passe avec Marcy, et aussi avec Lucy.

Si seulement il se passait quelque chose avec la première !

– Je croyais que tu ne voulais pas connaître ce genre de détail ? je tente en évitant son regard contrarié.

– Chéri, je peux comprendre les raisons qui te poussent à te comporter ainsi, mais je ne peux pas te laisser faire autant de mal à des jeunes filles qui n'ont rien demandé.

– Je n'ai fait de mal à personne, je la coupe, en priant pour qu'elle arrête.

Cette conversation, nous l'avons eue cent fois et je déteste qu'elle me croie capable de je ne sais trop quelles horreurs.

– Tu t'imagines vraiment que Lucy n'a pas été blessée par ton comportement ?

J'adore ma mère, je l'aime plus que tout, mais je ne supporte pas qu'elle remplace ce semblant de fierté par de la culpabilité.

– Elle était au courant !

– Mais elle tenait à toi, Steve ! s'énerve-t-elle également.

Nos regards se livrent une bataille silencieuse puis, après un instant bien trop long, elle reprend plus calmement :

– La petite Shepard ne joue pas dans la même cour que toi, elle pourrait…

– Tu crois que je l'ignore ? je l'interromps avant qu'elle ne dise ce que je refuse d'entendre. Elle veut juste que je l'aide à récupérer Josh.

La surprise se lit sur le beau visage de ma mère. Elle a toujours su que Marcy me plaisait, même quand j'étais trop petit pour le comprendre moi-même. Et elle sait également que je ne serai jamais assez bien pour sa famille.

– Tu n'aurais pas dû accepter, finit-elle par déclarer en m'embrassant tendrement sur la joue.

Je la prends dans mes bras et la berce doucement, comme si c'était elle qui avait besoin d'être consolée alors que c'est bien moi qui souffre.

– Tu devrais passer le week-end avec Julian, je lui propose pour changer de sujet.

– Mon fils, je t'aime, ne m'exclus pas de ta vie en me poussant dans les bras d'un autre.

– Je ne ferais jamais ça, Maman ! C'est juste que… ça fait longtemps que toi et Julian êtes ensemble maintenant, peut-être que vous devriez songer à vous installer ensemble.

Je n'en reviens pas de l'avoir dit ! Pourtant, à la tête qu'elle tire, aucun doute, c'est bien sorti de ma bouche. Il faut être honnête, je déteste Julian, pas que ce soit un salaud dans mon genre, non, c'est un mec bien. C'est juste qu'il a fallu qu'il choisisse ma mère.

– Oh Chéri, si tu savais comme ça me fait plaisir ! s'enthousiasme-t-elle. Mais j'ai encore besoin d'être présente pour toi.

– Arrête de culpabiliser, Maman, ça m'énerve ! Et je suis assez grand pour me débrouiller tout seul.

14

MARCY

J'ai passé le reste de la semaine à me convaincre que je n'avais pas besoin de le revoir, qu'il m'en avait appris suffisamment sur le sujet et que je pouvais désormais m'en sortir toute seule. J'aimerais dire que j'ai réussi à me toucher, à me soulager, mais c'est loin d'être le cas. Impossible de m'évader sans ses doigts, sans sa bouche experte, et pire que tout, chaque fois que je tente de me faire plaisir en pensant à Josh, c'est le sourire satisfait de Steve qui m'apparaît. C'est plus fort que moi, j'ai envie de le revoir, de le sentir tout proche de moi.

Avec lui, je me sens vivante, importante, j'ai besoin des sensations qu'il me procure. Même mes rêves lui sont consacrés, et c'est terrifiant. Steve n'a rien du garçon idéal, tout en lui me crie de fuir à toutes jambes et, pourtant, je suis incapable de le chasser de ma tête. Aucun bon souvenir de Josh ne parvient à repousser le regard envoûtant de Steve.

C'est de sa faute aussi !

Comment pourrais-je me laisser aller à penser à Josh alors qu'il se comporte comme un imbécile depuis quelque temps ? Je prie pour qu'à mon retour de voyage il retrouve enfin ses esprits, et je prépare les valises en me torturant. Il va redevenir lui-même, celui que j'aime. Cette année a été difficile pour lui, les hormones ne l'ont pas ménagé, mais il va me revenir. Il le faut, j'ai besoin de lui.

Et ma mère qui n'a pas cessé de m'en parler, comme si elle redoutait ce que je suis prête à faire pour le récupérer. Pitié, dites-lui d'arrêter ! C'est rassurant de voir qu'elle peut aussi s'inquiéter pour nous, mais je n'en peux plus. Chaque jour, elle revient à la charge. Elle a même croisé Martha Anderson qui lui a affirmé que Josh était complètement déboussolé sans moi, qu'il avait besoin de moi. Mais à quel prix ! Ma mère est terrifiée à l'idée que je fasse les mêmes erreurs qu'elle et, si j'ai espéré un temps que reporter ses angoisses sur moi l'aiderait à avancer, je commence à en douter. Elle passe son temps à épier chacune de mes réactions, à stresser dès que je quitte la maison. À tel point que je n'ose plus sortir.

Finalement, c'est un soulagement de partir loin de Winsted, de la tentation de Steve, des silences de Josh et des inquiétudes de ma mère. Elle s'est enfin décidée à me laisser respirer. Mes parents semblent se retrouver pendant les vacances, comme si tous les obstacles du quotidien n'existaient plus loin de chez nous et, comme chaque année, j'entrevois enfin la fin des tourments. Je suis peut-être ridicule d'espérer, mais je suis pleine d'espoir en les voyant ainsi se sourire, se parler, faire de nous une vraie famille pour quelques instants de bonheur.

Allongée seule au bord de la piscine, j'observe des inconnus s'amuser. Mes parents ont emmené Tara se défouler à l'aire de jeux du complexe hôtelier pendant que je me prélasse au soleil en essayant de ne pas songer au retour. Pour une fois, j'aimerais que mon père ne replonge pas immédiatement dans le travail, que ma mère ne perde pas ses repères et j'aimerais avoir manqué à Josh. En rêvassant, j'écoute distraitement la conversation du groupe de garçons qui ricanent bruyamment à côté de moi. Si Lucy était là, elle m'inciterait certainement à rire avec eux, à en profiter, et Steve… je n'ose même pas imaginer ce qu'il me dirait. L'un d'entre eux se retourne et je manque avaler ma salive de travers en découvrant qu'il a des yeux verts semblables à ceux de Steve. La ressemblance s'évanouit lorsqu'un sourire carnassier déforme son beau visage, et je respire à nouveau.

– Salut, moi c'est Ben ! Il fait une chaleur incroyable, ça te dirait de venir te baigner avec moi ?

Waouh, j'ignorais qu'on pouvait être aussi direct ! Poliment, je m'apprête à le repousser lorsque le rire moqueur de Steve raille dans ma tête : « Enfin, Chérie, tu ne peux pas rater une occasion pareille de te faire lécher le minou ! » Et comme si ce n'était pas suffisant, la voix trop aiguë de Lucy ajoute : « Si tu veux éclore, il va falloir ouvrir les jambes ! »

– P… pourquoi pas, je bafouille, me surprenant moi-même.

Ben se lève et je l'imite sans réfléchir. Il n'est pas très grand mais terriblement musclé, je me demande quel sport peut donner un résultat pareil. Ma respiration s'affole alors que mon regard refuse de quitter son ventre qui semble indiquer un chemin interdit. Est-ce que le torse de Steve est aussi bien dessiné ?

Mais d'où ça sort, ça ? Je chasse le corps enivrant de Steve et plonge lentement dans l'eau tiède en remerciant silencieusement cette initiative de me rafraîchir les idées.

Devant moi, Ben fait quelques brasses avant de se tourner et de me tendre les bras. Je prends sa main avec la sensation étrange de ne pas faire ce qu'il faut. Son sourire s'étire à nouveau tandis qu'il m'attire à lui. Je ne me suis jamais sentie aussi mal à l'aise de toute ma vie. Il ne connaît même pas mon prénom et il semble bien décidé à me peloter sans vergogne. Je sursaute quand ses doigts glissent sur ma taille, s'aventurent sur mes fesses et que sa bouche suce mon cou. Je me crispe, cet inconnu dépasse vraiment toutes les limites avant même le premier rendez-vous.

Comment peut-on se comporter de la sorte, sans respect pour l'autre, sans se soucier de ses pensées, de ses désirs ? Est-ce que c'est comme ça que font les autres ? Est-ce que c'est comme ça que Sandre a apprivoisé Josh ? Je déteste penser ça, je déteste penser à eux, les imaginer faire ce que cet individu ose, c'est… Mon corps se remet enfin à fonctionner, et je le repousse violemment.

– Désolée, je viens d'apercevoir ma mère… Elle… elle est très sévère, je mens en m'éloignant aussi rapidement que mes jambes me le permettent, entravées par l'eau qui refuse de m'aider dans cette situation embarrassante.

– Dommage, hurle Ben sans se préoccuper de l'éventuelle crise d'une mère ultra-rigide.

J'ignore comment je me suis retrouvée dans notre chambre d'hôtel à me passer de l'eau froide sur le visage. Je crois que j'ai couru, car ma respiration est chaotique, mais je ne me souviens pas d'avoir pris les escaliers ou l'ascenseur. Je souffle profondément pour imposer à mon cœur de se calmer et finis par m'écrouler sur le carrelage trop dur de la salle de bains design et moderne. La tête dans les mains, je panique à l'idée d'être trop différente de celles qui éveillent ce genre de désirs, pour plaire de nouveau à Josh. Mais définitivement, je ne suis pas comme toutes ces filles qui se laissent séduire et manipuler sans rien en retour.

Soudain, j'ai besoin qu'on me rassure, qu'on me cajole, mais ici je suis seule, loin de Lucy ou de Steve. Steve, pourquoi je pense à lui ? Pourtant, je le sens, j'ai besoin de lui, lui seul peut m'aider dans cette situation.

Je récupère mon sac et attrape mon portable avant de composer un texto : SUIS-JE SI DIFFÉRENTE DES AUTRES ? TU ES UNIQUE, TRÉSOR ! se contente de répondre immédiatement Steve. Il ne comprend pas, je ne veux pas être unique, je veux être comme les autres. Et un nouveau SMS arrive alors que je m'apprête à jeter mon téléphone dans mon sac rageusement : NE CHERCHE JAMAIS À RESSEMBLER AUX AUTRES, MON CŒUR, TU ES PARFAITE COMME TU ES ET CEUX QUI NE S'EN APERÇOIVENT PAS SONT AVEUGLES OU STUPIDES. Si Steve m'avait dit ça en face, je crois que je lui aurais sauté au cou et l'aurais embrassé sans retenue. Comment ce réputé salaud peut-il penser des choses aussi belles ?

Après avoir passé le reste des vacances à éviter Ben et ses amis, je suis plus que ravie de rentrer, de retrouver ma chambre et peut-être Josh. C'est mon anniversaire, mes parents n'ont pas encore repris leurs mauvaises habitudes, ils m'ont fait la merveilleuse surprise de m'offrir ma première voiture et j'ai prévu d'inviter mon petit ami à sortir. Une journée parfaite ! Un jour comme aujourd'hui, il ne peut être que plus enclin à m'écouter, à entendre ce que j'ai à lui dire, à accepter que j'aie changé.

J'ai mis ma plus belle robe, sa préférée, pour lui. Mais quand je me retrouve face à lui, il se montre froid et distant, il a oublié que ce jour est important pour moi et je suis complètement déstabilisée avant même d'avoir prononcé un mot.

– J'avais envie d'aller au ciné, ça te dit ? je bafouille en tentant de capter son regard, de garder la tête haute.

– On vient de rentrer, je suis crevé, déclare-t-il en faisant quelques pas dans l'allée comme pour mettre de la distance entre nous.

– Alors, demain ?

– Marcy… je ne crois pas que toi et moi puissions avoir un avenir.

Ça y est, c'est fait, il m'a brisé le cœur. Le jour de mon anniversaire en plus. Pourquoi ne veut-il pas comprendre, pourquoi refuse-t-il de m'écouter ? J'ai besoin de Steve pour ne pas m'effondrer, lui qui m'a déjà si souvent prouvé que je suis désirable. Il me redonne du courage. Il est temps de tester l'utilité de ses leçons. J'inspire profondément pour chasser la pression, le doute, et m'avance vers Josh pour lui susurrer comme je pense qu'il voudrait l'entendre :

– Je pourrais te donner ce que tu veux.

– Marcy, arrête ! Ce n'est pas toi !

Je sursaute au ton sec de sa voix, cette fois-ci mon cœur est à ramasser à la petite cuillère, il ne reste rien de récupérable. Et je sens la colère monter, il ne faut pas que je craque. Josh me voulait, je ne l'ai pas rêvé, il me désirait plus qu'aucune autre, il aurait dû apprécier, comme Steve, le jour où je lui ai fait un strip-tease ou comme Ben, en portant juste un petit bikini.

– Tu aimes que d'autres filles que moi te touchent de la sorte, mais quand c'est ta petite amie, tu trouves son geste déplacé.

– Nous ne sommes plus ensemble, Marcy ! C'est vrai, j'ai souvent désiré, j'ai attendu ces gestes de ta part, mais nous aurions certainement regretté tous les deux que tu t'écartes de tes valeurs. Tu dois arrêter de te perdre pour essayer de me retrouver.

Et, en plus, il piétine les lambeaux de mon cœur. Où est passé mon si gentil petit copain, celui qui n'aurait jamais supporté qu'on me fasse du mal ? Sandre a détruit cette facette de lui en même temps qu'elle nous a pris nos premiers instants. Il ne se préoccupe même pas de m'abandonner seule avec un organe vital incapable de fonctionner. Il s'enfuit dans sa Mustang, sans même un regard pour moi. Quel bel anniversaire !

C'est le moment où j'aurais dû m'écrouler, mais je refuse de me laisser aller au désespoir. Je ne réfléchis pas, je dois le suivre, j'ai besoin de savoir, et le cadeau de mes parents est une aubaine. Josh ne connaît pas la petite berline bleu ciel qui ne le lâche pas d'une semelle. Mais en découvrant le quartier mal fréquenté où il stoppe enfin, je regrette mon initiative. Le Josh que je connais n'aurait jamais mis les pieds dans un endroit pareil. Et, quelques instants plus tard, il réapparaît avec une femme, une femme qui doit lui faire bien plus que je ne pourrais même l'imaginer. J'ai laissé mon cœur en miettes sur le pas de sa porte, et maintenant, il me transperce les poumons avec une lame incroyablement tranchante.

– Moi qui croyais qu'il n'y en avait eu qu'une, je lui hurle, horrifiée.

Mon univers n'est déjà plus qu'un champ de ruines et mon estomac menace aussi de renvoyer mon déjeuner. Je ne comprends plus rien. Pourquoi fait-il ça ? Pourquoi elle aussi ? Moi qui croyais le connaître, moi qui croyais que Sandre n'avait été qu'une erreur.

Mes mots hurlés les ont fait frémir tous les deux, et le regard possessif qu'elle lui lance me retourne les entrailles.

– C'est l'ex petite-amie ? demande l'inconnue en me détaillant de la tête aux pieds. Effectivement, elle a plutôt l'air coincée.

Mon Dieu ! Il lui a même parlé de moi… Ça y est, ce qui restait de moi vient de se briser, il ne restera bientôt plus rien et c'est elle qui m'achève :

– Mon Joshy ne côtoie pas les putes, Chérie ! C'est un gentil garçon et si tu étais moins… grenouille de bénitier, tu saurais certainement que ce n'est pas sa mère qui l'a mis au monde. Et pour être honnête, ces douze heures-là de ma vie, je ne risque pas de les oublier.

Je crois que je vais vomir, à moins que je m'évanouisse. Ce n'est pas possible, c'est un cauchemar, le pire des cauchemars ! Combien de fois me suis-je blottie dans ses bras pour lui confier ma vie, mes malheurs, et lui, il ne m'a jamais rien dit, il m'a tout caché. Elle s'éloigne et il bafouille, gêné :

– J'ai… je n'aime pas en parler. Je n'aime pas me sentir différent des autres, de vous. Je n'ai qu'une mère, et c'est Martha.

J'hésite entre fondre en larmes et le frapper, mais je me contiens. Je n'ai jamais été très douée pour extérioriser mes émotions.

– Mais cette femme fait partie de ta vie et tu ne l'as jamais évoquée. Je ne t'ai rien caché, même mes secrets les plus honteux et toi, tu as toujours fait comme si tu n'avais jamais de problèmes, je souffle d'une voix blanche.

– Tu es tellement brillante, tellement gentille, tellement parfaite, je voulais être le garçon que tu mérites d'avoir. Je me rends compte aujourd'hui que j'avais tort, je n'ai fait que t'éloigner de moi, que me perdre.

Revoilà le gentil garçon !

Soudain, je le hais, je le hais plus que tout. Comme si je lui avais demandé d'être ce gars-là. Est-ce que je l'ai fait ? Est-ce que c'est vraiment de ma faute ? Qu'on ne parle plus jamais de perfection, je veux de l'imperfection, personne n'est parfait, que je sache ! Et une fois de plus, il m'abandonne après des paroles à me retourner le ventre. Il a une mère biologique, il a été adopté et jamais, jamais, il ne m'en a soufflé un mot. Les larmes ont envahi mon visage, tout mon corps s'agite pour ne pas s'effondrer. J'ai besoin… j'ai besoin de Steve.

15

STEVE

Marcy est en larmes sur le pas de ma porte, et j'ignore ce que je suis censé faire. Je n'ai jamais serré personne dans mes bras, à l'exception de ma mère. Mes muscles se crispent en imaginant le mal qu'on a pu lui faire, je déteste chaque hypothèse plus que l'autre. C'est son anniversaire, bordel, normalement elle devrait être heureuse, le fêter en famille ou entre amis et ne pas se décomposer ainsi sous les yeux d'un gars comme moi.

Elle se jette à mon cou alors que je suis toujours figé sur place. Je n'ai plus besoin de réfléchir à ce que je dois faire, mon corps sait. Mes bras s'enroulent autour de sa taille, ma bouche réconforte sa peau, et les mots coulent tout seuls, tandis que je l'entraîne à l'intérieur.

– Ça va aller, Trésor, je suis là, tout va s'arranger. Raconte-moi ce qui ne va pas, mon cœur !

– Il ne m'a rien dit, il m'a tenue à distance de sa vie… Et il n'a même pas voulu m'écouter, même pas passer un peu de temps avec moi, sanglote-t-elle en se pressant contre moi.

Bien sûr, j'aurais dû me douter que Josh était responsable de son état. J'ai envie d'aller lui foutre mon poing dans la gueule pour le mal qu'il lui fait. Mais si elle s'accroche à cette histoire, c'est en partie ma faute. Je suis un enfoiré de lui avoir laissé croire qu'elle avait une chance.

– Il l'aime, je souffle, gêné.

– Quoi ? hurle-t-elle en s'écartant vivement comme si je venais de la gifler.

Je glisse mes mains dans mes poches, embarrassé. Il faut être honnête, je n'ai pas l'habitude d'assumer mes conneries quand la vérité éclate.

– Josh est fou d'elle, je précise sans oser prononcer son prénom.

Malheureusement pour moi, Marcy semble vouloir en apprendre davantage, comme si ma révélation n'était déjà pas assez claire. Peut-être que si je parle son langage, elle comprendra.

– Dieu dans son incroyable bonté a oublié de donner un sens moral à l'amour. Comment Josh aurait-il pu choisir d'aimer une fille comme Sandre, alors qu'il t'a, toi ?

Je n'en reviens pas, je viens de défendre le salaud qui a osé faire du mal à une innocente créature comme Marcy. En même temps, je le plains, il n'a pas fini d'en baver, le pauvre, et finalement, ce fait nous rapproche. Je n'ai jamais aimé la bonne personne. Il suffit de regarder les magnifiques yeux horrifiés de Marcy pour comprendre.

– Est-ce que… tu viens de dire que tu le savais depuis le début et tu… nous avons fait… alors que tu es persuadé que nous ne nous remettrons jamais ensemble. Tu te trompes, Steve !

Bien sûr, Marcy a oublié d'être stupide, enfin si on ignore sa naïveté ridiculement sentimentale.

– Et si je te disais que j'ai un cadeau d'anniversaire pour toi, tu serais moins fâchée ? je tente en attrapant une petite boîte sur ma table de chevet.

– Tu n'es qu'un salaud, un profiteur !

– Ça, tu le savais déjà, Chérie, je réplique, amer.

C'est vrai, mais ces mots dans la bouche de Marcy sont bien plus douloureux que sur les lèvres de n'importe qui d'autre, et son regard blessé ne fait qu'empirer les choses. J'attends sa colère qui n'arrive pas. Tout son corps tremble et, pourtant, elle ne réagit pas. Je voudrais qu'elle m'insulte, qu'elle me hurle toutes les horreurs que j'ai mérité d'entendre. Mais ses beaux yeux bleus se contentent d'exprimer silencieusement sa déception. Marcy me faisait confiance et je viens de lui prouver qu'elle avait tort. Je me déteste d'avoir perdu ce que j'ignorais avoir gagné, je n'ai pas l'habitude qu'on croie en moi.

Elle finit par se diriger vers la porte et je souffle bruyamment en réalisant que j'avais cessé de respirer. Ça fait mal de penser qu'elle ne remettra plus jamais les pieds dans mon univers, qu'elle ne me laissera plus l'approcher, la toucher. Et alors que j'envisage de m'écrouler sur mon lit, elle fait demi-tour, m'arrache mon cadeau des mains et disparaît en déclarant :

– Ça ne se fait pas, mais je crois l'avoir mérité !

16

Marcy

Dix-huit ans, c'est vraiment l'horreur !

Cette journée est un enfer ! Je ne peux plus respirer, je ne peux plus avancer. Jamais je n'aurais imaginé me faire avoir si facilement, alors que je croyais que c'était moi qui l'utilisais. J'ai honte, je me sens souillée. Pourquoi m'a-t-il fait ça ?

Je ne comprends pas Steve. Il était si gentil. Ce qu'il a fait, il l'a fait pour moi, pour mon plaisir. Je doute qu'il ait réellement pris son pied dans l'histoire, je doute que ce soit vraiment ce qu'il aime. Pourtant, il m'a vue nue, il a touché mon intimité, a découvert mon corps, s'est aventuré là où personne ne l'avait fait auparavant. Figée au milieu de son allée, je rougis en y songeant, je me sens ridicule, je suis incapable de bouger. Quelque chose a changé en moi à son contact, et aussi stupide soit-il, je ne veux pas le perdre.

Mon regard se pose sur le petit paquet que j'ai osé lui arracher des mains. Il m'a offert un cadeau, il a pensé à moi alors que Josh a oublié. De mes doigts tremblants, je retire le nœud et ouvre le joli coffret. Mon cœur s'arrête quand le soleil fait étinceler le pendentif finement sculpté dans du cuivre parfaitement poli et monté sur une chaîne épaisse. J'ignore ce que les arabesques qui s'entrelacent représentent, mais c'est magnifique. C'est lui qui l'a fait ? Qui l'a fait pour moi ! Une inscription se mêle et s'emmêle aux courbes harmonieuses du bijou : « Le bonheur, c'est de rester soi-même. » Qu'est-ce que ça signifie ? Pourquoi ce cadeau s'il s'est joué de moi ? Il culpabilise ?

Soudain, j'ai besoin de savoir, il le faut, j'en ai marre qu'on se divertisse de ma naïveté, qu'on m'utilise. Sans réfléchir, je fais demi-tour et entre en trombe dans la pièce où tant de sensations se sont éveillées en moi. Il n'est pas là, mais j'entends du bruit dans la salle de bains. Il est trop tard quand je réalise que je viens de commettre une erreur monumentale.

Steve est sous la douche, la buée sur la paroi m'empêche de discerner son corps distinctement, mais sa silhouette est incroyable, longue, musclée, belle tout simplement. Il grogne et je sursaute en apercevant sa main qui s'anime entre ses jambes. Steve est en train de se donner du plaisir, et aussi étonnant que cela paraisse, j'apprécie le spectacle. Je ne distingue pas son visage, mais j'imagine ses paupières lourdes, sa bouche s'ouvrir, comme pour m'appeler. Je revois la première fois qu'il s'est masturbé devant moi. Pour une fois, j'aimerais oser prendre la place de ses doigts, toucher cette partie si intime de son corps. Je voudrais prendre le contrôle.

L'eau s'arrête, et je recule avant qu'il ne m'aperçoive, mais c'est trop tard et mon cœur s'affole en le découvrant entièrement nu. Il est magnifique. Sans vêtement, il semble tellement plus grand, plus masculin, tellement fort. Ses épaules sont carrées, ses bras musclés, ses abdominaux parfaitement dessinés, le triangle qui mène à son sexe bien marqué, mais son torse est recouvert de stries qui n'ont rien de naturel. De longues cicatrices fines et droites donnent à son apparence une tout autre signification : il a été mutilé. Pourquoi ? Par qui ? Ça me rend malade d'imaginer ce qu'on a pu lui faire subir.

Je ne sais même plus ce que je fais là, j'ai envie de le serrer dans mes bras, d'effacer de mes lèvres chacune de ses balafres. Steve est un salaud, mais il n'a pas mérité ça. Personne ne mérite d'être marqué à vie.

Il attrape une serviette, ébouriffe ses cheveux pour en extraire l'excédent d'eau et me contourne, la mâchoire crispée, le regard fou. Je n'avais pas remarqué qu'il était à ce point contrarié. Il faut dire qu'il y a tellement mieux à regarder que son beau visage !

– Je croyais que tu étais bien élevée. On ne t'a jamais appris à frapper ? finit-il par déclarer en enfilant un T-shirt.

Son ton dur et froid, ses yeux verts furibonds me font sursauter. Je ne l'avais jamais vu comme ça, mais ce n'est pas ce qui me perturbe le plus.

Ses stigmates ont disparu sous l'épais T-shirt et, pourtant, je suis toujours incapable de prononcer un mot. C'est comme si je voyais Steve pour la première fois. Comme si je le découvrais tel qu'il est vraiment, un trop gentil garçon qu'on a blessé au point qu'il se ferme au monde. Se comporter en salaud, c'est sa façon à lui de tenir les autres à distance. Et maintenant, il me sourit, comme pour se cacher derrière cette arrogance.

– Inutile d'avoir pitié, Trésor, c'était mérité, raille-t-il en finissant d'enfiler un jean.

Il peut dire tout ce qu'il veut, je n'y crois pas.

– Que… que t'est-il arrivé ? je bafouille en retrouvant lentement mes esprits.

– Je peux t'assurer, Bébé, que tu n'as pas envie d'entendre cette histoire, réplique-t-il en s'approchant.

Sa main caresse ma joue et glisse le long de mon cou. Je déglutis bruyamment en retenant les frissons qui parcourent ma peau. Il cherche à me déstabiliser, comme pour me tenir à distance.

– Je… je veux savoir, j'insiste, en tentant de résister à l'ivresse de ses caresses.

– Pourtant, tu n'es pas revenue pour écouter mes pitoyables conneries, poursuit-il en posant sa bouche sur mon épaule. Je croyais que tu ne voudrais plus jamais revoir l'enfoiré que je suis. Dis-moi, Trésor, qu'est-ce qui t'amène dans la tanière de la bête ? Tu veux que je te suce, que je te fasse jouir ?

Ses mains brûlantes me pressent contre lui, palpent mes hanches, tandis que ses lèvres s'acharnent le long de mon cou. Je n'oserai jamais l'avouer, mais j'adore ça, au point que j'ignore où j'en suis de notre petite conversation. Je crois que j'étais fâchée contre lui ou désorientée par sa défense qu'il a baissée un bref instant sans le vouloir.

– Les salauds ne font pas de cadeau, j'hésite en tentant de retrouver mes esprits.

– Tu n'y connais rien, Chérie ! C'est une astuce vieille comme le monde pour mieux amadouer les gentilles petites filles.

Et ses doigts continuent de parcourir mon corps. Je sens un renflement grossir contre mon ventre. Mon souffle s'affole, mais je refuse de me laisser manipuler sans savoir.

– Alors, dis-moi ce que tu cherches à obtenir de moi ?

– Tu ne pourras jamais me donner ce que je désire, Chérie.

– Pourquoi essaies-tu ?

– Parce que je suis un imbécile !

– Arrête Steve, je crie, en me surprenant moi-même.

Lui aussi est surpris, et le regard qu'il me lance me vrille le cœur. Je voudrais le serrer dans mes bras, briser sa carapace, mais il faut que je parte, j'ai besoin de réfléchir, loin de lui.

17

STEVE

Je voudrais oublier le regard terrifié qu'elle a posé sur ma peau mutilée, je voudrais que ça ne soit jamais arrivé. Parce que Marcy n'a pas sa place dans mon monde, qu'elle ne peut pas connaître la vérité. J'ai peur de ce qu'elle penserait de moi si elle savait, mais je suis malade qu'elle s'éloigne déjà. Une partie de moi a espéré toute la semaine qu'elle revienne, qu'elle insiste. Même si c'est ridicule de penser qu'elle puisse s'intéresser à un mec ravagé comme moi, j'ai espéré et j'ai eu tort, parce que maintenant je souffre. Elle a vu en moi le monstre que je suis, et son regard désolé me hante encore. Je ne veux plus d'elle dans ma vie, elle a rouvert mes plaies sans même m'avoir touché.

Sur l'immense plage de Cancún, je cherche la proie innocente et vulnérable qui chassera Marcy et son expression pitoyable de petite fille compatissante. Ça fait un mois que je n'ai pas baisé, un putain de mois ! D'après Sandre, j'ai fait le plus dur, mais aujourd'hui je m'en fous. Oubliée la fierté de reprendre peu à peu contrôle de mon corps, j'ai envie de replonger tête baissée, de m'abandonner quelques instants dans une chatte humide, de me débarrasser enfin de ce regard qui me tourmente. J'ai toujours détesté la compassion, j'ai horreur qu'on ait pitié de moi. Même mon père ignore ce qui m'est arrivé et je ne veux surtout pas qu'il sache. Il ne me connaît pas.

Il se moque de moi, parce qu'il pense que je suis trop pudique, trop timide pour retirer mon T-shirt même par cette chaleur étouffante. Mon père, lui, n'est pas gêné le moins du monde de dévoiler son corps athlétique et bronzé sur une plage bondée, et je l'envie secrètement. Il paraît qu'on se ressemble, mais j'ai un peu de mal à voir nos similitudes. Ses yeux sont aussi bleus que les miens sont verts. Ses cheveux châtains sont coupés si court qu'il est impossible de deviner s'ils frisent comme les miens. Et il est rasé de si près que je me demande s'il a vraiment de la barbe, alors que j'ai l'impression de passer mon temps à m'en débarrasser. En fait, je ne sais rien de lui ni lui de moi.

Je suis certain qu'il me croit encore puceau, et Cecilia, sa compagne depuis bientôt cinq ans, me détaille tendrement, comme un enfant qui vient de faire ses premiers pas. C'est une femme magnifique qui me rendait fou les premiers étés en sa compagnie. Heureusement, je crois que je commence à m'habituer à la proximité de ses formes généreuses, à ses cheveux noirs qui semblent si soyeux que je voudrais les toucher et à son regard rieur qui me couve avec affection. Non, pas sûr que je m'y fasse en fin de compte ! Et je me dégoûte d'avoir des pensées pareilles parce que si elle savait, elle demanderait à mon père de ne plus jamais m'approcher. Mais elle ignore tout et elle me sourit naïvement comme si nous formions réellement une famille.

Sait-elle seulement que sa fille Chérie d'à peine quatorze ans rêve que je la dépucelle, que son petit ange adoré me rend dingue avec ses provocations ? Je suis sûr qu'elle ne me regarderait pas comme ça si elle savait. Si elle savait la manière dont Mia se comporte dès que sa mère a le dos tourné. Même moi, ça me perturbe ! J'ai un minimum de principes quand même, hors de question que je touche à celle qui se rapproche le plus d'une petite sœur dans ma vie. Par chance, elle a des nichons ridiculement petits et un cul inexistant, sinon j'en serais réduit à courir tous les matins et à m'enfermer dans la salle de sport de l'hôtel pour contrôler ma queue en manque. Parce qu'avec les gènes de sa mère, elle a du potentiel, la gamine, et elle lui ressemble déjà beaucoup trop.

– Tu as une petite amie en ce moment ? me demande innocemment mon père pour détendre l'atmosphère trop pesante entre nous.

Nous ne nous voyons qu'une fois par an pendant les vacances d'été. C'est sa manière à lui d'assumer son erreur de jeunesse, mais personne n'a jamais osé lui dire que ça ne faisait pas de lui un père. Franchement, je préférerais qu'on ne se voie pas, mais je n'ai jamais osé lui avouer.

Et pour être tout à fait honnête, quand j'étais gamin, j'attendais ces instants avec impatience. Mon père était comme un héros trop occupé à sauver le monde pour venir me voir. En grandissant, j'ai compris qu'un courtier en Bourse n'avait rien d'héroïque, et le mythe en a pris un sacré coup. Papa est devenu Franck sans même qu'il s'en aperçoive. Pourtant, je reste horriblement coincé lorsque l'on est ensemble, comme si je redoutais qu'il découvre quel sale type est son fils. Et depuis mes années de pensionnat, chacune de nos retrouvailles vire au calvaire pour moi. Je ne suis plus ce gentil petit garçon, je n'en peux plus de faire semblant, de me masturber dans les toilettes. Pourtant, je ne proteste pas :

– Les copines, ce n'est pas mon genre.

Mia affiche une expression victorieuse, tandis que mon père grimace. Eh merde, maintenant il va me croire gay !

– C'est juste que je n'ai pas envie de me caser, je précise en parcourant la plage du regard à la recherche de courbes féminines qui me rendraient fou.

Si seulement je pouvais juste arriver à en baiser une. Il faut vraiment que je parvienne à chasser Marcy de mes pensées. Je me sens minable depuis qu'elle m'a mis à nu. Merde, elle m'a castré ! Ce n'est pas que je ne suis pas attiré par des culs splendides ou des poitrines magnifiques, quoiqu'à Cancún les filles semblent toutes sorties d'un mauvais porno avec les seins siliconés et les vêtements ridiculement petits. Ici, c'est un peu comme faire une overdose de chocolat, tu as beau adorer ça, trop c'est trop. Même Mia me fait flipper avec son bikini rose fluo minuscule. Et sa mère qui ne dit rien !

Elle me choque tellement que je me suis arrêté à la boutique de l'hôtel pour lui acheter un paréo.

– Tiens, tu devrais porter ça, j'annonce en lui tendant le paquet, alors qu'elle regarde la télé avachie dans le canapé en velours rouge de notre suite, toujours dans son rikiki maillot trop flashy.

Ses grands yeux noisette s'illuminent comme si ce présent pouvait avoir une quelconque signification, et elle se redresse joyeusement en sautillant. Qu'est-ce que les filles ont toutes avec les cadeaux ? Marcy m'aurait tout pardonné pour un petit bijou que j'ai mis la nuit à sculpter parce qu'elle m'empêche constamment de dormir, enfin, elle ou ma queue. Putain, que les gonzesses sont naïves ! Et Mia me sourit, triomphante, en retirant la fine étoffe de son sac.

– Je te perturbe dans cette tenue, ironise-t-elle en se trémoussant devant moi.

Il faut être honnête, Mia est jolie, elle a de longues jambes fines et un sourire ravissant encadré par de belles boucles brunes, mais elle n'a pas fini de se former et rien que ça, ça me déstabilise. C'est encore une enfant !

– C'est surtout que je n'ai pas envie d'assister au mélodrame quand un imbécile se sera occupé de tes fesses, je réplique en reculant.

– Si tu t'occupais de moi, ça n'arriverait pas !

Elle s'approche davantage, vient se frotter à moi et je retiens ses mains avant qu'elles n'osent se glisser sous mon T-shirt. Je réprime un sourire qu'elle risquerait de mal interpréter. Comment pourrait-elle comprendre ma joie de ne pas bander après un contact pareil ? Enfin, peut-être devrais-je m'inquiéter d'avoir été émasculé par Marcy ? Je n'ai pas le temps de m'en soucier que Mia tente un nouvel assaut. N'a-t-elle pas conscience que nos parents sont en couple depuis une éternité et que nous sommes presque de la même famille ? Cette situation est vraiment perturbante.

– Mia, j'aime utiliser les gonzesses pour mon propre plaisir et les voir se décomposer quand elles réalisent qu'elles n'ont jamais compté. Mais, tu as la chance, je ne souhaite pas avoir de problèmes avec Franck.

Je me lèche les lèvres comme si je pouvais m'imaginer toutes les saloperies que je pourrais lui faire et elle s'écarte, alors que mon sourire arrogant lui promet plus qu'elle n'oserait espérer. Il n'y a pas à dire, je suis aussi doué pour attirer les filles dans mes filets que pour les faire fuir.

– Un jour, tu tomberas amoureux et elle te fera regretter de te comporter comme tu le fais, riposte-t-elle, visiblement vexée.

Je grimace, cette gamine a peut-être bien touché en plein dans le mille.

– Je te rassure, Chérie, c'est déjà arrivé.

– Alors, pourquoi tu ne changes pas ? m'interroge-t-elle, soudain compatissante.

Encore une qui a pitié ! C'est pathétique !

– On n'a que ce qu'on mérite, Trésor, je grogne, défaitiste.

Cette réalité me retourne l'estomac, me broie le cœur. Marcy ne sera jamais à moi, je ne serais jamais digne d'elle, c'est une telle évidence que je ne sais même pas pourquoi ça me rend malade à ce point.

– Tu ne devrais pas douter. Un mec comme toi pourrait obtenir tout ce qu'il désire en un sourire, insiste-t-elle, toujours prête à se faire déflorer par le salaud que je suis.

Elle n'a toujours rien compris. Et pourtant, je me surprends à sourire, à espérer qu'elle ait raison, que ça puisse être envisageable. Vraiment. Non, sérieux, elle est bien trop naïve ! Je ne peux pas la laisser comme ça.

Et alors que je m'apprête à lui expliquer la vie, la vraie, avec des mots peut-être un peu trop crus, Cécilia et Franck débarquent main dans la main, tout sourire. Ils sont charmants tous les deux, classes et distingués, parfaitement assortis. Mais quand même, je préférais la belle époque où mes parents étaient des célibataires endurcis, aigris par leur désastreux passé commun. Je suis terriblement égoïste, mais je ne supporte pas leur bonheur écœurant. C'est encore plus dégoûtant qu'entre ados en pleine puberté.

Et pour ne rien arranger, ils semblent plus que ravis de découvrir leur progéniture discutant tranquillement. Il faut dire qu'avec Mia, on a toujours préféré garder nos distances. Quand elle était plus jeune, je la faisais flipper et, maintenant, c'est moi qui flippe chaque fois qu'elle s'approche. Je suis pitoyable ! Si les potes me voyaient fuir devant elle, la queue entre les jambes, ils se foutraient de ma gueule.

– Allez vous changer les enfants, on sort ce soir, se contente de glousser joyeusement mon père.

À contrecœur, j'ai enfilé un costume noir. Mia, elle, a opté pour un truc brillant bien trop court, un soutien-gorge ultra push-up qui décevrait n'importe quel mec qui oserait le lui retirer et des talons vertigineux. Et personne ne dit rien. Bordel, est-ce que quelqu'un va finir par se rendre compte que ce n'est pas de son âge ? Je voudrais le faire, pourtant je me tais parce que ce n'est pas mon rôle, je suis vraiment mal placé pour juger. Mais lorsqu'on lui sert une coupe de champagne sous prétexte qu'on ne va pas tous les jours dans un resto aussi chic, j'explose :

– Je croyais que dans notre pays il fallait avoir vingt et un ans pour boire de l'alcool !

Je grimace en me rendant compte que je ne les ai pas non plus. Est-ce qu'ils vont me le reprendre aussi ? S'ils savaient comme j'en ai besoin. Ces vacances sont l'enfer ! J'aurais mieux fait de me branler dans les toilettes plutôt que d'intervenir.

– Nous pensions que nous pourrions faire une exception pour vous annoncer que nous nous marions le mois prochain, mais si tu y tiens, je vais vous commander du Coca, déclare Cécilia, visiblement embarrassée.

– Euh… ça ira. Je ne savais pas. C'est une bonne nouvelle, je commente, encore plus gêné qu'elle.

Et une fois de plus, je passe pour le mec hypercoincé, incapable de transgresser la seule règle qu'aucun adolescent ne respecte. Mia attrape son verre et se dépêche d'y goûter comme si elle redoutait que je le lui confisque.

– Tu parles, pour divorcer dans cinq ans… grogne-t-elle entre ses dents.

Cecilia pose une main protectrice sur celle de sa fille, mais Mia la retire avec un regard assassin. Je viens de me rendre compte que j'ignore tout de leur vie, je ne m'y suis jamais intéressé. Il faut dire aussi qu'on ne se voit qu'une fois par an, c'est loin d'être suffisant pour former une famille unie. Je dois vraiment être en manque pour penser des trucs pareils !

Ils se doutaient bien que ça n'allait pas être la fiesta du siècle, mais là, comme ambiance glaciale, difficile de faire pire. Les silences s'éternisent et même les conversations sur la pluie et le beau temps ne détendent pas l'atmosphère.

Une pouffe s'approche de notre table et couine à mon intention, pas ennuyée le moins du monde d'interrompre un repas de famille de la plus haute importance :

– Il y a une salle disco derrière le bar, ça te dit de venir danser avec moi ?

Je m'apprête à la rembarrer bien comme il faut, je ne suis pas d'humeur, mais mon père ne m'en laisse pas l'occasion.

– Va t'amuser Steve, profites-en, m'encourage-t-il comme si je pouvais être un gentil fils bien trop sérieux.

S'il savait !

Je râle dans ma barbe et attrape la main de Mia pour l'entraîner avec moi.

– Je m'occupe de la surveiller, je déclare en l'éloignant avant qu'ils ne protestent. Profitez bien de votre soirée en amoureux.

– Ouais, vous avez bien besoin de vacances, ajoute Mia en me suivant, toute guillerette.

Et ils nous regardent disparaître dans un petit couloir mal éclairé, fiers de nous voir soudain si proches. Ils n'ont vraiment rien compris.

– Ne te fais pas de films, je réplique tout bas, tu es là uniquement pour me débarrasser de miss gros nichons.

Je me retiens de contempler le cul devant nous qui se dandine exagérément pour me rendre fou, hors de question que je bande encore pour l'une de ces gonzesses qui finit toujours pas me faire sentir plus misérable. C'est l'effet overdose de sucreries, je n'ai plus envie de m'empiffrer de bonbons ! Fini de choisir la commodité, je veux quelqu'un qui s'intéresse vraiment à moi, qui prenne le temps de me connaître avant de m'offrir son intimité. Mais d'où ça sort, une connerie pareille ? Si c'est vraiment ce que provoque l'abstinence chez les gens, je vais sauter tout ce qui bouge en rentrant, mais pas là, pas elle. Ouais, je suis vraiment en train de devenir pathétique !

– C'est de moi que tu parles ? siffle la pouffe, sans savoir si elle doit se sentir flattée ou vexée.

– Chérie, quand j'ai envie de me faire sucer, je n'ai pas besoin qu'on vienne me chercher par la bite, je prends les choses en main.

Elle émet un couinement ridicule et s'éloigne en marmonnant des grossièretés qui me sont certainement destinées. Je n'aurais jamais pensé que ça puisse être si facile !

– Et tu veux me faire croire que tu as besoin d'aide ? s'esclaffe Mia en ricanant bruyamment.

Si elle savait le genre de queutard que je suis, elle ne dirait pas ça, elle serait plutôt surprise que je ne l'aie pas déjà abandonnée pour aller tirer mon coup.

– J'aimerais aussi que tu arrêtes de croire au prince charmant.

Je nous commande deux Coca et nous nous installons à une table au centre de la pièce. Il doit y avoir foule dans ce genre d'endroit aux heures d'affluence, mais il est encore très tôt et c'est désert. Pourtant, Mia a déjà repéré le pire des losers du coin.

– Tu ne vois pas que c'est un connard ?

– Il est mignon.

– Et quoi ? Il va t'offrir un verre, te couvrira de compliments et il t'entraînera dans les toilettes pour te voler ta virginité sans ménagement. Tu as envie de connaître la suite ?

– Tu exagères ! proteste-t-elle sans le quitter des yeux.

Moi, c'est ce que je ferais, mais j'ai peur de l'effrayer en me montrant aussi franc.

– Tu veux vérifier ? Je lui mets mon poing dans la gueule s'il ose t'embarquer dans un recoin mal éclairé.

– Tu es jaloux ? m'interroge-t-elle avec un air malicieux qui me panique un peu.

– Mia, dans ma vie, tu es celle qui ressemble le plus à une petite sœur, alors la jalousie est vraiment la dernière chose qui m'inciterait à sortir les poings pour toi.

Et j'ajoute, après avoir parcouru la salle du regard :

– Tu devrais essayer le gars dans le coin.

– Sérieux, tu l'as regardé ?

– Il a l'air très grand et sportif à en juger par sa carrure. Si tu lui rajustes sa chemise et lui enlèves ses lunettes, je suis sûr qu'il est craquant.

– Justement, il a des lunettes ! râle-t-elle en sirotant son Coca.

– Ça se retire ! Essaie, au lieu de te plaindre. C'est certainement bien plus facile de séduire l'autre abruti trop mignon plutôt que le grand binoclard. Avoue, tu as peur de te faire jeter, je la provoque.

– N'importe quoi ! J'emballe qui je veux.

– J'aimerais bien voir ça.

Y a pas à dire, j'adore défier les petites créatures innocentes et je jubile en la voyant rajuster sa minuscule robe et se diriger vers le coincé à lunettes. Et il ne m'en faut pas plus pour me rassurer, le connard que je suis n'a pas totalement déserté mon corps en quelques semaines de diète.

La veille de notre départ, mon père tient à ce qu'on ait une conversation d'homme à homme, et j'avoue que je stresse un peu en attendant qu'il se décide enfin à parler.

– Fiston, je sais qu'on ne se connaît pas vraiment, que je n'ai pas été un père à la hauteur et que mes regrets arrivent beaucoup trop tard, mais ça ne m'empêche pas de voir quand quelque chose te perturbe. Et depuis quelques années, plus rien ne va, je pensais que c'était normal, que c'étaient les aléas de la puberté, mais cet été, tu sembles vraiment mal, et ça m'inquiète. Je voudrais que tu saches que si tu as besoin d'en discuter entre hommes, je peux t'écouter, je peux te comprendre, j'ai été jeune moi aussi.

Je suis tellement sur le cul que j'en ai la mâchoire qui tombe. Moi qui croyais donner le change, j'ai soudain le sentiment d'être un livre ouvert, c'est terrifiant ! Je n'arrive pas à réaliser qu'il puisse vraiment envisager que je me confie à lui. Il veut qu'on parle ? Alors, on va parler.

– Tu as aimé maman ?

Je crois qu'il ne s'attendait pas du tout à ça, parce qu'il pâlit et se racle la gorge plusieurs fois avant de pouvoir me répondre. À moins qu'il n'essaie de se donner du temps.

– Je… je pense que ça aurait pu être le cas si on m'en avait laissé l'occasion. Elle était belle, intelligente, drôle… Tous les garçons du lycée rêvaient de sortir avec elle, moi y compris. J'ai beaucoup regretté de ne pas avoir été là pour elle, mais dans tous les cas, je pense qu'on était trop jeunes pour que ça fonctionne.

Sa franchise me désarçonne, et je crois bon de préciser :

– Elle s'est bien occupée de moi.

– Steve, je le sais, je veux juste être honnête avec toi parce que tu le mérites, je veux que tu saches que je suis là si tu as besoin de moi.

Il ne réalise pas qu'il est déjà trop tard. Je pourrais lui dire d'aller se faire foutre ou juste que j'y penserais, mais ça serait beaucoup trop facile. Il veut savoir ce que c'est que d'être père, il ne va pas le regretter.

– Je suis accro au sexe et je voudrais calmer le jeu, juste pour prouver à une nana qu'elle se trompe sur mon compte. Alors, quelle est l'opinion d'un homme expérimenté sur la question ?

– Euh… C'est… Merde, Steve, tu ne peux pas dire ça comme ça !

– Et pourquoi pas ? Tu veux que je te fasse un peu de place dans ma vie, mais ma vie n'est pas simple et c'est en partie à cause de toi. Tu crois vraiment que ça a été facile de grandir sans père ?

Et pour la première fois de ma vie, je réalise qu'il m'a manqué, que tout n'aurait peut-être pas tourné aussi mal s'il avait été là.

18

MARCY

Vous savez ce que ça fait de regarder son petit ami (ex-petit ami) se battre pour une autre ? Vous connaissez cette brûlure lancinante qui vous laboure le cœur ? Moi, oui ! Mon univers est en lambeaux et si je n'avais pas su que cette douleur ne tue pas, je crois que j'aurais filé direct aux urgences pour qu'ils me sauvent de cet enfer. Pourtant, Steve m'avait prévenue, mais voir est bien pire qu'entendre. Et ses mots tournent en boucle dans ma tête : « Il l'aime. » Non, ce n'est pas possible, qu'est-ce qu'elle a de plus que moi ? « Elle s'est offerte à lui » se moque Lucy dans mes pensées.

Bien sûr, je sais que les ados ont de gros problèmes d'hormones, même si certains les gèrent mieux que d'autres. Bien sûr, j'avais compris que, malheureusement, Josh ne fait pas partie de ceux qui gèrent le mieux.

La vérité, c'est que je ne devrais pas toujours écouter ma mère. « Josh est un garçon intelligent, ma fille, il sait qu'il ne trouvera pas mieux que toi, il a juste besoin d'expérimenter certaines choses. Les hommes sont comme ça. » Josh sérieux, tu parles ! Il n'est rien d'autre qu'une énorme mascarade qui s'est jouée de moi pour mieux me manipuler.

Le plus difficile, c'est de ne pas arriver à comprendre ce que j'ai raté. Pourquoi il a fait ça ? Et dire que j'ai cru qu'il était vraiment un garçon gentil. Peut-être se sentait-il inférieur, se sentait-il obligé d'en faire plus parce qu'il n'a pas grandi avec ses parents biologiques ? Mais je ne veux plus lui trouver d'excuses, j'ai déjà trop pardonné et je souffre de lui avoir tout donné, alors qu'il ne m'a servi que des mensonges.

C'est la soirée de prérentrée chez Boby Storman, je ne voulais pas y aller, mais Lucy m'y a traînée de force. Selon elle, nos camarades et Josh doivent voir la magnifique fleur que je suis devenue durant l'été. J'ai tenté de la convaincre qu'elle se trompait. Elle a grimacé quand je lui ai raconté ce qui s'est passé pour mon anniversaire (en omettant Steve sous la douche, Steve entièrement nu), mais elle n'a pas cédé lorsque j'ai exigé le droit de déprimer.

Si j'avais su, j'aurais insisté, il n'y a rien de pire que le spectacle qui s'offre à moi. Et dire que ma meilleure amie y participe… Qu'est-ce que j'ai raté pour me retrouver dans une situation pareille ? Et tous les curieux qui attendent ma réaction n'arrangent rien. Pourquoi Steve n'est pas là ? Lui saurait quoi faire. J'ai besoin de lui, j'ai tellement besoin de lui, même s'il a profité de la situation, même si je devrais le détester pour ça. Il faut vraiment que j'arrête de pardonner à tout bout de champ, Steve s'est servi de mon innocence sans se soucier des conséquences. Mais il m'a aussi ouvert les yeux, et c'est sans doute pour ça que je n'arrive pas à lui en vouloir.

Je devrais fuir ou réagir, mais je ne fais rien, je me contente d'observer Lucy, sublime dans une robe noire qui moule son corps magnifique, collée à un Josh totalement soûl et le regard braqué sur Sandre. Je ne le reconnais plus. J'ignore à quoi ils jouent, mais une chose semble très claire, je ne fais pas partie de l'équation et c'est douloureux de découvrir qu'il est vraiment passé à autre chose, alors que moi pas du tout. Le peu d'espoir qui me restait s'envole, il ne me reviendra pas, jamais. Le garçon qui plonge sur la rebelle et qui la touche comme jamais il ne l'a fait avec moi est un parfait inconnu. Le même qui m'a tout caché de son passé, de sa vie. Ça fait mal, ça fait tellement mal de réaliser que j'ignore tout de lui.

Et puis, soudain, je ne désire plus qu'une chose, partir, m'enfuir avant de me sentir trop ridicule. Comment peut-il la préférer à moi ? Avant, Josh n'avait d'yeux que pour moi et, maintenant, je n'existe plus. Pourquoi ? Qu'est-ce qui a changé ?

Alors que j'atteins l'entrée, mon regard croise celui de Lucy et je vois rouge. Et elle, comment a-t-elle pu me faire ça ? Pourquoi se jeter sur Josh alors qu'elle sait qu'il était toute ma vie ?

Je la pousse sans ménagement dans un coin du hall et croise les bras en attendant ses excuses.

– Ne m'en veux pas, Chérie, tu avais besoin qu'on t'ouvre les yeux, couine-t-elle en se triturant les ongles, vraisemblablement plus gênée qu'elle ne le devrait.

– Dans tous les cas, une amie ne se comporte pas de cette façon !

– Vraiment ? Parce que tu t'es posé la question en jetant ton dévolu sur Steve ?

Je n'en reviens pas ! Lucy est jalouse, jalouse de moi. Moi qui n'ai aucune expérience et qui ne pourrais jamais satisfaire son ancien copain.

– C'est toi qui m'as conseillé de lui demander de l'aide, je réplique à mi-voix pour éviter que tous les curieux ne m'entendent.

– Mais pas de lui retourner le cerveau ! s'emporte-t-elle.

Là, je n'y comprends plus rien !

– N'importe quoi ! Je n'ai aucune influence sur Steve.

– C'est ce que tu crois !

C'est stupide, je sais que c'est stupide, mais mon cœur s'emballe en imaginant que je puisse vraiment avoir de l'importance pour Steve. Oui, c'est ridicule, les filles comme moi ne l'intéressent pas, enfin pas comme moi je le voudrais. Mais depuis que j'ai aperçu une infime partie de ce qu'il dissimule aux autres, il a envahi ma tête, reléguant Josh et mon univers brisé au second plan. J'invente tous les scénarios possibles comme s'il pouvait, lui aussi, être différent de celui que j'imaginais. Josh était si gentil et il s'est révélé le pire des menteurs, alors peut-être que Steve, sous ses airs de salaud, a un cœur d'or. Non, je délire, aucune chance !

– Et toi, je croyais qu'il ne comptait pas, je tente de me défendre en chassant les images du corps mutilé de Steve.

– Il aurait flippé si je le lui avais avoué.

Lucy semble triste, je voudrais la consoler, mais je suis encore trop contrariée par ce qu'elle vient de me faire. Et pour ne rien arranger, j'entends vaguement derrière mon dos une bande d'imbéciles faire des paris débiles sur l'issue de notre conversation. Quand je pense que demain, devant le pasteur, une bonne partie d'entre eux joueront les enfants sages, sous les yeux remplis de fierté de leurs parents. Je grimace à cette hypocrisie et, sans leur prêter attention, j'entraîne Lucy dans la petite salle de bains du rez-de-chaussée.

– Tu… tu t'es vengée de moi en laissant Josh t'utiliser, je finis par bafouiller, une fois à l'abri des regards indiscrets.

– Je suis désolée, c'était nul.

Moi aussi, je m'en veux terriblement de l'avoir blessée sans le savoir. Elle est mon amie, je souhaiterais arranger les choses pour elle.

– Tu voudrais récupérer Steve ?

– Je voudrais une relation exclusive, souffle-t-elle, gênée.

– Tu es ma meilleure amie, je vais t'aider. Steve et toi êtes faits pour être ensemble, ça saute aux yeux.

Et je le crois vraiment, même si une infime partie de mon être aimerait être davantage pour lui. Lucy a l'audace et l'expérience que je n'aurai jamais pour assouvir les désirs insatiables de Steve. Et ça fait mal de songer que j'en suis incapable.

Après un réveil brutal en pleine nuit, en nage et brûlante de désir, dû à une énième intrusion de Steve dans mes rêves, cette réalité est bien plus douloureuse encore. Je n'en reviens pas de souffrir d'être loin de Steve, alors que c'est Josh qui est censé m'avoir anéantie. Je vais devenir folle ! Steve n'est pas pour moi, je ne suis pas son genre, je n'ai été qu'une distraction pour lui, ce qui ne m'empêche pas de le désirer ardemment.

Découvrir qu'il a aussi des faiblesses, même si je n'en connais pas les détails, a complètement changé la donne. Finalement, il a sans doute un cœur et cette réalité me perturbe plus qu'elle ne devrait, parce que son cœur ne sera jamais à moi. Je voudrais être celle qui pansera ses plaies et je passe mon temps à le chasser de mes pensées, à tenter d'ignorer où il vit pour ne pas me précipiter chez lui. Je ne peux pas l'aider, je n'ai pas les épaules pour lutter contre ses travers et j'ai déjà suffisamment de problèmes du côté de mes parents. Il vaut mieux oublier la sensation de ses doigts, de sa bouche entre mes jambes, et plus que tout, la terrible idée qui m'est venue l'autre jour : faire l'amour avec lui pour passer à autre chose. Ce n'est pas une solution. D'autant plus, maintenant que je sais que Lucy est folle de lui. Lucy, mon amie qui elle non plus ne m'a pas tout dit.

Mon Dieu, mon univers est rempli de menteurs, d'abord mes parents, puis Josh, Steve et aujourd'hui ma meilleure amie. Moi qui croyais tellement en eux. Enfin, à l'exception de Steve qui est peut-être le plus honnête, finalement. Non, je ne peux pas penser ça, je ne le connais pas.

Il faut que j'arrête de me bercer d'illusions, que je cesse d'être trop naïve, trop prévisible. Quoi qu'il en coûte, je ne suivrai plus que mon instinct dorénavant. J'ai fini d'écouter les trop bons conseils des autres, j'ai trop souffert de vouloir être comme il faut. Je vais reprendre ma vie en main, oublier Josh et aider Lucy à récupérer celui qu'elle aime, parce que je le lui ai promis et qu'il a besoin de quelqu'un.

J'ai pris ma décision, je suis déterminée et, pourtant, j'ai mal. Pourquoi est-ce bien plus douloureux de comprendre que je n'aurai jamais Steve que de souffrir d'avoir perdu Josh ?

Le lendemain, je suis toujours remontée à bloc. J'avais besoin qu'on me secoue, Josh, Sandre, Lucy, et peut-être un peu Steve aussi, l'ont fait de la pire des façons, mais j'en avais besoin. Et même si je n'ai pas beaucoup dormi à cause de cette étrange sensation de manque dans le fond de mon ventre, rien ne pourra entamer mon optimisme. Même mes parents, qui jouent le parfait petit couple devant le pasteur et sa femme, n'arrivent pas à ébranler ma toute nouvelle détermination. Ils les ont invités pour le déjeuner et Tara, à côté de moi, ne tient déjà plus en place alors que le repas débute à peine. Heureusement, j'ai veillé en douce à ce qu'aucun ingrédient ne manque pour préparer le menu préféré de ma mère. S'ils savaient que la dinde aurait fini carbonisée si je ne m'étais pas occupée de l'arroser régulièrement…

– Que pensez-vous de l'adultère ? je demande au révérend Clark tandis que ma mère apporte l'énorme gratin qu'elle a failli oublier dans le four.

En face de moi, mon père toussote et ma mère me retourne un regard assassin, mais je ne me démonte pas. J'ai décidé de commencer par eux. Il va falloir qu'ils comprennent que leur attitude affecte aussi leur entourage.

– Ce genre d'interrogation n'est pas de ton âge, commente simplement le pasteur.

– Marcy ! N'embête pas le révérend avec tes questions, me réprimande ma mère.

Je m'en veux de la mettre dans l'embarras, mais les effets bénéfiques des vacances commencent à se dissiper, et elle a besoin d'ouvrir enfin les yeux. J'ai pris conscience durant la nuit que le réel problème de ma vie, ce n'est pas ma famille vacillante, mon amour de jeunesse qui m'échappe depuis des mois, mon inexpérience sexuelle, le réel problème, c'est que je suis comme elle. Je préfère me battre pour conserver une stabilité illusoire mais rassurante, plutôt que d'affronter la réalité, d'accepter que le monde soit en perpétuel mouvement et que ce soit totalement irréaliste de vouloir rester immobile.

– Mais si le problème se posait autour de moi, ce serait normal que je m'interroge sur le sujet, n'est-ce pas ? j'insiste, très fière d'oser enfin défier l'autorité parentale.

La nouvelle Marcy a fini d'être parfaite. La toux de mon père prend de l'ampleur, tandis que ma mère vient de s'asseoir brutalement, comme si elle ne pouvait en supporter davantage. Mon Dieu, faites que je n'aie pas été trop loin !

– Tu sais Marcy, tous les couples ne conçoivent pas l'engagement de la même façon, le principal c'est que chacun se sente bien au sein de la relation qu'il a créée, explique calmement le pasteur.

Alors là, je n'en reviens pas ! Être tolérant je veux bien, mais on ne peut quand même pas tout pardonner.

– Et vous allez aussi trouver une excuse aux violeurs parce qu'ils ont des pulsions sexuelles incontrôlables ? je m'emporte malgré moi.

Je crois bien que ma mère va s'évanouir, mais mon père a retrouvé tous ses esprits lorsqu'il tape du poing sur la table.

– Marcy, ça suffit ! J'ignore ce qui te prend en ce moment, mais tu ne peux pas manquer de respect de cette façon à nos invités. Tu es consignée jusqu'à nouvel ordre.

Et c'est comme ça qu'on finit cloîtrée dans sa chambre par un beau dimanche ensoleillé. Ça ne m'était jamais arrivé et finalement, ça me plaît. Je ne suis plus celle qui fait ce qu'on attend d'elle, mais j'ignore comment profiter de cette liberté toute neuve.

Après avoir tourné en rond à la recherche d'une éventuelle occupation, je m'écroule sur mon lit avec des pensées pas très catholiques. Ça fait trop longtemps que Steve ne m'a pas touchée, et la brûlure entre mes jambes a repris ses palpitations régulières.

Je ferme ma porte à clé, tire mes rideaux et retire mes vêtements avant de me glisser entre mes draps. Je cherche un gentil garçon à qui songer alors que mes doigts s'aventurent le long de mon ventre. Mais le seul qui me vienne à l'esprit, c'est Steve et ses grands yeux verts, Steve et son sourire provocateur, Steve et son torse imparfait. Rien que lui et ses mains expertes. Et avec lui dans mes pensées, il ne me faut pas longtemps pour que la température augmente de quelques degrés. C'est incroyable, mais l'envisager auprès de moi suffirait à me faire jouir. J'ai envie de gémir, de crier son nom, alors que mes doigts s'animent seuls entre les lèvres de mon sexe. C'est comme s'il était là avec moi pour me guider, m'encourager, et j'adore ça. Je me tourne pour étouffer mon souffle trop bruyant dans les oreillers, j'ai honte en pensant au révérend et sa femme au rez-de-chaussée, mais je suis encore plus excitée de savoir que je le fais sous leur nez. Si Steve savait ça !

Il faut vraiment que j'arrête de penser à lui, mais c'est trop bon de l'imaginer, son corps ferme et chaud contre le mien. Et allongée sur le ventre, c'est comme si je prenais le contrôle, c'est moi qui mène la danse et Steve apprécie d'un sourire conquis. Je glisse un oreiller entre mes jambes comme si ça pouvait être lui et j'entends les encouragements de sa voix rauque et profonde. Je grogne en sentant la jouissance monter le long de ma colonne vertébrale avant d'exploser dans le fond de mon ventre. J'y suis arrivée !

Après un long moment à profiter seule du bien-être de ce plaisir libérateur, je dois me faire violence pour ne pas envoyer un message victorieux à Steve. Est-ce que c'est mal de le désirer, alors que j'ai promis à ma meilleure amie de l'aider à le récupérer ?

Petit à petit, je retrouve mes esprits et l'inquiétude me gagne. Mon père avait besoin qu'on le secoue, mais pas ma mère, elle est fragile. Et je commence à paniquer en imaginant sa réaction après mes mots trop durs. Est-ce qu'il saura la réconforter comme il faut ou va-t-il l'enfoncer de son ignorance habituelle ? Je guette le moindre bruit au rez-de-chaussée et redescends lorsque j'entends la voiture des Clark déserter l'allée. Avant de retrouver ma mère, je vais vérifier que Tara va bien. Elle chantonne dans sa chambre et je suis rassurée, elle au moins n'a pas été affectée pas mon coup d'éclat. Mon père est au téléphone dans son bureau et ma mère tourne en rond dans le salon sans savoir quoi ranger en premier.

– Tout s'est bien terminé ? je demande en commençant à débarrasser les assiettes.

– On ne pourra pas dire que c'était grâce à toi.

Elle semble très en colère contre moi, mais c'est mérité, et je préfère ça à son état catatonique. Peut-être que ça n'ira pas plus loin ? Je lui mets une pile d'assiettes dans les mains, parce que je vois bien qu'elle s'énerve de ne savoir comment faire, et je précise en choisissant soigneusement chaque mot :

– Je voudrais juste que papa comprenne qu'il te fait du mal.

J'ai rassemblé les plats et les couverts sur un plateau et me tourne vers elle les bras chargés. Qu'ai-je fait ?

– Tu ne peux pas comprendre, tout est de ma faute, souffle-t-elle d'une voix tremblante qui me retourne le cœur.

Sans hésiter, je repose mon plateau, la débarrasse de ses assiettes et l'enlace tendrement en redoutant qu'elle ne s'effondre. Je l'ai déjà vue au bord du gouffre, je ne supporterais pas de revivre ça, il faut qu'elle se reprenne.

– Pardonne-moi, Maman, c'est à toi de décider ce qui est bon pour ton couple, je ne veux pas me mettre entre vous. Je ne m'interposerai plus, c'est promis.

Elle se fige avant de s'écarter pour se précipiter dans la cuisine avec une pile d'assiettes. Est-ce que c'est sa manière de se ressaisir ? Est-ce que j'ai aggravé la situation en voulant la débloquer ? Je la suis en emportant un maximum de vaisselle sale. Elle s'affaire à remplir le lave-vaisselle, je ne l'ai jamais vue aussi efficace, mais je sais, pour avoir beaucoup lu sur le sujet, que les dépressifs ont souvent un regain d'énergie avant de s'effondrer. J'espère que ce n'est pas le cas !

– Tu as préparé ta rentrée ? m'interroge-t-elle sans cesser de s'activer.

– Mon sac est prêt.

Après quelques banalités, elle finit par me demander de la laisser tranquille. Toute la soirée, je l'ai épiée de loin, toute la nuit, j'ai guetté les bruits de la maison, j'ai même vérifié plusieurs fois qu'elle dormait bien. Tout semble être rentré dans l'ordre, mais moi, je ne sais plus ou j'en suis. Je ne devrais peut-être pas vouloir changer ce qui ne peut l'être ?

19

STEVE

Il fait nuit, mais la température extérieure est encore chaude, bien que l'été touche à sa fin. Marcy est sur le pas de ma porte, je suis sidéré, j'ai du mal à bouger. Mon cœur s'emballe à une vitesse folle, je suis à deux doigts de m'évanouir lorsqu'elle pose une main sur ma poitrine. Je me demande si elle peut sentir mes cicatrices à travers le tissu. D'habitude, je ne laisse personne me toucher, mais elle, c'est différent, je veux qu'elle brise ma cuirasse, je veux qu'elle sache.

Elle me pousse délicatement et un beau sourire illumine son visage. Je sens ses doigts se faufiler sous mon T-shirt et je tremble en me retenant de l'arrêter. C'est étrange, mais sa caresse est délicieuse. Je respire bruyamment en me penchant sur sa bouche. Depuis le temps que je rêve de la goûter, mes lèvres frémissent, si près de son souffle chaud. J'attends qu'elle me dise d'arrêter, mais elle n'a toujours pas prononcé un mot et je refuse d'être celui qui brisera le silence. Le silence entre nous est si doux, ses mains sont si tendres sur ma peau. J'en veux plus, alors je retire mon haut pour lui faciliter l'accès. Son sourire s'élargit et sa bouche se pose sur mon cou pour sucer délicatement le creux de mon épaule avant de descendre sur les premières balafres.

Je l'entraîne jusqu'à mon lit, je sais que je devrais réfléchir, que nous devrions parler avant d'agir, mais j'ai trop envie d'elle pour être cohérent, je bande comme un fou. J'adore la sensation de ses lèvres sur ma chair meurtrie, j'adore qu'elle me touche là, contrairement à mes appréhensions. Si j'avais su que c'était aussi bon, j'aurais laissé une autre s'aventurer sur les stigmates de mon passé.

N'importe quoi, je n'aurais jamais pu faire ça ! Seule Marcy est capable d'effacer les traces de cet enfer. Mais qu'est ce qu'elle fait là ? Elle ne l'a toujours pas dit. Ses baisers se font plus durs, plus brutaux et je grogne en sentant ses dents sur ma clavicule. Elle se redresse brusquement, mais ce n'est plus Marcy, et je tremble, terrifié comme le petit garçon trop naïf que j'étais.

– T'en as pas marre d'abîmer tout ce que tu touches. Tu es irrécupérable, Steve !

Je la repousse violemment en hurlant comme un fou. Je veux lui faire mal, la blesser, je ne suis plus faible maintenant. Les poings serrés, je me dresse dans mon lit, prêt à lui rendre la monnaie de sa pièce, mais elle n'est plus là. Elle a repris sa place dans mon passé et je la hais de ne jamais me laisser le temps de me venger, même en rêve.

J'allume ma lampe de chevet pour être sûr que je suis bien dans ma chambre. Les vacances m'ont épuisé, mais il a quand même fallu qu'elle vienne anéantir mon sommeil réparateur. Quand je suis avec mon père, je dors très peu, car j'ai peur de me mettre à gueuler en pleine nuit ; avec ma mère c'est différent, elle a l'habitude. Et puis, elle ne m'entend plus vraiment depuis que j'ai investi le garage. Je sais qu'elle souffre de ne pas partager ces instants avec moi, mais je préfère être seul pour oublier, enfin essayer.

Je souffle bruyamment en m'écroulant sur l'oreiller, je ne saurais dire à quel point je suis soulagé d'être rentré chez moi. Mon père ne s'apprécie qu'à petite dose, quant à Mia, je pense qu'elle a enfin compris que beau ne signifie pas bon, mais j'en avais ma claque de jouer les gentils grands frères. Si on m'avait dit que j'allais devoir lui expliquer le fonctionnement des mecs, je crois que j'aurais esquivé ces vacances.

Surtout que la soirée de samedi soir a été visiblement riche en événements. Les quelques échos qui m'en sont parvenus m'en donneraient presque l'eau à la bouche. Josh et Lucy qui provoquent Sandre sous le regard trop innocent de Marcy. Je sais, je devrais être écœuré, mais c'est plus fort que moi, le salaud retrouve vite ses mauvaises habitudes. J'aurais tellement voulu être là pour la consoler une fois de plus. Mais cette belle époque est déjà loin et je regrette de ne pas en avoir profité davantage. Elle ne voudra plus m'approcher maintenant qu'elle sait, je refuse qu'elle m'approche si c'est pour jouer les bonnes sœurs.

Enfin maintenant, en plus de Marcy, je suis obligé d'éviter Josh pour ne pas passer pour un enfoiré sans cœur. Il faut être honnête, je me moque que Lucy et lui aient joué à frotti-frotta sur la piste de danse, surtout pour faire enrager Sandre.

Ce mec est vraiment accro !

J'ai esquivé Josh et Lucy sans problème, mais Marcy semble plus perspicace. Elle a donc opté pour la version grande protectrice de la veuve et de l'orphelin, elle n'aurait pas pu choisir petite fille terrifiée par le connard balafré. Est-ce que je vais vraiment devoir lui dire que nous ne devrions plus passer de temps ensemble ? Que je ne supporte pas qu'elle me regarde comme ça ? Même si je le pense, je suis incapable d'un tel aveu. Marcy peut tout obtenir de moi, je suis à ses pieds, sans trop savoir pourquoi.

Je frémis en sentant ses doigts me tirer vers le recoin des escaliers, là où se bécotent tous les amoureux transis. Connaît-elle seulement ce détail ? Je doute qu'elle et Josh y aient déjà mis les pieds. Sa main est toujours sur mon bras et je sens mon pouls s'emballer. Dès qu'elle me touche, je deviens fou. Peut-être que je devrais lui dire, peut-être que ça la ferait fuir ?

– Tes vacances étaient sympas ? m'interroge-t-elle, tout sourire.

Je déteste la Marcy qui croit pouvoir sauver le monde. Elle devrait plutôt penser à elle. On dirait que mon cadeau ne l'a pas vraiment inspirée. Est-ce qu'elle le porte seulement ? Mon regard se pose sur son cou où une chaîne épaisse s'échappe de son chemisier entrouvert, mais je ne distingue pas le pendentif à travers son chemisier brodé, j'aimerais tellement que ce soit celui que je lui ai confectionné. Et qu'est-ce qui m'a pris de laisser mes yeux vagabonder jusqu'à ses seins ! Je maîtrisais plutôt bien jusqu'à présent, maintenant je dois me concentrer pour ne pas bander. Le bar chic pour vieux célibataires, la cougar baveuse, sa salive répugnante sur ma bite… Bordel, mes couilles détestent ça !

– J'ai connu mieux !

– J'ai réfléchi ces derniers temps…

Nous y sommes. Qu'est ce que Marcy a encore inventé pour récupérer Josh ou pour me sortir de mes travers ? Qui sait jusqu'où s'aventurent les pensées de cette jolie petite tête !

– Tu réfléchis trop, Chérie, je souffle en glissant un doigt sur son menton, juste pour le plaisir de la déstabiliser.

Et je jubile en découvrant que ça marche toujours.

– Lucy et toi, vous étiez bien ensemble, je suis sûre qu'elle serait ravie si tu lui demandais de sortir…

Je crois m'étouffer avec ma salive !

– Je ne veux pas me remettre avec Lucy, je la coupe en posant un doigt sur sa bouche pour la contraindre au silence. Si c'est ta façon de te débarrasser de moi, inutile de te donner tant de mal, Trésor, il n'y avait rien de sérieux entre nous à ce que je sache.

Finalement, j'aurais préféré qu'elle souhaite panser mes plaies, me réparer, car putain, ça fait mal de réaliser qu'elle veut juste m'évincer discrètement.

– C'est vrai… mais ce n'est pas ce que je suis en train de faire… J'ai aimé passer du temps avec toi, ça me plairait qu'on reste amis.

Et revoilà notre sauveuse au grand cœur ! Pourquoi se contenter de m'écarter sans dommage quand elle peut aussi améliorer le monde ? À moins que ça ne dissimule autre chose ?

– Tu veux qu'on soit amis ? C'est encore une de tes idées farfelues pour te rapprocher de Josh ?

– Non, je crois que j'ai enfin compris que lui et moi, c'est bel et bien fini.

C'est peut-être moi qui suis à côté de la plaque en fin de compte ? Mais qu'est-ce qu'elle attend d'une amitié entre nous, au juste ? Je pourrais le lui demander, mais je suis certain de ne pas aimer sa réponse et je préfère éviter. Elle m'offre encore un peu d'elle, alors que je pensais ne plus avoir le droit de l'approcher.

– Donc on est amis ? Alors, je pourrais passer te prendre pour aller à la soirée chez Boby ?

– Euh… oui, c'est une bonne idée.

Je la regarde s'éloigner le plus vite que ses jambes le permettent sans avoir l'air de fuir et j'en profite pour contempler le balancier merveilleux de ses hanches moulées dans un jean parfait pour son postérieur. C'est fait, je bande, mais je m'en moque, je voudrais qu'elle soit la seule à avoir ce pouvoir, je voudrais lui offrir mes couilles sur un plateau. Si seulement Marcy pouvait savoir ce que ça signifie pour moi. Comment peut-elle croire que deux personnes qui ont déjà été plus pourraient n'être qu'amis ? Même si ça n'a jamais été que du cul, l'attirance ne s'évapore pas comme ça et je compte bien le lui rappeler.

À peine a-t-elle disparu au bout du couloir qu'une voix railleuse dans mon dos me renvoie la réalité en pleine tronche :

– Je n'en reviens pas, les rumeurs sont donc vraies, tu t'es rapproché de Marcy ? Alors, c'était pour elle tous ces efforts ?

Nous avons échangé beaucoup de textos durant les vacances, surtout pour s'envoyer des piques, mais je n'avais pas revu Sandre depuis des semaines et je suis assez surpris de sa transformation. Elle a laissé tomber ses yeux charbonneux et même si elle conserve son look rock, elle est beaucoup plus féminine. Elle semble aller mieux et, au fond, j'en suis heureux.

– Il semblerait que ce soit le terrible sort de tous les mecs, on m'a dit que Josh était bon pour l'asile lui aussi, je la rembarre en lui donnant une légère bourrade du coude.

Sandre grimace, mais esquive comme toujours, je n'arriverai jamais à la faire parler.

– J'ai bien entendu, elle a accepté que tu l'emmènes à la soirée de samedi ?

– Elle veut nous rabibocher avec Lucy, j'explique à contrecœur.

J'aurais mieux fait de me taire, elle ricane et je lui retourne un regard mauvais. J'étais sûr qu'elle m'achèverait. Je dois vraiment avoir un côté maso pour me laisser torturer à la fois par Sandre et par Marcy.

– Raconte, comment es-tu devenu son… ami ? insiste-t-elle, soudain plus sérieuse.

– Elle avait besoin d'être éclairée sur les joies du sexe.

– Et tu as réussi l'exploit de ne pas la faire fuir à l'autre bout du pays ?

Cette gonzesse a un don ! Comment peut-elle me faire passer d'un sentiment misérable à une version jubilatoire en seulement quelques minutes ? J'ai ouvert les yeux à Marcy, je lui ai prouvé que le plaisir était un acte simple, qu'on avait le droit d'être égoïste, rien ne devrait plus m'arrêter après ça. Je peux l'avoir ! Je lui retourne un sourire victorieux et elle ajoute, en me rendant mon coup de coude :

– Steve Marchal, tu m'impressionnes !

Mais impossible de me laisser aller à trop d'optimisme, alors je détourne une nouvelle fois la conversation sur elle.

– Tu ne m'as toujours pas dit où tu en étais avec Josh.

– Je lui enseigne l'art du self-control, réplique-t-elle, malicieuse.

– Parce que tu ne crois pas que Marcy lui a déjà appris l'essentiel sur le sujet ?

De nouveau, elle esquisse une grimace et je m'en veux d'avoir évoqué Marcy. Si je ne me sens pas à la hauteur de Josh, Sandre doit souffrir du même sentiment d'infériorité. Je me demande ce qui fait qu'elle et moi on se ressemble tant, mais comme il est hors de question que je lui raconte ma vie et elle la sienne, je ne le saurai sans doute jamais.

– Ah j'oubliais ! Combien ? me taquine-t-elle en s'arrêtant devant la salle où elle doit avoir cours.

Je n'ai pas besoin de lui demander de quoi elle parle, c'est sa question chaque fois qu'elle me voit et j'avoue être assez fier d'avoir retrouvé un semblant de contrôle durant l'été. Bien sûr, tout se corse avec la rentrée, les minijupes, les sourires aguicheurs, j'ai déjà croisé quelques jolis culs, mais ce n'était pas si terrible finalement. J'ai fini de jouer les enfants gâtés qui désirent tout ce qu'ils voient.

– Trois repas par jour, c'est équilibré ?

Je préférerais juste un peu mieux que ma main. Elle se faufile entre les tables de sa salle de classe en riant.

20

MARCY

Le sourire accroché à mes lèvres est d'un ridicule ! Je ne devrais pas me réjouir que Steve m'ait invitée à la soirée chez Boby, surtout quand Lucy attend de moi que j'arrange les choses avec lui. Et je me sens plus mal encore lorsqu'elle me demande en cours d'histoire :

– Alors, tu lui as parlé ?

– Sandre le manipule. Mais, bien sûr, Josh n'a pas vraiment apprécié que je le lui fasse remarquer, j'esquive en grimaçant.

– Je ne te parle pas de Josh, s'exaspère-t-elle, je t'ai vue discuter avec Steve dans le couloir.

– Il… il ne souhaite pas se remettre avec toi. Je crois qu'il a envie de faire une pause avec les filles, après ce qui s'est passé au printemps… Mais il veut qu'on soit amis, alors je pourrai lui reparler de toi, lui rappeler comme vous étiez bien tous les deux.

Je suis terriblement mal à l'aise, et le regard ahuri que me lance Lucy ne m'aide pas à me sentir mieux.

– Marcy, arrête d'être aussi naïve ! C'est une façon détournée de dire qu'il veut te sauter, raille-t-elle, tellement fort que, vrai ou faux, bientôt tout le lycée connaîtra les intentions de Steve.

– Lucy, je ne te ferais jamais ça, je chuchote, rouge de honte, alors que tous les regards sont braqués sur nous.

– Bien sûr, tu n'as pas besoin de me le dire, je me doute bien que tu ne peux pas faire grand-chose avec Steve.

Est-ce qu'elle cherche à me blesser ou est-ce qu'elle ne se rend pas compte que sa remarque est loin d'être sympa ? C'est stupide, mais j'aurais presque envie de lui prouver qu'au contraire, je suis capable de satisfaire Steve. Et que la nouvelle Marcy ne se laisse plus manipuler. Soudain, je lui en veux terriblement, en une seule phrase Lucy m'a fait plus de mal que toutes les moqueries qui ont chatouillé mes oreilles dernièrement. C'est fini, j'arrête de me préoccuper des autres. Et d'abord, mon bonheur à moi, qui s'en charge ?

Je viens de passer une heure à convaincre ma mère que Steve Marchal peut se montrer courtois, qu'il n'est qu'un ami et qu'elle n'a aucune raison de s'inquiéter, mais elle reste campée sur ses positions. Il me semblait plus simple qu'il vienne me chercher à la maison, je pensais la rassurer en faisant ça, maintenant je n'en suis plus vraiment sûre. Pourtant, elle va mieux depuis quelques jours, j'ignore si c'est mon intervention du week-end dernier, mais elle semble remonter la pente doucement. Elle est même allée faire les courses hier et a réussi à remplir le frigo convenablement. Ça faisait des mois que ce n'était pas arrivé et je me retiens de la féliciter. Elle détesterait.

– Maman, est-ce que tu pourrais au moins rester correcte avec lui ? je supplie en rangeant la table pour elle.

– Parce que tu penses qu'il le sera avec toi ? Tu es trop naïve, ma fille.

C'est l'inconvénient de ses efforts pour s'en sortir, elle est plus irritable maintenant et je commence aussi à en avoir marre qu'elle me traite toujours de petite fille naïve, ses mots me blessent. C'est vrai que Steve a profité de la situation pour… pour quoi d'ailleurs ? M'ouvrir les yeux sur le monde, sur la vérité. Est-ce que je peux vraiment lui reprocher de m'avoir menti sur les sentiments de Josh ? Je ne l'aurais pas écouté de toute façon.

La sonnette de l'entrée retentit et je souffle en priant pour que ma mère ne dise pas d'horreurs, alors qu'elle se précipite sur la porte.

– Bonjour, Madame Shepard, déclare poliment Steve.

Mon cœur s'arrête en l'apercevant, il est terriblement beau ce soir. Il a soigné son apparence, et mon esprit jubile déjà en s'imaginant que c'est juste pour moi. Même ma mère semble scotchée. Elle le détaille de la tête aux pieds sans complexes, je ne l'avais jamais vu faire ça avant et j'espère qu'elle apprécie. Steve porte une chemise anthracite qu'il a remontée sur ses avant-bras musclés, un pantalon noir parfaitement taillé, et il a discipliné ses boucles blondes.

– Vous êtes très élégant, finit par le complimenter ma mère. J'espère que vos intentions sont louables.

Nous y sommes. Elle va donc lui faire la morale !

– Je veillerai sur votre fille, Madame.

– Parce que vous, vous avez l'habitude de traiter les filles convenablement ? riposte ma mère, pleine de venin.

– Je suis bien plus respectueux envers la gent féminine que vous ne le croyez.

– En les pervertissant ? insiste-t-elle.

Un frisson glacé descend le long de ma colonne vertébrale. Pas de panique, elle n'a pas pu deviner, elle ne peut pas nous avoir vus. Impossible ! Mais Steve aussi semble déstabilisé et je redoute le pire quand il déclare plus calmement que son regard furibond l'annonce :

– Vous pensez vraiment protéger votre fille en la maintenant à distance du monde réel ?

Je n'en reviens pas qu'il ait osé la provoquer, et elle aussi semble en état de choc. Elle ne peut pas flancher maintenant, pas ce soir. J'ignore pourquoi, mais rater cette fête me décevrait incroyablement. Je pousse Steve vers l'extérieur et me glisse entre elle et lui pour qu'elle ne voie plus que moi.

– Maman, je ne vais pas rentrer tard et tout va bien se passer. Tara t'attend devant la télé, ça vous fera du bien de profiter d'une soirée rien que toutes les deux.

– Tu m'appelles au moindre problème, je ne t'en voudrai pas, je ne te reprocherai rien, tout le monde fait des erreurs, souffle-t-elle d'une voix blanche en m'embrassant sur la joue.

Je la pousse doucement vers le salon en la rassurant une dernière fois. Ma sœur fixe l'écran avec un petit sourire aux lèvres, j'ai réglé la télévision sur la chaîne où passe la série qu'elles adorent regarder ensemble quand mon père rentre tard. J'espère que ma mère ne se tourmentera pas pour moi, qu'elle profitera juste d'un bon moment avec Tara. La prochaine fois, je dirai à Steve qu'on se retrouve là-bas, même si elle va mieux, je préfère l'épargner.

Une fois dehors, j'attrape la main de Steve sans réfléchir et l'entraîne loin de la maison. J'essaie de me calmer, je ne veux pas qu'il sache à quel point cette entrevue m'a perturbée, mais il doit aussi savoir qu'il ne peut pas lui parler de cette façon.

– Je pensais que tu souhaitais faire bonne impression, mais il ne suffit pas d'être élégamment habillé.

– Je n'aime pas l'hypocrisie.

– Mais c'est ma mère !

Je m'emporte et réalise que ma main est toujours dans la sienne et que ce contact me plaît beaucoup trop. Il en profite pour se rapprocher et le bout de ses doigts caresse ma joue comme j'aime tant qu'il le fasse.

– Est-ce que j'ai dit quelque chose qu'il ne fallait pas ? murmure-t-il avec une tendresse incroyable.

Je ne sais quoi répondre à ça, je ne veux pas lui mentir. Pour la première fois de ma vie, j'aimerais tout raconter, n'avoir rien à cacher, je rêve que Steve puisse comprendre que j'ai aussi mes égratignures. Moi aussi, j'ai peur qu'on m'esquinte davantage. Josh savait pour mon père, mais pas pour elle. Elle a tellement besoin d'être protégée. Qui pourrait comprendre ça ?

– C'est juste que… enfin, j'apprécierais, je voudrais que mes parents t'apprécient.

Un sourire merveilleux illumine un bref instant son visage, qui redevient soudain terriblement sérieux.

– Est-ce que… est-ce que c'est à cause de ton père qui rentre toujours très tard ?

Son regard émeraude scrute ma réaction. Je n'en reviens pas qu'il ait dit ça, que lui qui semble se moquer de tout ait fait le rapprochement. Je réprime une irrésistible envie de fuir, ses doigts resserrent leur étreinte autour des miens et son autre main relève doucement mon menton pour m'obliger à le regarder. Ses yeux sont magnifiques, si tendres, sa proximité me fait un effet impressionnant, aussi excitant qu'apaisant.

– C'est… c'est possible, je bafouille en tentant de calmer mon cœur qui s'emballe.

Il reste un long moment silencieux, puis les trois mots qui sortent de sa bouche me font l'effet d'un coup de poing :

– Je l'ai vu.

Alors, il sait lui aussi ! Il doit me trouver tellement pitoyable de m'accrocher à l'illusion d'une famille unie, de vouloir tout faire pour que ça fonctionne. Est-ce que c'est ce qui empêchait Josh de me quitter ? Est-ce qu'il est resté tout ce temps par pitié, alors qu'en réalité il ne pouvait plus me supporter ? Voilà ce que Steve fait maintenant, il veut ouvrir les yeux de la petite fille misérable que je suis.

– Marcy, ne flippe pas, m'ordonne-t-il.

Il prend mon visage dans ses mains imposantes, pose son front sur le mien pour m'obliger à le regarder et continue :

– Je comprends, OK ? Ma situation familiale est loin d'être évidente, tu te souviens ? Tu es la seule à avoir dîné à la maison. Même quand Josh et Boby viennent, on reste au garage pour manger des pizzas. Je ne veux pas qu'ils sachent que j'ai un beau-père formidable et que je le maltraite uniquement parce que je préférerais voir mon père à sa place. Je ne te juge pas Marcy, tous les enfants veulent voir leurs parents heureux ensemble, il n'y a aucun mal à ça.

Mon Dieu ! Steve vient d'ouvrir une porte sur son univers, et ça me plaît ! Je veux tout connaître de lui, chacune de ses imperfections qui font de lui quelqu'un de si spécial. Ses lèvres déposent de petits baisers sur mes tempes et il me sourit en attendant patiemment que mon visage se détende. C'est comme s'il m'avouait qu'il peut tout entendre, qu'il n'a peur de rien, et je dois me faire violence pour ne pas poursuivre cette conversation surréaliste.

– Je serai hypocrite la prochaine fois, d'accord ? me taquine-t-il finalement en m'ouvrant la portière de son 4x4.

Il a une façon d'alléger l'ambiance qui me va droit au cœur. Il est encore trop tôt pour me confier à lui, mais j'aime qu'il se montre aussi attentionné, qu'il ait envie de faire des efforts pour moi. J'aime même beaucoup trop ça. Et je ne peux m'empêcher de songer à Lucy, à ce qu'elle attend de moi. Ai-je le droit de lui faire ça ?

– Je ne te demande pas de lui mentir, évite juste de dire ce que tu penses.

Le sourire qu'il me lance déclenche en moi un remue-ménage impressionnant. Stop, n'y songe même pas ! Mais si je suis capable de calmer mes pensées qui s'affolent, mon corps lui est un sale traître qui ne fait rien de ce que je lui ordonne. Pourtant, je déteste regarder sa bouche tant j'aimerais qu'il m'embrasse, sentir encore ses doigts sur moi. Mon Dieu, il ne m'a jamais embrassée, et ignorer l'effet que ça fait est pire que d'y avoir goûté et de ne plus avoir le droit d'y toucher.

J'ai passé mon après-midi à envisager la meilleure façon de me rapprocher de lui, de briser sa carapace. Reprenant mes esprits, je tente de le sonder d'une façon aussi détachée que possible :

– Maintenant que nous sommes amis, que tu connais beaucoup de choses me concernant, est-ce que j'ai le droit de découvrir qui est Steve Marchal ?

Il semble réfléchir en manœuvrant pour quitter mon allée. J'en profite pour le détailler, j'adore ses lèvres charnues (je l'ai déjà dit, non ?), j'adore son nez parfaitement droit, ses sourcils bien dessinés… Je n'étais pas censée arrêter de faire ce genre de choses ridicules ? Il me surprend en train de le contempler ouvertementt, et le sourire victorieux qui anime sa bouche me fait frémir. Et il réplique, provocateur :

– Tu veux poser des questions ? Alors, tu dois aussi répondre aux miennes.

– D'accord, mais c'est moi qui commence, je déclare, satisfaite, alors que je devrais peut-être me soucier de ses interrogations à mon sujet.

Et je me racle la gorge avant de demander :

– Qui t'a fait ces cicatrices ?

Je ne le quitte pas des yeux, je ne veux manquer aucune de ses réactions. J'ignore s'il me répondra, mais je veux savoir. J'en ai besoin, j'ai remis en cause trop de mes choix, de mes décisions à cause de lui, il me faut des réponses. Je veux que Steve m'avoue qu'il n'agit pas ainsi sans raison, qu'il n'est pas le salaud qu'il prétend.

– Au pensionnat, la directrice était très sévère, elle nous fouettait quand on ne respectait pas le règlement. Depuis combien de temps tu sais pour ton père ?

Il a été maltraité. Je retiens ma respiration en imaginant ce qu'il a dû endurer. Et il pense que c'est de sa faute ? Mais je dois me reprendre, il attend que je parle. Je pensais qu'il m'interrogerait sur Josh, sur notre relation, je n'imaginais pas qu'il s'intéresserait vraiment à moi. Et, de nouveau, mon cœur s'affole.

– Il y a deux ans, j'avais un exposé à rendre sur la guerre de Sécession et ma mère avait accepté que je reste plus tard à la bibliothèque. Je l'ai vu avec une femme, il l'enlaçait, l'embrassait. Il est rentré avec elle dans un immeuble, et mon univers s'est effondré. Tu as préféré te rebeller plutôt que d'éviter d'être… puni ?

La simple idée que ces cicatrices puissent être une punition me rend dingue. Est-ce que sa mère sait ? Est-ce qu'elle s'est battue pour que la responsable arrête ces tortures ?

– J'étais un peu sa tête de Turc, et puis il y a certaines règles que personne ne peut respecter. Si la journée avait été dure, il m'arrivait de faire des cauchemars et de crier dans mon sommeil, j'étais puni pour ça, précise-t-il, comme si cet aveu le faisait souffrir. Tu en as parlé avec lui ?

Je suis malade rien que de penser à tout ce qu'il a dû endurer, alors j'évite de songer au petit garçon meurtri et je me concentre sur sa question, sur cette soirée horrible qui m'a fait grandir d'un coup. Je me rappelle avoir tourné en rond dans ma chambre pendant des heures, je me rappelle les insomnies des nuits suivantes, je me glissais en douce dans le lit de Tara pour me sentir moins seule. Comme je regrette la décision que j'ai fini par prendre. Et les mots hésitants que j'ai dits à ma mère en redoutant la peine que j'allais lui infliger : « Je… j'ai vu papa avec… avec une autre femme. » Si seulement, j'avais su que c'est moi qui lui ferais le plus de mal.

– J'en ai parlé avec elle. Ma mère était déjà au courant, elle m'a expliqué que les hommes avaient besoin de désir et de séduction pour trouver leur équilibre, elle m'a convaincue que c'était normal.

Je n'ose pas le regarder, parce que je sais que ces mots sont choquants, ils m'ont fait tellement mal, ils ont détruit tellement de choses en moi. Je hasarde un œil dans sa direction, il a ralenti pour mieux m'observer. C'est comme si quelque chose venait de se briser en lui aussi. Pourtant l'infidélité, il connaît !

– Ce… c'est pour ça que tu t'es comportée comme ça avec Josh ?

Il l'a dit d'une voix si douce ! Qu'est-ce que je peux répondre à ça : « Oui, j'ai été stupide à ce point ! J'ai longtemps cru que Josh me prouverait le contraire. » Mais je ne suis pas prête à aborder ce sujet douloureux, surtout avec lui qui saute tout ce qui bouge. Alors, je le questionne à mon tour :

– Comment as-tu fait pour tenir le coup ?

Il cligne des yeux plusieurs fois, comme surpris que la discussion revienne subitement à lui. Et de nouveau, mon esprit s'emballe pour le petit garçon maltraité, tout plutôt que de penser à ma famille détruite, aux hommes sans scrupule. Lui, il a une raison d'agir de la sorte, ça me rassure. Combien de temps a-t-il dû supporter ce calvaire ? Je sais qu'il a passé plusieurs années en pension, mais est-ce que ça a toujours été ainsi ? Je me souviens de ma joie de petite fille lorsque la maîtresse a annoncé que le terrible de la classe changeait d'école, comme je m'en veux maintenant. Et cette angoisse étrange que j'ai ressentie quand je l'ai revu quelques années après, il n'était plus un enfant et son sourire provocateur avait pris une tout autre signification.

– Et toi, tu n'as rien fait ? Tu as juste accepté comme une évidence que les hommes soient tous des salauds ?!

Mes épaules tressautent, déstabilisées par la dureté de ses mots. On dirait que je viens de faire, sans le vouloir, une brèche dans sa carapace et que je me suis pris l'uppercut de sa riposte. Aïe, ça fait mal, quand même !

– Tu peux parler, t'es loin d'être un exemple !

– Je n'ai juré fidélité à personne, mais si c'était le cas, je m'y tiendrais ! hurle-t-il à son tour en me jetant des regards noirs, avant de reprendre un peu d'allure.

L'habitacle vient de se charger d'un trop-plein de rancune et de colère, et c'est en partie ma faute. Personne ne devrait blesser quiconque pour se protéger, moi en tout cas je ne veux pas être comme ça.

– Le lendemain, ma mère était… bizarre. C'est comme si mes paroles avaient détruit quelque chose en elle, comme si elle avait échoué dans son rôle de mère. On aurait dit qu'elle avait perdu sa raison de vivre. Elle a avalé une boîte de somnifères, et si je…

Ma voix se brise, et je sens les premières larmes envahir mes yeux. Je viens de lui avouer la seule chose que je ne voulais confier à personne, et je ne sais même pas pourquoi. Je l'entends jurer à côté de moi tandis que je tente de contrôler le flot d'images qui remontent à la surface. Il se gare sur le bas-côté et en un rien de temps je suis sur ses genoux, dans ses bras protecteurs, et tout semble soudain beaucoup moins terrifiant.

– Bon Dieu, Marcy ! Dis-moi que tu n'as pas géré ça toute seule ! râle-t-il dans mon cou en me serrant si fort que j'en ai mal aux côtes.

Mais je ne suis plus vraiment avec lui, je retrouve le regard chancelant de ma mère, ses jambes qui refusent de la porter. Je me revois la traîner jusqu'à la salle de bains, lui passer de l'eau froide sur le visage. Je l'ai suppliée de ne pas me laisser, pour finir par lui enfoncer les doigts dans la gorge, dans une ultime tentative désespérée.

– Je ne voulais pas la perdre, je ne voulais pas qu'on dise qu'elle n'était plus capable de s'occuper de nous. J'ai eu tellement peur que mon père soit déçu comme je l'ai été et je m'en suis tellement voulu d'avoir provoqué tout ça. Après avoir vomi, elle semblait aller mieux…

Je suis dans un état second, et ses bras m'aident à ne pas me laisser engloutir par les souvenirs trop douloureux tandis que je lui raconte chaque détail d'une voix tremblante.

Comme ce jour-là, je respire à nouveau en la revoyant régurgiter son petit déjeuner accompagné de tous les cachets encore entiers. Toute la journée, je l'ai obligée à avaler une quantité astronomique de café. Elle naviguait entre colère et désespoir, et j'ai parlé de la pluie et du beau temps pour lui occuper l'esprit. Je l'ai aidée à préparer le repas, je l'ai incitée à jouer à la poupée avec Tara et moi, et quand mon père est enfin rentré, je me suis précipitée dehors en prétextant un livre à récupérer chez Lucy.

J'ai couru, hurlé, pleuré, jusqu'à épuisement. Au hasard des rues, j'ai échoué sur le perron des Anderson. Josh s'est assis à côté de moi, je lui ai souri tristement et, sans un mot, il m'a prise dans ses bras. C'était comme si on me l'envoyait pour me sauver, j'avais tellement besoin de soutien. Il ne m'a rien demandé, il a juste été là pour moi et ça m'a fait un bien fou. Je croyais que le destin l'avait mis sur mon chemin pour me prouver qu'il existait vraiment des hommes bons. Comme j'ai été stupide d'être si confiante juste parce que je voyais un signe en lui !

Quelques jours plus tard, ma mère m'a traînée de force chez le révérend Clark. Je ne voyais pas en quoi un homme d'Église pouvait nous aider, mais elle a insisté jusqu'à ce que je cède, et parce qu'elle oscillait toujours entre colère et désespoir, j'ai obtempéré. Il l'a conduite dans son bureau, me laissant seule avec madame Clark qui me parlait comme à une enfant de six ans. Et puis, ça a été mon tour. Il m'a fait tout un discours sur la faiblesse des hommes, les difficultés d'aimer, de pardonner et d'avancer sans tout remettre en question en permanence. Il a retiré sans le savoir un point énorme de ma poitrine. Ses mots ont eu un effet incroyable, il a éveillé en moi une force inespérée. Moi qui m'imaginais faible, je me suis soudain sentie capable de tout endurer, grâce à lui. Mais il n'a pas vu que je n'avais pas choisi le bon chemin.

21

MARCY

Steve me berce tendrement dans ses bras puissants, et ce réconfort est bien plus doux que tous les sermons du pasteur. Après un long silence, il finit par murmurer sans me lâcher :

– Quand on te traite violemment, tu as le sentiment d'en perdre ta dignité, ta force, ta virilité. Même étant encore enfant, je ne le supportais pas. J'ai commencé par devenir brutal avec les autres, mais ça ne faisait qu'entraîner de nouvelles punitions, alors j'ai opté pour quelque chose de plus jouissif. C'est une gamine du pensionnat d'à côté qui m'a montré que le sexe pouvait être un excellent moyen de s'évader, de décharger sa rage, de retrouver un peu d'ego.

J'essaie d'imaginer ce qu'il a pu endurer, la brûlure du fouet ou de je ne sais quel objet, l'orgasme pour seul baume apaisant. Loin de sa famille, de ses amis, quel autre choix avait-il pour survivre à ça ? Il relâche son emprise sur mon corps et ses yeux verts me scrutent comme s'ils attendaient une réaction de ma part.

– Je ne voulais pas t'en parler, parce que je savais que tu paniquerais, finit-il par déclarer.

– Est-ce que j'ai l'air de paniquer ?

– Pas trop pour l'instant.

– Pour l'instant ?

Il me saisit par la taille pour me reposer délicatement à ma place, et tout mon corps s'électrise à son contact. Ses mains s'éloignent bien trop vite et je frissonne presque qu'il ne me touche plus. Mais ses mots sont plus déstabilisants encore :

– J'avoue, je me suis peut-être planté à ton sujet. Tu as une force incroyable, je t'admire. Tout ce que tu as dû endurer, seule… Tu m'impressionnes, toi qui portes ta famille à bout de bras, et tu t'en sors bien, même plus que bien. Je suis loin de gérer mes problèmes avec autant de maturité, mais je fais des efforts… Pour toi et si tu me laissais une chance, je me battrais pour en être digne.

Je n'en reviens pas. Quant à mon cœur, sa réaction est disproportionnée. Steve ne peut pas souhaiter que nous formions un couple ? Il ne peut pas désirer changer pour moi ? Ce n'est pas son genre.

– Tu voudrais… Est-ce que tu… ?

Impossible que je lui demande une chose pareille. C'est Steve Marchal, j'ai forcément mal interprété.

– Je suis loin d'être parfaite moi aussi. Mon acharnement à me planter est même plutôt pathétique.

– C'est ce qui fait ton charme, me taquine-t-il. Marcy Shepard, tu es adorable.

Et il redémarre le 4x4 en me lançant un clin d'œil malicieux. Un simple trajet en voiture a suffi à faire tomber toutes les barrières entre nous et il ne reste plus que deux êtres écorchés qui ont, plus que tout, besoin l'un de l'autre. Est-il vraiment possible qu'on puisse s'accorder, se compléter ? Aussi surréaliste que ce soit, je meurs d'envie d'y croire, même si je suis terrifiée.

– Est-ce que… est-ce que tu en as toujours autant besoin ? je parviens à bredouiller en tentant de rassembler mes idées.

– De quoi tu parles ? réplique-t-il en se garant devant chez Boby Storman.

– De… de sexe.

Il frémit légèrement avant d'esquisser ce sourire qui les fait toutes craquer et qui, évidemment, fonctionne aussi sur moi.

– Je suis un mec, j'aime ça. Est-ce que c'est un problème pour toi ?

Sa voix est si douce, si tendre, je déglutis bruyamment en évitant son regard. Il faut être honnête, j'ai du mal à parler sexualité. Et puis, je ne veux pas qu'il devine à quel point je le désire, je désire qu'il touche encore mon intimité, mon corps, qu'il prenne possession de mon âme.

– Euh… Non… Tu fais ce que tu veux.

Difficile d'imaginer conversation plus embarrassante. L'air commence à se raréfier dans son énorme 4x4 et je quitte l'habitacle avant de devenir écarlate. Je me précipite vers la grande maison des Storman en espérant que notre discussion soit terminée. Mais il me rattrape en quelques enjambées et enroule son bras autour de mes épaules pour m'empêcher de fuir.

– Je suis capable de garder ma queue dans mon pantalon, si c'est ce qui t'inquiète, murmure-t-il dans mes cheveux.

Je ne l'admettrai jamais, mais sa réponse me plaît, elle me plaît vraiment, pourtant je me contente de bafouiller :

– Je… Ça ne me regarde pas.

– Après tout ce que nous avons fait, tout ce que nous savons l'un de l'autre, tu es sûre de penser ça ? insiste-t-il en caressant le creux de mon bras du bout de son pouce.

Cette sensation ! Ses mots réveillent tout mon être, mais je résiste, je ne peux pas céder. Je dois retrouver mes esprits.

On s'est confié nos vies, on s'est rapprochés l'un de l'autre, et c'était bien. Mais je n'ai pas fait tout ça pour moi, pour lui, je l'ai fait pour Lucy, parce que nous deux, on ne peut pas être faits pour être ensemble.

– Comme si pour toi ça avait de l'importance ?

Je me voulais sarcastique, mais mes mots se sont transformés en interrogation et mon cœur s'affole en attendant sa réponse. Je contemple le sol pour être sûre de ne surtout pas croiser son trop beau regard, trop provocateur. Son bras autour de moi, sa hanche contre la mienne, c'est bien plus que tous les contacts que nous avons partagés jusque-là. Comment ça pourrait compter pour lui, alors que nous nous sommes à peine touchés, alors qu'il en a fait tellement plus avec tellement d'autres filles ? Ça ne devrait pas m'atteindre et, pourtant, c'est douloureux. Ce que nous avons fait ne peut pas avoir d'importance pour lui, c'est impossible. Toujours trop naïve, se moque Lucy dans mes pensées.

– Ça en a, beaucoup plus que tu ne le penses. Et pour toi, qu'est-ce que ça représente ?

Je n'aurais jamais imaginé qu'il dirait ça et encore moins qu'il me renverrait la balle. C'est Steve Marchal quand même, le dragueur invétéré qui se fout des conséquences. Mais mon cœur s'acharne à être dans son camp.

– Ne fais pas l'innocent, tu sais à quel point ça a tout changé pour moi, alors que pour toi ce n'était rien, je proteste.

Parce que je sais que si je me contente de l'écouter, il fera de moi ce qu'il veut, il manipulera mon cœur, l'esquintera une fois de plus, j'en ai marre qu'on se moque de mes émotions.

– Qu'est-ce que tu en sais ? s'acharne-t-il en m'obligeant à lui faire face.

Son regard d'un vert incroyable tente de m'amadouer silencieusement et ses mains sur mes épaules ont déjà convaincu mon corps de tout lui donner, mais mon esprit, lui, n'a pas fini de lutter.

– Je n'en sais rien, à toi de me le dire.

– Te dire quoi ?

Il sait très bien de quoi on parle, il sait très bien que c'est un sujet que j'ai du mal à aborder et il continue de s'amuser à mes dépens. Cette conversation, cette proximité ont assez duré. Je recule d'un pas et je m'emporte malgré moi :

– Tu m'as fait découvrir beaucoup de choses que tu connais déjà depuis longtemps, alors qu'est-ce que ça a bien pu t'apporter ?

– Je viens de te montrer mes zones d'ombre parce que tu voulais les voir, je t'ai offert mon aide quand tu me l'as demandée, tu ne trouves pas que je t'en ai déjà donné suffisamment ? Qu'est ce que tu désires de plus ? s'énerve-t-il à son tour.

Il a raison. Depuis le début, il fait exactement tout ce que je souhaite, il est là, à sa manière, alors que tout mon univers s'écroule. C'est juste que je ne sais pas vraiment ce qu'il attend de moi et que je ne suis pas sûre de ce que je veux de lui.

– Peut-être… peut-être que je voudrais te plaire, je m'entends lui répondre d'une voix tremblante.

Et c'est la vérité, sans que je comprenne vraiment pourquoi. Il fait disparaître l'espace que j'avais mis entre nous et ses doigts viennent caresser ma joue si affectueusement qu'il me semble avoir cessé de respirer.

– Marcy, je sais que je le mérite, mais ne joue pas avec mon cœur.

Il y a une telle intensité dans ses yeux que je dois me faire violence pour ne pas me jeter sur lui. C'est comme s'il venait de m'offrir son âme alors que j'ignorais qu'elle puisse m'être accessible.

– OK.

Ma réponse n'est qu'un murmure inaudible. Et son visage est si proche du mien que je me surprends à attendre sa bouche. Je veux qu'il m'embrasse, je le veux plus que tout, alors que j'ignorais en avoir tant besoin. Il s'écarte et je respire à nouveau, mais une frustration incroyable grandit en moi.

Sa main attrape la mienne et il m'entraîne à l'intérieur. J'observe nos doigts enlacés, décidément, ce contact me plaît, ils semblent tellement à leur place.

Nous sommes dans le salon des Storman, Steve m'a servi un verre de jus d'orange et nous regardons danser la foule déjà nombreuse. Il est tellement proche de moi que je suis incapable de pensées cohérentes et ses doigts n'ont toujours pas lâché les miens. Nos confidences ont tout changé, je n'ai plus peur de l'approcher, je ne redoute plus ses réactions. Je me surprends même à aimer sentir son corps contre le mien, à aimer sa chaleur rassurante. Je suis en sécurité près de lui. Pourtant, ce n'est pas vraiment l'impression que me font tous les regards braqués sur nous.

Tous m'observent comme si c'était le diable en personne qui avait posé ses doigts fourchus sur ma peau. Je déteste qu'on le juge ainsi, qu'on le condamne sans savoir. Je lève les yeux vers son visage magnifique, redoutant ce que je pourrais y voir, mais Steve ne semble pas remarquer tous les curieux qui nous détaillent sans vergogne. Il s'est forgé une cuirasse à toute épreuve, et l'idée que je sois la seule pour qui il l'a baissée gonfle mon cœur d'un sentiment étrange. Je n'ai jamais ressenti ça avant. Alors, quand la main de Lucy m'éloigne de lui, c'est comme si on m'arrachait un membre vital.

– Je reviens, je murmure tandis que ma meilleure amie m'entraîne à l'écart.

–As-tu simplement une idée de ce que tu fais ? m'interroge Lucy, une fois dans la salle de bains du rez-de-chaussée.

Je trouve que nous nous y retrouvons bien trop souvent dernièrement. Moi qui pensais avoir fini de me planquer quand les choses se corsent.

– Lucy, je crois qu'il me plaît, je bafouille, gênée.

J'ai honte, mais je ne peux pas lui mentir, elle est mon amie, enfin, je crois. Alors que j'imagine qu'elle va s'emporter, me reprocher de le lui prendre, elle éclate de rire. Il y a peut-être quelque chose que j'ignore ? Est-ce qu'il a pu la revoir dans mon dos ? C'est horrible, je suis incapable de voir le mal chez les gens, de discerner de qui je suis censée me méfier. Lucy n'est pas toujours très honnête, je le sais pour l'avoir vue manipuler quelques innocents, mais Steve, est-ce que je peux me fier à Steve ? Je le croyais vraiment avant de mettre les pieds dans cette pièce.

– Ma Chérie, gémit-elle en me prenant dans ses bras, je t'aime comme une sœur, tu comptes plus que lui à mes yeux, mais il te fera souffrir. Tu n'as pas les épaules. Ce n'est pas le genre de mec qu'il te faut, tu as besoin d'un gentil garçon qui respecte les mêmes valeurs que toi. Steve manque cruellement de principes, il va te faire du mal.

Son affection me rassure, nous sommes toujours amies, et même si je tente de me convaincre du contraire, elle est importante pour moi. Et pour être honnête, je voudrais, mais je ne peux pas lui donner totalement tort. Elle a raison, et je déteste ça. C'est comme si, soudain, il devenait inaccessible et c'est douloureux. Puis je songe à tout ce qu'il m'a confié, à tout ce que Lucy ignore de lui. Est-ce qu'elle le connaît vraiment ?

– Mais si… s'il n'était pas comme tu le penses ?

– Marcy, il l'est, je t'assure ! Il a besoin d'être canalisé, dompté, il me faudra du temps, mais je sais que j'y arriverai.

J'en suis convaincue, elle aussi le juge sans savoir, sans rien savoir de lui, enfin je l'espère. Et même si ce sujet me déstabilise particulièrement, je demande :

– Tu as… tu as déjà fait l'amour avec lui ?

Elle s'écarte de moi, visiblement surprise par ma question, et je précise :

– Je veux dire nu dans un lit, tendrement, en prenant votre temps.

Je me sens rougir, mais je suis fière que ma voix ne m'ait pas trahie.

– Pourquoi cette question ? m'interroge-t-elle avec un regard indéchiffrable qui n'a plus rien de l'amie compatissante que j'aime tant.

La vérité, c'est que je veux savoir si elle connaît l'existence de ses stigmates, s'il s'est confié à elle comme il l'a fait avec moi, mais je ne peux pas le lui demander ouvertement, je n'ai plus confiance. S'il y a bien une chose que j'ai apprise récemment, c'est que les gens bien ne sont pas forcément ceux qu'on pense.

– Je me demandais juste… jusqu'où avait été votre relation, je bafouille, de nouveau tremblotante.

Elle doit me trouver pitoyable et son assurance a un goût de trahison.

– Steve n'aime pas le faire de cette façon. Ma Chérie, tu serais déçue si tu le faisais avec lui, riposte-t-elle avec une froideur terrifiante.

– Peut-être… peut-être que j'ai besoin d'être déçue pour ouvrir les yeux sur qui il est vraiment.

– Comme tu veux, mais je t'aurai prévenue.

Et elle m'abandonne dans la salle de bains, sans avoir vraiment répondu à mes interrogations. Je ne sais plus quoi penser de Lucy. Sommes-nous encore amies ? L'avons-nous seulement été ? D'une certaine façon, je l'ai trahie, c'est vrai. Mais une amie ne se comporte pas comme elle le fait.

Après un long moment à tenter de remettre mes idées en place, je quitte ma cachette. Elsa me saute au cou et je lui rends son étreinte. Elle, c'est une amie, une vraie, mais est-ce que, pour autant, elle peut comprendre mes tourments ?

– Tu m'as manqué cet été, chantonne-t-elle gaiement. On n'a pas arrêté de se voir avec Jeremy et tu ne devineras jamais…

Je hausse les épaules en souriant à Steve pour rassurer son regard terrifié. De quoi a-t-il peur ? Et de nouveau, je doute.

– On est ensemble depuis un mois et, ce soir, il m'a dit qu'il m'aimait, s'enthousiasme-t-elle.

Elle semble surexcitée et sa joie serait presque communicative. Au printemps, ils n'étaient que des amis qui découvraient leur intimité ensemble, comme Steve et moi, cela me redonne de l'espoir.

– C'est super, je suis heureuse pour vous.

– Et toi ? Ça va ? J'ai vu Josh avec Sandre l'autre jour, mais tu as peut-être quelqu'un d'autre, s'empresse-t-elle d'ajouter, comme si le début de sa phrase avait quelque chose de honteux.

L'entendre fait mal, c'est vrai, mais pas autant que je l'aurais imaginé. Et j'ose lui avouer :

– J'ai passé du temps avec Steve Marchal. Je crois… je crois qu'il n'est pas comme tout le monde le pense. Mais ça m'effraie. Tu penses que j'ai tort ?

– Eh bien, d'habitude, c'est toi qui donnes les conseils, mais si je dois t'en donner un, je dirais… qu'il vaut mieux avoir connu la souffrance et se tromper que d'être passé à côté de l'amour parce qu'à première vue ça semblait trop compliqué.

22

STEVE

« Peut-être que je voudrais te plaire. » Ces mots résonnent en boucle dans ma tête. J'ai du mal à envisager que Marcy puisse, ne serait-ce qu'un instant, vouloir être plus qu'une amie. J'ai dû rater quelque chose. Quand est-ce que je suis devenu suffisamment bien pour elle ? Il faudra que je pense à le lui demander. Je n'arrive toujours pas à croire qu'elle n'a pas fui en courant en sachant ce que j'ai fait, qui je suis vraiment. Et soudain, je désire plus que tout me battre pour ne plus la décevoir. « Peut-être que je voudrais te plaire. » Le vrai Steve pourrait-il lui plaire ?

Et la véritable Marcy est incroyable ! Je n'aurais jamais imaginé que sa force de caractère, son acharnement dissimulent un tel fardeau. Marcy est merveilleuse. Elle se bat avec une détermination sans borne, elle est impressionnante ! Comment Josh a-t-il pu rater la femme extraordinaire qu'il avait entre les mains ? Comment a-t-il pu lui faire tant de mal, elle qui est prête à tout pour ceux qu'elle aime ?

Lucy l'a entraînée à l'écart à peine nous avons passé la porte, et je redoute qu'elle ne gâche tout. Il faut vraiment être nul pour espérer, c'est sûr qu'elle va tout faire foirer ! Est-ce que je devrais intervenir ? Le salaud que je suis le ferait, même s'il sait qu'il démolirait son unique chance, mais je ne suis plus ce mec-là. Je veux être meilleur pour Marcy.

Je les cherche dans la foule hystérique, mais ne les aperçois nulle part. Josh, lui, est visible à des kilomètres. Il a l'air complètement perdu sans Sandre dans les parages. Comment a-t-il pu oublier si vite Marcy ? Moi, si j'y avais goûté, je crois que je ne pourrais plus m'en passer. Comme j'aurais aimé l'oublier lorsque j'ai compris qu'elle ne serait jamais à moi. Et maintenant que je peux toucher l'idée du bout des doigts c'est encore pire. Je vais morfler, c'est obligé ! Encore que… « Peut-être que je voudrais te plaire. »

J'observe Josh, alors que lui ne m'a pas remarqué. Le pauvre, il déguste lui aussi. Je crois que nous sommes censés être fâchés, mais l'idée me déplaît. Et si je n'interviens pas, Boby me fera la morale, alors j'avance vers lui, attrape deux verres de whisky et lui en tends un. Alcoolisé, il sera plus facile à amadouer.

– Je croyais que les ex, c'était chasse gardée ? je l'interroge en me délectant de son expression désorientée.

Si Marcy décide de jouer avec mes sentiments, c'est bientôt moi qui aurai cette tête-là, j'en frissonnerais presque.

– Alors, on est quittes, réplique-t-il en me dévisageant, visiblement furieux.

J'ignorais qu'il m'en voulait d'avoir tenté le coup avec Sandre. Après tout, il était encore avec Marcy et avait besoin qu'on lui ouvre les yeux sur ses sentiments. Sandre a dû oublier de lui préciser qu'elle m'a envoyé promener comme un malpropre. Je devrais peut-être lui dire, en remerciement du cadeau inestimable qu'il m'a fait sans le savoir : grâce à lui, je n'ai plus l'air aussi nul aux yeux de Marcy.

– On le sera quand j'aurai eu Marcy, je riposte, en parfait connard que je suis.

Je m'étais promis d'arrêter, mais ça marche tellement bien ! Josh serre les poings et sa mâchoire se crispe violemment, pourtant il reste immobile. C'est pour ça que nous sommes amis, Josh est un mec bien.

– Tu n'as aucune chance, commente-t-il, les dents serrées.

– Je ne te demande pas ce que tu en penses, je veux juste être sûr que tu es passé à autre chose et qu'on ne va pas se fâcher pour ça.

En réalité, je le sais, il est passé à autre chose, mais je préfère être certain qu'il ne m'en voudra pas de toucher à son ex. Je ne le lui avouerais jamais, mais Josh compte pour moi.

– Si je la trouve en pleurs devant ma porte, tu auras affaire à moi, grogne-t-il en reposant son verre sans y avoir goûté.

Bien sûr, je comprends sa réaction, même si elle me blesse un peu. Je n'ai peut-être pas toujours été très correct avec les filles, mais on ne peut pas dire que beaucoup aient souffert de mon comportement. Je ne suis pas vraiment le genre de mec auquel on s'attache et, jusqu'à présent, ça ne me dérangeait pas. Mais avec Marcy c'est différent, je n'ai jamais autant redouté de sortir avec quelqu'un et je n'ai jamais autant désiré quelqu'un non plus.

– T'inquiète, je vais gérer, je déclare en essayant d'avoir l'air confiant.

Je vais surtout me ramasser. Marcy va faire de mon cœur de la charpie, mais elle est bien la seule que je laisserai m'esquinter davantage. Je lui tends la main en signe de paix et il l'attrape fermement en souriant. Des murmures conspirateurs attirent mon attention vers la pièce d'à côté. Tous les regards se sont tournés vers Sandre qui vient de débarquer. Cette gonzesse a un sex-appeal incroyable, mais elle n'arrive pas pour autant à la cheville de Marcy. Je ne comprendrai jamais ce que Josh trouve à cette furie.

– Je crois que la femme de tes rêves vient de faire une entrée remarquée, j'ajoute en indiquant le hall.

Le regard de mon pote se tourne vers Sandre et je n'existe plus. J'ignore où ils en sont tous les deux, mais à la tension qui règne dans la pièce, je préfère me trouver le plus loin possible d'eux.

Dans l'imposante cuisine des Storman, je retrouve Marcy qui se sert un verre d'eau. J'en profite pour la reluquer avant qu'elle ne me remarque. C'est impressionnant, l'effet qu'elle me fait, c'est impressionnant comme toutes les autres nanas sont devenues banales à côté d'elle. Je ne bande plus à tout bout de champ sauf quand elle est dans la pièce et là, je bande comme un fou, je n'avais pas réalisé à quel point j'étais en manque de contact charnel avant de l'apercevoir. Son corps est incroyable, ses courbes sont parfaites et le jean qu'elle porte lui va à ravir.

– Lucy t'a convaincue de m'éviter jusqu'à la fin de tes jours ? je demande en m'avançant prudemment.

Peut-être qu'il vaudrait mieux, mais cette simple idée est douloureuse. Je suis trop esquinté pour la trop prude Marcy. Mais je refuse de renoncer, il faudra que j'avertisse Lucy de se mêler de ses affaires.

– Je ne suis pas aussi influençable que tout le monde le pense, s'offusque-t-elle.

Non, elle est admirable, et je comprends mieux maintenant qu'elle ait eu besoin qu'on l'aide à trouver son chemin, elle a juste une fâcheuse tendance à tomber sur les mauvaises personnes. Mais je comprends. Quand votre vie prend une tournure aussi merdique que la sienne, il est tellement difficile de faire, seul, la part des choses.

– Eh bien, dernièrement… ton attitude a plutôt indiqué le contraire, mais ne te vexe pas, je m'empresse d'ajouter alors qu'elle fait déjà la moue. Une moue magnifique en l'occurrence !

– J'avais besoin de me remettre en question. J'ai beaucoup douté, c'est vrai, mais le fait que j'écoute ce que tout le monde a à dire ne signifie pas que je sois convaincue par ce qu'ils me racontent.

– Donc Lucy n'a pas su être suffisamment persuasive ? j'insiste en me rapprochant davantage.

Et je me surprends à espérer à nouveau. J'aimerais tant la toucher, elle me rend dingue, mais j'hésite, les mecs normaux y vont doucement, enfin, je crois.

– Elle ne te connaît pas aussi bien que moi, murmure-t-elle, elle-même déstabilisée par cet aveu.

Si elle savait comme cette idée me fait flipper !

– Avec tout ce que tu sais, tu devrais me fuir.

Je m'oblige à garder mes distances. Nous allons droit dans le mur, mais elle ne semble pas le voir. Elle me sourit alors qu'elle devrait partir en courant, retrouver sa petite vie bien rangée.

– Peut-être que toi aussi tu devrais te remettre en question. Tu n'es pas le garçon que tu veux nous faire croire.

Bien sûr, Marcy ne va pas fuir, les saintes ne craignent pas le danger, elles s'imaginent que l'amour, le partage et toutes ces conneries peuvent venir à bout de tous les maux. Je déteste penser qu'elle souhaite me sauver. Il n'y a rien à sauver et, pourtant, j'insiste :

– Vraiment ? Et qui suis-je alors ?

– Une personne sensible qui fait tout pour qu'on pense le contraire.

– Putain, est-ce que tu réalises que je ne banderai plus jamais après ce que tu viens de dire ? je raille en lui souriant, provocateur.

Je n'en peux plus de nos discussions trop sérieuses, sa proximité menace de me faire disjoncter et elle ne le voit même pas. Marcy va m'achever. Pourquoi ne réalise-t-elle pas qu'en souhaitant m'aider, elle va me détruire ? « Peut-être que je voudrais te plaire. » Non, je n'y crois pas, pas comme ça !

– Si tu étais le salaud que tu prétends, tu m'aurais déjà… embrassée depuis longtemps… et je n'ose pas imaginer le reste.

Est-ce que j'ai bien entendu ? Elle désire ma bouche sur la sienne ?

– Ça y est, c'est fait, je suis castré ! je me moque en attrapant mes couilles, comme si ce simple geste pouvait les épargner.

– Steve, arrête de plaisanter !

Marcy s'avance et pose une main sur ma poitrine. Elle fait le premier pas.

– Je n'ai jamais touché au cœur d'une fille, je ne te ferai pas de mal, Marcy, je souffle en plongeant dans ses magnifiques yeux bleus.

Je vais me noyer. Ses lèvres attendent les miennes, mais je ne peux pas faire ça, pas tant que je ne suis pas sûr de ce qu'elle attend vraiment de moi. Putain, j'en meurs d'envie ! Mais hors de question de me jeter sur elle, de la traiter comme les autres, elle est si différente, ce qu'il y a entre nous est si différent. Est-ce qu'elle l'a remarqué ? Je ne supporterai pas qu'elle veuille me réparer, et encore moins de jouer les roues de secours, pas pour elle. Je souhaiterais qu'elle promette elle aussi de ne pas me blesser. Son silence est douloureux et mon self-control au bord de l'implosion.

– On va danser ? finit-elle par demander en me tirant par la main vers le salon où une foule impressionnante se dandine, collés les uns aux autres.

Marcy se trémousse au rythme de la musique et je me retiens de ne pas poser mes mains sur ses hanches. Dire que j'ai réussi à maîtriser ma queue jusqu'à présent et que je suis à deux doigts de me précipiter dans les toilettes pour éviter le pire ! Je voudrais la plaquer contre mon corps, sentir ses seins contre ma poitrine, son souffle chaud dans mon cou. Je voudrais tellement de choses. Ses doigts se crispent sur les miens et je suis son regard perdu dans le fond de la pièce. Sandre et Josh pressés l'un contre l'autre comme s'ils étaient seuls au monde.

– Douloureux ? je l'interroge, ignorant que ça l'est pour moi.

– C'est bizarre, c'est comme si c'était un inconnu. Le Josh que je connais ne ferait jamais ça. Il a toujours été celui que je voulais qu'il soit, sans me montrer qui il était vraiment. Il ne m'a jamais parlé de ses désirs, de ses problèmes. Je crois que je ne veux plus d'un garçon parfait, j'ai besoin de quelqu'un qui me parle, qui s'ouvre à moi, comme tu le fais. Je veux tout savoir de celui qui partagera ma vie, le beau comme le moche.

Bordel, c'est mieux que ce que j'espérais ! C'est plus violent aussi. Mon cœur est à deux doigts de m'abandonner en route et mon corps réclame le sien avec une force impressionnante, mais Marcy mérite mieux et je ne veux plus être le genre de gars qui saute sur tout ce qui bouge.

– On pourrait aller en haut, souffle-t-elle, visiblement gênée par la proposition qu'elle vient d'oser prononcer à voix haute.

Et honnêtement, je suis surpris moi aussi. Ma queue s'agite d'un violent soubresaut que je tente d'ignorer. Je la presse contre ma poitrine qui tambourine pour elle sans me soucier de la musique encore rythmée. Elle suit mes hanches qui s'animent lentement et je murmure contre son oreille :

– Si je me retrouve seul avec toi, je risque de devenir incontrôlable et je ne veux pas aller trop vite. Nous avons tout notre temps.

– Steve, je rêve de te toucher depuis des semaines, chuchote-t-elle dans mon cou.

Elle a vraiment dit ça ? Est-ce qu'elle a conscience de l'effet qu'elle me fait ? De l'état dans lequel elle me met ?

– Si tu souhaites me toucher, tu me toucheras. C'est toi qui commandes, Trésor. Fais de moi ce que tu veux.

– Ramène-moi chez toi.

Je suis en transe, je bande comme un fou. Ce n'est pas le genre de chose qu'il faut me répéter deux fois, pourtant j'aimerais l'entendre encore, juste pour le plaisir. J'enlace ses doigts et l'entraîne vers la sortie.

Au milieu du pré qui sert de parking, Josh est accoudé à sa Mustang, les yeux dans le vague. Marcy l'a remarqué, elle aussi. Il regarde des feux disparaître dans la nuit. Je parierais sur la voiture des Donnell. Alors, Sandre l'a planté ! C'est bien ma veine !

– Si tu veux aller lui parler, je comprendrai, j'annonce à contrecœur.

Le regard qu'elle me lance est flippant à souhait. Je ne passerai jamais en premier. Putain, ça fait mal !

– J'en ai pour cinq minutes, précise-t-elle avec un sourire étrange.

– Si tu préfères rentrer avec lui, je ne t'en voudrai pas.

Moi, je vais aller m'imbiber d'alcool et finir dans un fossé. Et peut-être me branler avant !

– Non, je veux être avec toi.

Et de nouveau, mon cœur s'affole. « Peut-être que je voudrais te plaire. »

23

MARCY

Je déteste me comporter de cette façon avec Steve, surtout après avoir vu son cœur à nu et cette fragilité dans ses yeux. C'est comme s'il m'avait offert sa vie et qu'il attendait que je décide de son sort. Pourtant, il y a une chose que je dois savoir avant d'aller plus loin.

Josh vient de remarquer ma présence et il grimace tandis que je m'avance vers lui. Soudain, je le trouve tellement banal à côté de Steve. C'est vrai, il est beau, mais d'une beauté terriblement classique alors que son ami est à couper le souffle.

– Ça va ? je l'interroge, en gardant une bonne distance entre nous.

Parce que je sais qu'il ne souhaite pas que je m'approche davantage et parce que je ne veux pas que Steve se fasse des idées.

– Marcy ! souffle Josh, excédé.

Voilà tout ce que je lui inspire ! Alors, j'ajoute avant d'entendre une horreur de plus :

– Je ne viens pas t'ennuyer avec nous, j'ai compris. Enfin !

Même si… je ne suis pas convaincue par ton choix. Il y a plein de filles bien plus sympas…

– MARCY, me coupe-t-il, visiblement furieux.

La patience de Josh a pris un coup dernièrement.

– OK, j'arrête ! Je… j'avais juste une question.

Il grogne un truc, alors je poursuis avant qu'il ne me plante ici comme une idiote :

– Est-ce que… est-ce que tu as déjà été toi-même avec moi ?

Son regard triste est à lui seul terriblement blessant.

– Je suis désolé, murmure-t-il, je croyais que c'était ce que je voulais, que tu étais tout ce que je voulais. Je pensais être sincère avant de comprendre que je me mentais à moi-même. Je me suis égaré en essayant d'être ce qu'on attendait de moi.

J'aimerais hurler, m'emporter, tout ce temps que nous avons perdu ensemble, mais il n'est pas le seul responsable. Moi aussi, j'ai cherché à plaire aux autres, à faire ce qu'il faut, sans me demander ce que je désirais vraiment. J'ai soudain le sentiment d'avoir passé ces dernières années en pilote automatique, de m'être contentée de me battre pour que jamais rien ne change.

– Je ne t'en veux pas, Josh, j'ai fait la même erreur. Alors, amis ?

Il tente de s'approcher pour sceller cette amitié toute neuve, mais je fais un pas en arrière et il se fige sur place en répliquant avec un sourire étrange :

– Amis.

Ça me rassure, même si je sais qu'il y aura toujours cette gêne entre nous. Les mensonges et les trahisons ne s'effacent pas en quelques mots, je l'ai compris maintenant. Pourtant, j'insiste, je ne veux pas non plus le perdre :

– Tu ne m'as pas répondu, ça va, toi ?

– Oui, je crois.

Et je m'éloigne avant d'être écrasée par le poids de toute cette culpabilité entre nous, mais il croit bon d'ajouter :

– Je ne suis pas non plus convaincu par tes choix.

Je me retourne brièvement et me contente de lui sourire, je refuse que ses mots m'atteignent. Josh ne comprend pas. Steve au moins n'a pas eu peur de me montrer sa part d'ombre, ses fêlures, il m'a donné déjà bien plus que Josh durant nos deux années ensemble, j'ai envie de lui faire confiance. Et je regagne son 4x4 en courant, parce que je ne veux pas qu'il attende, je ne veux pas qu'il ait à douter de moi.

Pourtant, sur le chemin du retour, Steve reste silencieux, il ne me regarde pas et j'ai soudain très peur que ce qui était en train de naître entre nous soit déjà perdu.

– Tu préfères que je te raccompagne chez toi ? finit-il par demander, sans un regard dans ma direction.

– Je n'ai pas changé d'avis, Steve.

Il ralentit devant chez lui et inspire bruyamment en déclarant :

– Peut-être que tu devrais.

Steve se montre si prévenant, si attentionné, trop peut-être, parce qu'il vient de me blesser. Je n'ai pas besoin d'être maternée, je n'ai pas peur de ses éraflures, de son passé tourmenté.

– Pourquoi dis-tu ça ?

– Je ne suis pas sûr d'être bon pour toi, souffle-t-il entre ses dents serrées.

Il semble soudain si fragile. Ses beaux yeux émeraude se sont égarés dans la nuit. Je souhaiterais le toucher, l'obliger à me faire face, mais je suis coincée sur mon siège trop loin de lui. Sans réfléchir, je quitte le véhicule et le contourne pour ouvrir sa portière. J'ai enfin capté son attention.

– Arrête le moteur et descends de cette voiture, Steve Marchal, je le gronde.

– Mmh ! J'aime ce ton autoritaire, grogne-t-il avec son incroyable sourire de séducteur.

Steve a retrouvé sa bonne humeur, renfilé son armure et cette idée me déplaît, mais puisqu'il veut que je décide pour lui, je récupère ses clés dans le creux de sa main et l'entraîne vers son garage.

Une fois à l'intérieur, j'allume uniquement sa tête de lit, tandis qu'il m'observe, planté au milieu de la pièce, les mains dans les poches. Je retire les escarpins que je regrette déjà d'avoir achetés tant ils me font mal aux pieds, et je me tourne vers lui. Il me détaille comme s'il redoutait ce que j'aurais pu lui faire, il est redevenu cet enfant entre les doigts d'une hiérarchie trop brutale. J'ai mal en pensant à ce qu'il a pu traverser. Il a dû se sentir tellement seul, tellement impuissant. Je comprends maintenant qu'il ait fait du sexe son exutoire, mais je ne veux pas que ça devienne la solution entre nous, même si j'ai terriblement envie de découvrir son corps entièrement nu.

Progressivement, pour lui donner le temps d'assimiler ce que je m'apprête à faire, je pose les doigts sur le col de sa chemise. Sa respiration s'accélère alors que je défais les premiers boutons. Il est toujours immobile et je dois retirer les mains de ses poches pour pouvoir lui enlever son haut. Il en profite pour bloquer mes avant-bras, empêchant leur lente progression.

– Je t'ai dit que je te laisserais faire de moi ce que tu désires et je tiendrai promesse, mais avant je veux savoir à quoi nous jouons, souffle-t-il, son regard scrutant intensément le mien.

– Je ne joue pas, je murmure, en priant pour que ce soit ce qu'il ait envie d'entendre.

Mais il insiste :

– Ne crois pas que ce que tu fais m'aidera à me reconstruire, et je ne veux pas non plus combler l'absence d'un autre.

– Steve, de nous deux c'est toi le plus fort, c'est moi qui ai le plus besoin de toi. Et comment pourrais-tu passer après quelqu'un que je ne désire plus ?

Son sourire s'illumine. J'aime tellement son sourire que je voudrais le goûter, mais il est trop grand pour que j'atteigne sa bouche.

– Tu es bien plus forte que moi et tu le sais, réplique-t-il en inspirant bruyamment.

Comment ne peut-il pas voir à quel point il est formidable ?

– J'ai fait ce que j'ai pu, je me suis égarée et tout le monde m'a laissée me tromper, tout le monde sauf toi. Est-ce que tu réalises à quel point c'était important pour moi d'avoir enfin quelqu'un d'honnête dans ma vie ?

Ses yeux pétillent d'un désir surréaliste. Il retire pour moi sa chemise, et sa peau mutilée est maintenant entièrement à ma vue. C'est peut-être étrange, mais j'aime ce torse musclé qui révèle à quel point il a souffert, à quel point il est différent de ce qu'il veut bien montrer. J'effleure du bout des doigts une boursouflure qui parcourt son corps en diagonale et il sursaute à mon contact.

– Je n'ai pas l'habitude qu'on me touche ici, précise-t-il, tandis que son pouls s'accélère sous mes doigts.

– Est-ce que ça signifie que je suis la première à le faire ? je l'interroge en poursuivant la découverte de ses marques si particulières.

– Je n'aime pas offrir mes faiblesses en pâture.

Je déteste qu'il pense que ses marques sont une faiblesse, alors que c'est tout le contraire. Il a une force incroyable, et une nouvelle question quitte ma bouche, sans que je l'aie décidé :

– Est-ce que c'était douloureux ?

– Ma Chérie, je vais tout te dire, mais d'abord promets-moi de ne pas avoir pitié.

C'est plus fort que moi, j'embrasse chacune de ses cicatrices, je les lèche, les suce, comme si j'avais le pouvoir de les guérir, de les effacer, et je hoche la tête, incapable de lui répondre. Son cœur s'emballe sous mes caresses et il avoue entre deux halètements :

– On s'habitue… En fait, c'est l'après qui est pire, quand la plaie suppure et que tu dois arracher tes vêtements de ton corps pour les retirer, et subir une nouvelle punition sur la chair à vif devient insupportable… Alors, tu te mets à prier pour que ta mère vienne te chercher pour le week-end, mais ça n'arrive jamais et tu deviens prêt à tout pour quelques moments d'oubli…

Chacun de ses mots m'arrache le cœur comme si j'avais pu souffrir avec lui, mais je ne dis rien parce que je sais qu'il ne veut pas entendre que j'ai mal pour lui. Et ma bouche continue à parcourir ses stigmates, tandis qu'il poursuit :

– J'aurais pu faire beaucoup plus de conneries si je n'avais pas été dans un pensionnat à l'écart de tout… Je rêvais de cachetons qui m'emportent loin, et j'ai trouvé le sexe. Elle était plus vieille que moi. Elle aussi avait quelque chose à oublier, même si je n'ai jamais su quoi… On ne parlait pratiquement jamais, on baisait, c'est tout. Et nos corps avaient beau être connectés, on était à des années-lumière l'un de l'autre. Ça peut paraître étrange… mais dans ces moments-là, c'était comme si je rentrais à la maison juste pour quelques minutes…

Il marque une pause, et tous ses membres tremblent tellement que je regretterais presque d'avoir ouvert les vannes. Lorsqu'il reprend la parole, sa voix est rauque et chargée des larmes qu'il contient.

– Un jour, j'ai eu besoin d'elle, j'avais mal… mon corps était à vif et mon cœur meurtri. Je n'arrivais pas à me sortir de la tête mes cris, le bruit du martinet sur ma peau, mais elle n'était pas là. Et il y avait cette fille, elle te ressemblait… Comme toi, elle rougissait à mes grossièretés. Elle m'a plu, je ne sais pas pourquoi, c'était tellement mieux avec elle. Elle avait quelque chose de Winsted. Et puis, trop vite, la magie s'est envolée, il m'en a fallu plus. Je pensais à toi, Marcy… J'ignore pourquoi toi. Je t'ai toujours trouvée jolie, tu représentais la stabilité de mon passé, de mon enfance. J'ai honte de tout ce que j'ai imaginé te faire avec tellement d'autres, parce que j'aimais ça. Je fermais les yeux et tu étais avec moi, je n'étais plus mutilé, je n'étais plus loin de chez moi. J'en voulais encore, j'en voulais toujours plus. Je t'ai cherchée dans chaque fille qui croisait mon chemin, j'étais devenu incontrôlable. La directrice a fini par s'en apercevoir, elle était furieuse, elle m'a fouetté comme jamais. Ma peau était tellement meurtrie qu'elle refusait de cicatriser. J'ai contracté une infection et ils ont dû m'hospitaliser. J'ai déliré pendant des jours, mais le pire a été de découvrir à quel point ma mère était anéantie de me retrouver dans cet état. On m'a tenu à l'écart de tout ce qui s'est passé ensuite, je sais juste que la directrice n'exerce plus et ma mère s'en veut toujours terriblement de n'avoir rien vu.

Mes mains caressent son flanc et ma bouche s'aventure dans son dos. Ici, les balafres sont bien plus visibles, bien plus profondes. Je l'enlace et le serre fort, mais je ne dis toujours rien, j'ai peur que les mots que je choisirais ne soient pas les bons. S'il savait à quel point sa confiance me touche, alors que Josh a tout gardé pour lui, ses blessures, son passé, sa vie, Steve m'offre tout, sans craindre mon jugement. Il n'a pas peur de se montrer faible devant moi.

– Tu devrais me détester pour tout ce que je viens de te révéler. Je ne t'ai pas respectée, je t'ai utilisée sans vergogne, comme toutes celles qui ont osé se trouver sur mon passage.

Mes doigts glissent sur sa peau meurtrie et je le contourne à nouveau pour qu'il puisse voir mon visage, pour qu'il sache que je pense chaque syllabe, chaque mot.

– Steve, tu es tellement fort, tellement courageux. Tu as fait ce que tu as pu pour t'en sortir, comment pourrais-je t'en vouloir ? Je suis heureuse d'avoir été à tes côtés tout ce temps, même sans l'avoir su.

– Je ne serai plus ce mec-là, je te le promets. Je vais me battre pour être digne de toi.

Et sans prévenir, ses mains encadrent mon visage, ses lèvres sont sur les miennes. Son baiser n'est pas tendre, il n'est pas délicat, il me goûte comme s'il était affamé. Je n'ai jamais été embrassée comme ça. Sa langue s'enroule autour de la mienne, me promet tant de merveilles que je grogne dans sa bouche. Je sens son sourire s'étirer sur mes lèvres, et son baiser se fait plus subtil, nous laissant reprendre notre souffle.

– Steve Marchal, je n'en ai pas fini avec toi, je murmure contre sa bouche.

– Désolé, mon cœur, je crois que je me suis emballé, réplique-t-il, alors que ses mains descendent lentement le long de mon corps.

24

MARCY

L'expression de son visage me fait un effet dingue. Ses yeux pétillent d'envie et son sourire de défi. Je veux lui prouver que je suis capable de lui offrir tout ce qu'il désire, alors j'attrape la ceinture de son pantalon et le déboutonne. Son regard m'incite à continuer et je le pousse sur ses hanches. Il retire ses baskets avec ses pieds alors que j'atteins ses chevilles.

Je suis à genoux devant lui, et son sexe m'appelle à travers le tissu de son boxer. Je l'ai déjà vu, mais je ne l'ai encore jamais touché et j'en meurs d'envie. Lui ne m'a pas quittée des yeux et il se mord la lèvre inférieure, tandis que je pousse son dernier vêtement sur ses fesses musclées. Son membre est magnifique, fièrement dressé devant moi. Bien sûr, je n'en ai pas vu beaucoup, la seule fois que Josh s'est trouvé nu sur moi, je n'ai pas vraiment regardé, mais je suis persuadée que celui de Steve est exceptionnel.

J'effleure la peau fine en scrutant chacune de ses réactions. Il semble gonfler, prendre ses aises sous mes caresses et j'adore savoir que j'ai ce pouvoir. Steve m'observe les yeux mi-clos, et un son rauque s'échappe de sa gorge :

– Tu vas me rendre fou si tu continues comme ça.

– Montre-moi ce que tu souhaites, je susurre alors que ma respiration s'affole.

– Il me semblait que tu préférais décider. Tu as quartier libre, Trésor, fais de moi ce que tu veux.

Ces mots ont quelque chose d'indécent et d'incroyablement libérateur, j'ai envie d'expérimenter tant de choses avec lui, d'oser tout ce que je pensais hors de portée. La nouvelle Marcy n'a pas de limite. Je faufile mes doigts entre ses jambes pour palper ses boules et les remonte le long de son sexe jusqu'à atteindre son gland. Sa peau à cet endroit est d'une douceur incomparable et j'aime ce contact si particulier. Ses jambes tremblent davantage à chacune de mes caresses, son souffle devient rauque et anarchique. C'est un pouvoir immense qu'il a glissé entre mes mains, et je le savoure. Je comprends maintenant pourquoi Steve a utilisé le sexe pour panser ses plaies, mais je ne veux pas être uniquement ça pour lui.

– Est-ce que beaucoup d'autres t'ont fait la même chose ? j'ose l'interroger alors que sa réponse me terrifie.

Ne vous méprenez pas, je ne suis pas naïve à ce point. Bien sûr, je sais qu'il a expérimenté plus de choses que je pourrais même imaginer, j'espère juste que toutes n'ont pas eu ce privilège. Et le regard amusé qu'il me lance a quelque chose de rassurant.

Il attrape mes mains, les oblige à remonter sur sa poitrine et m'aide à me relever. Ses doigts emprisonnent mon visage et ses yeux verts plongent dans les miens.

– Je n'en ai jamais laissé une seule prendre le contrôle, c'est moi qui dis ce que je veux et comment je le veux. Mais avec toi Marcy, c'est différent, tout est différent, ça l'a toujours été. Tu es l'unique, tu me possèdes corps et âme.

Cette révélation emballe mon cœur et me paralyse sur place. Steve vient de m'offrir la lune et toutes les étoiles avec, je ne sais juste pas ce que je suis censée en faire. D'un geste tendre, il me guide jusqu'à son lit et s'assied sur le rebord avant de demander :

– Est-ce que c'est déjà mon tour d'en profiter ?

Son sourire me défie et je secoue vigoureusement la tête en m'agenouillant devant lui.

– Je ne t'ai pas encore goûté, je murmure en rougissant alors que mon regard se pose à nouveau sur son membre toujours aussi dur.

– Putain, Chérie, tu ne peux pas dire ça à un mec qui bande comme un fou, grogne-t-il alors que mes mains retrouvent son entrejambe.

Je devrais être choquée par ces grossièretés, mais j'ai appris à apprécier cette vulgarité. Et même, je trouve ça terriblement excitant. Mes doigts profitent de la douceur de sa peau et ma bouche ose enfin en effleurer le bout. Je le couvre de petits baisers et la pointe de ma langue vient s'ajouter à la caresse. Ses mains s'aventurent dans mes cheveux et Steve retient des gémissements incomparables. J'aime savoir que je lui fais autant d'effet, j'aime que son désir réveille le mien. La température monte d'un cran et je me dandine en continuant de le savourer. À chaque passage de mes lèvres, je me surprends à être plus audacieuse. Je le lèche, le suce, et Steve grogne un chapelet de gros mots en m'encourageant :

– J'adore quand c'est toi qui décides. Tu as une bouche exquise et ta tendresse est... Putain ralentis ! Vas-y doucement, Bébé, sinon je vais jouir bien trop tôt.

Ses abdos se crispent chaque fois que mes lèvres coulissent sur lui. Il a un goût sucré, je m'étonne d'apprécier. Le sentir si vulnérable, si fébrile entre mes mains, c'est incroyablement jouissif. Mon désir pulse dans le fond de mon ventre et ses doigts qui vont et viennent sur mon crâne me provoquent des frissons le long de la colonne vertébrale. Il grogne, et ses bras s'enroulent autour de moi pour m'obliger à m'allonger avec lui sur le lit. Son sourire malicieux me fait fondre.

– Mais que fais-tu encore habillée ? m'interroge-t-il, en glissant les mains sous mon top pour le soulever doucement.

Je l'observe parcourir ma peau, suffoquer en me léchant le bas du ventre. Comme j'aime ces sensations encore si nouvelles, comme j'aime toutes les émotions qu'il éveille en moi. Avec Josh, je n'ai jamais ressenti cette envie, je n'ai jamais éprouvé le besoin de dépasser mes limites, avec Steve, je veux tout explorer, je veux que la vie n'ait plus aucun secret pour moi.

Il retire mon pantalon, mais sa bouche ne quitte mon corps que quelques secondes.

– Bon Dieu, tu es trempée, mon cœur, souffle-t-il en suçant mon clitoris à travers ma culotte en dentelle.

Je gémis et me cambre. Je dois me faire violence pour protester :

– Non, ce soir c'est pour toi, uniquement pour toi ! J'ai trop souvent été la seule à avoir du plaisir.

Il se redresse, surpris, et son visage s'illumine.

– Oh, Bébé… si tu savais comme j'aime te donner du plaisir.

– Alors… alors je veux qu'on passe à la leçon suivante, j'ose articuler, toujours incapable de prononcer le mot sexe.

– Tu es sûre, c'est vraiment ce que tu veux ?

Je hoche la tête et ma culotte disparaît. Puis il remonte sur moi et retire mon haut avec une agilité impressionnante. Il me défie du regard et ses lèvres effleurent les miennes, provocatrices. Je sens son sexe dur entre mes jambes, qui me caresse juste là où il faut, et je proteste d'un râle alors qu'il s'amuse à mes dépens. Je n'imaginais pas que l'appréhension de la première fois s'envolerait quand le désir se ferait trop intense. Mes pensées sont incohérentes, et lui se divertit de mon désarroi.

Lentement, sa langue s'introduit dans ma bouche et il guide ma main sur ses parties. Il m'oblige à enrouler mes doigts autour de son membre et me montre le rythme à suivre avant de positionner sa main entre mes jambes. Je suffoque, je tremble, alors que son pouce s'anime sur mon clitoris et que son index se faufile en moi, frotte mes parois trop sensibles. Il quitte mes lèvres quelques instants pour reprendre son souffle et son sourire s'illumine lorsque nos regards se croisent. Je le presse plus fort et me déhanche frénétiquement et puis, soudain, je réalise que ce n'est pas suffisant, je désire plus.

– Mais, je croyais… Je te voulais en moi, je murmure en relâchant mon emprise sur lui.

– Ah Bébé, c'est encore trop tôt, tu n'avais jamais touché une queue avant ce soir, tu dois t'habituer, réplique-t-il, malicieux, avant de préciser : Avec toi, je veux prendre tout mon temps.

Ses doigts en moi se font plus insistants, plus exigeants, et mon corps lui répond sans que j'aie rien commandé. En un rien de temps, nous sommes tous les deux au bord de l'orgasme et je tremble de plaisir. Mon Dieu, je n'aurais jamais imaginé que ça puisse être aussi bon ! Il grogne contre moi et je sens un liquide chaud se répandre sur ma hanche, je crie malgré moi quand mon plaisir explose dans le fond de mon ventre et envahit tout mon être. Il écrase sa bouche contre la mienne et je savoure ses halètements.

Nous restons longtemps ainsi, immobiles, pressés l'un contre l'autre, et les premiers mots qu'il prononce sont comme une déclaration de plus à mon cœur :

– On va y aller doucement tous les deux. J'ai fait beaucoup d'erreurs dans le passé, mais toi tu n'en seras jamais une, je veux faire les choses comme il faut. Je prouverai à la terre entière que j'ai changé pour que jamais tu n'aies à souffrir du regard des autres. Ma Chérie, je vais me battre pour être digne de toi.

25

STEVE

Je n'ai jamais rien ressenti d'aussi fort, alors que nous ne l'avons même pas fait. Plus jamais je ne serai le même après cette soirée. C'est comme si j'avais abandonné une partie de moi en m'ouvrant à Marcy. Un poids énorme qui comprimait ma poitrine et m'empêchait de vivre, de vivre vraiment. C'est un sentiment étrange, surréaliste même ! Mon corps est d'une légèreté incroyable et mon cœur a une place folle. Que vais-je en faire ? Il est trop tôt pour l'offrir à Marcy, j'ai besoin qu'elle prenne le temps de savoir où elle va, ce qu'elle veut vraiment.

Après l'avoir raccompagnée chez elle, je n'ai pas eu le cœur de rentrer tout de suite. Pas que mes couilles soient encore en manque, de ce côté-là je gère étonnamment bien, c'est plutôt que je suis terrifié à l'idée de me retrouver seul avec mes pensées. J'ai peur de réaliser que c'était trop beau pour être vrai, j'ai peur de me rendre compte que je ne serai jamais à la hauteur.

Comme souvent, j'ai fini par échouer sur le perron des Donnell. J'ignore pourquoi je m'acharne à me laisser torturer par Sandre alors que Boby ne m'en voudrait certainement pas d'être emmerdé en pleine nuit. C'est juste que je sais exactement ce qu'il me dira et que je n'ai pas envie de l'entendre : Marcy n'est pas pour moi.

Non, il se trompe, il ne la connaît pas, personne ne la connaît aussi bien que moi. Qui pourrait comprendre ? C'est un sentiment incroyable, c'est comme si vous possédiez une partie de l'autre. Je lui ai donné la part de mon âme la plus fragile, la plus inaccessible, et elle en a fait autant.

Sandre n'est pas comme Boby, elle n'est pas mon pote. Ses réactions ne m'effraient pas, parce que j'aurais pu me les infliger seul. C'est assez surprenant de rencontrer quelqu'un qui vous ressemble suffisamment pour ne pas avoir besoin de mots pour se comprendre. Tous les deux, on a la même sale habitude de tenir les autres à distance, de ne pas se sentir dignes de ce qu'on nous offre. C'est étrange, cette manière qu'elle a de me pousser à dépasser mes limites, d'apaiser mes pires craintes. Sandre est la couverture dans une prison glaciale, tandis que Marcy est la clé pour m'en échapper. Il est aussi difficile d'expliquer les sentiments qui viennent d'éclore entre Marcy et moi que mon amitié naissante pour la rebelle.

Après quelques instants, elle apparaît et s'assied sur le perron de l'entrée. Elle porte un legging noir et l'une de ses immenses chemises qu'elle ne met plus que rarement. C'est le signe que quelque chose la tracasse, mais elle ne me dira certainement pas quoi. Ça ne la dérange pas de rester là sans prononcer un mot, ça nous est même déjà arrivé, alors je l'interroge, plus pour rompre le silence que pour obtenir réellement une réponse :

– Tu vas faire tourner Josh en bourrique encore longtemps ?

Pour une fois, elle ne me renvoie pas la balle, elle se contente de demander :

– Comment ça se passe avec Marcy ?

Bien sûr, Sandre nous a vus à la soirée, tout le monde nous y a vus, et je ne suis pas sûre que ce soit une bonne chose. Chacun va y aller de ses remarques, de ses ragots, déformer la réalité, chacun va m'arracher un petit morceau du cœur jusqu'à ce qu'il ne me reste plus rien à donner à Marcy. Elle ne me regardera même plus quand elle comprendra qu'il n'y a plus rien à aimer.

– Elle est loin d'être celle que tout le monde pense.

Il n'en faut pas plus à Sandre pour éclater de rire, une main devant la bouche pour ne pas réveiller sa famille d'adoption qui dort à l'intérieur.

– Alors, elle baise bien ?

– Sandre ! je m'offusque en lui donnant un léger coup de coude.

– En plus, elle a réussi l'exploit de te ramener sur le droit chemin, se moque-t-elle, toujours hilare. Tu comptes aussi rayer le mot baiser de ton vocabulaire pour lui faire plaisir ?

Elle a quand même le don de me faire enrager !

– Et toi, tu comptes un jour arrêter de faire souffrir mon pote ? Tu ne vois pas qu'il est amoureux, qu'il a besoin de toi. Tu n'as rien compris si tu t'imagines qu'il t'utilise, qu'il n'a aucune raison de t'apprécier parce que vous êtes trop différents. L'amour n'a pas d'étiquette, ce n'est pas les rebelles ensemble, les coincées se rassemblent, les gens cool… sinon toi et moi on ferait une belle paire de connards.

Elle grimace de dégoût à la simple idée qu'on puisse former un couple, et j'avoue que ça ne me fait pas bander non plus, mais j'insiste :

– Celui qui est fait pour toi, c'est celui qui te rendra meilleure, qui chassera de ton cœur la peur d'aimer, la peur de vivre vraiment. Tu ne vois pas que tu as fait ça pour Josh, comme il l'a fait pour toi, comme Marcy l'a fait pour moi.

C'est lui, un point c'est tout, ça ne s'explique pas, alors arrête de cogiter et fais quelque chose, bon Dieu !

Si on m'avait dit que j'étais capable de la déstabiliser avec des mots, je lui aurais parlé franchement bien plus tôt, je l'aurais fait pour mon pote.

– Alors, elle te rend vraiment heureux ? souffle-t-elle d'une voix étrange.

Je me contente de hocher la tête, tandis qu'elle s'empresse d'ajouter, de nouveau blindée contre toute riposte :

– J'arrive pas à croire que tu aies canalisé tes ardeurs pour elle. Je suis fière de toi. Je ne sais pas si elle te mérite, mais elle a de la chance de t'avoir dans sa vie.

Finalement, j'ai peut-être bien ébréché sa carapace. Notre amitié est vraiment surréaliste !

– Toi aussi, tu as le droit d'être heureuse.

Le lendemain, à l'office du dimanche, j'ai envie de dire la même chose à Josh, j'ai envie de lui confier ma conversation de la veille avec la rebelle, je veux retrouver mon pote. Mais nous n'en sommes pas encore là et s'il apprend que Sandre me parle, il deviendra fou. Je comprends, parce que c'est ce qui m'arriverait s'il retournait s'épancher auprès de Marcy. La jalousie d'un homme est parfois disproportionnée, alors je me contente de lui serrer la main en examinant son costume sombre, semblable au mien. Je me suis vêtu convenablement uniquement pour prouver aux parents de Marcy que je peux moi aussi être un mec bien, mais je garde mes distances, je veux faire les choses en douceur.

– Bien rentré ? grogne Josh à côté de moi.

Encore un qui m'a vu avec Marcy, qui juge sans savoir et qui risque de démolir le peu qu'on a construit ensemble en seulement quelques mots. La terre entière est contre nous. Pourtant, il m'a donné son accord pour fréquenter son ex, mais quelque chose me dit qu'il n'apprécie pas vraiment, alors je m'empresse d'ajouter :

– Ce n'est pas ce que tu crois !

– Je te connais, tu n'es pas du genre à garder ta queue dans ton pantalon.

– Et toi, je te croyais plus prompt à maîtriser la tienne !

Dernièrement, toutes nos conversations se terminent en combats de coqs et c'est épuisant, je voudrais retrouver notre complicité. Un petit cri aigu se fait entendre derrière nous et je grimace en découvrant la femme du révérend qui nous observe, horrifiée. Pour une première au culte dominical, j'ai fait fort ! Moi qui espérais remonter un peu dans l'estime de la mère de Marcy, ce n'est pas gagné.

– On est aussi pitoyables l'un que l'autre, je commente en cherchant du regard la famille Shepard.

Marcy me sourit et sa mère lui fait les gros yeux. Ce n'est vraiment pas gagné !

Josh éclate de rire en se dissimulant derrière mon épaule. Dire qu'il y a seulement quelques mois, il aurait fini écarlate et aurait détesté que je l'enfonce, mais aujourd'hui c'est lui qui se fout de ma gueule. Je finis par glousser avec lui, parce qu'il a raison de se moquer. Je ne vais pas faire les mêmes erreurs que lui, je ne vais pas changer pour plaire aux parents de Marcy, ils vont devoir s'y faire. Je n'aurais jamais dû venir, mais quitte à être là, autant en profiter :

– Tu as une idée d'un endroit qui plairait à Marcy ?

J'ai trouvé l'office pompeux à souhait, mais j'ai enduré juste parce que ça semblait faire étonnamment plaisir à ma mère, je le referai peut-être, mais pas pour Marcy la prochaine fois. Ma mère grimace en me voyant me changer en vitesse pour l'abandonner au bras de Julian, mais elle ne commente pas. Elle a encore repoussé leur emménagement ensemble, alors j'essaie d'être plus sympa avec lui pour qu'elle arrête de douter de ses choix.

Comme je l'ai promis à Marcy, je ne m'engage pas dans son allée et l'attends dans la rue. Madame Shepard m'a tout de même remarqué et je suis ravi d'être suffisamment loin pour ne pas voir le regard furibond qu'elle me lance sûrement. J'en frissonnerais presque en l'imaginant me défier : « Si tu oses faire du mal à ma fille, je te coupe les couilles. » Si j'ignorais ce qu'elle endure au quotidien, j'aurais été tenté de la provoquer, mais maintenant que je sais, je ne peux plus lui faire ça. Je n'arrive pas à comprendre qu'elle reste, qu'elle s'inflige pareille torture, elle devrait aller de l'avant, retrouver le bonheur ailleurs. Ses enfants comprendraient. Peut-être que c'est ça, l'amour, le vrai, préférer souffrir avec celui qu'on aime plutôt que d'envisager la vie sans lui ?

– À tout à l'heure, Maman ! Je rentre tôt, promis ! j'entends Marcy lui annoncer joyeusement en s'éloignant rapidement.

Comme si sa mère avait encore le pouvoir de l'enfermer dans sa chambre pour lui interdire de me voir ! Marcy est un amour, elle serait capable de le faire juste pour lui faire plaisir, pour apaiser ses souffrances.

– Est-ce que tu crois que ta mère finira par m'apprécier ? je l'interroge en lui tendant la main pour l'aider à s'installer dans mon 4x4.

J'enlace sa taille en évitant de détailler sa tenue. Elle s'est changée depuis le culte et sa nouvelle robe est bien plus légère, bien plus courte, j'en baverais presque.

– Je croyais que tu te moquais de ce que les gens pensent de toi ? réplique-t-elle, malicieuse.

Sa réponse me rassure, me rassure vraiment, et je voudrais y croire, mais une partie de moi ne peut s'empêcher de douter. Elle finira par comprendre que je ne suis pas bon pour elle.

– C'est vrai, mais ça ne signifie pas que je ne peux pas essayer. Pour toi.

– Le principal, c'est que moi je t'apprécie, non ? susurre-t-elle en effleurant mes lèvres du bout des siennes.

À peine quelques heures sans elle, et cette douceur, cette tendresse m'avaient tellement manqué. Je me retiens de lui sauter dessus et m'installe au volant, incapable de lâcher le sourire débile plaqué sur ma tronche depuis hier soir.

26

STEVE

Elle ne m'a pas demandé où nous allions, mais elle semble si heureuse, si confiante, que mon cœur se gonfle de bonheur. Chaque fois que je regarde dans sa direction, elle m'observe et ça me plaît. J'attrape sa main, la porte à mes lèvres et ne la quitte plus. Durant le trajet, nous ne parlons pas, mais le silence est confortable. Ses magnifiques yeux bleus s'écarquillent, étonnés, alors que j'emprunte un petit chemin très étroit et, à son sourire, je sais qu'elle a découvert où nous allions.

– Il paraît que tu adores cet endroit et que tu n'as pas pu en profiter cet été, je précise en me garant le long de la berge.

C'est l'avantage d'avoir un 4x4, aucun lieu n'est inaccessible, et ce versant du lac Crystal est très peu fréquenté.

– Qui te l'a dit ? s'étonne-t-elle, alors que je l'aide à quitter l'habitacle.

Ses bras s'enroulent autour de mon cou et je me retiens une fois de plus de ne pas la presser contre mon corps. Je lui ai promis d'y aller doucement, mais ça risque d'être compliqué avec la petite robe vaporeuse presque transparente qu'elle a choisie pour l'occasion. À croire qu'elle voudrait vraiment que je craque.

– Josh, je souffle à mi-voix en espérant ne pas gâcher l'ambiance, mais elle ne paraît nullement surprise et ne relève pas.

Je récupère les sacs que j'ai rangés dans le coffre et dispose une couverture sur le bord de la rive, tandis qu'elle me contemple amusée. Il semblerait que Josh ait raison, rien ne pouvait lui faire plus plaisir, mais qu'il la connaisse si bien, me fait mal, même si ça ne devrait pas. Ils ont passé plusieurs années ensemble, nous seulement quelques heures. Putain, Steve, ne pense pas à lui, à eux, ne fous pas tout en l'air avec tes doutes !

– Tu aurais pu me donner un indice, j'aurais apporté un maillot, murmure Marcy en rougissant.

Elle fixe avec envie l'eau claire et calme et je réprime un grognement en imaginant qu'elle puisse envisager de se baigner nue. Est-ce que ce genre d'idée peut vraiment lui traverser l'esprit ? Je regretterais presque d'avoir tout prévu. Après avoir sorti Coca et jus d'orange, je lui tends un petit sachet qu'elle observe surprise.

– Tu as pensé à tout, s'enthousiasme-t-elle gaiement.

Et elle se précipite derrière le 4x4 pour l'enfiler, alors que je lui précise avoir choisi le maillot le plus couvrant pour éviter de l'embarrasser.

– Il est parfait, s'écrie-t-elle en revenant déjà et en me sautant au cou.

Sa bouche recouvre la mienne si passionnément que je sursaute, surpris, et mon cœur s'affole, il est devenu incontrôlable ces derniers temps, bien plus que ma queue qui pourtant risque de virer au bleu avant la fin de l'après-midi. Le bout de sa langue caresse mes lèvres comme si elle me demandait l'accès à ma bouche.

– Je ne tiendrai jamais si tu n'y mets pas un peu du tien, je proteste sans pour autant quitter ses lèvres. Et je croyais avoir acheté un paréo, j'ajoute en sentant la peau nue de son dos sur mes mains qui n'ont pas su résister à l'enlacer.

– Mais y aller doucement ne nous empêche pas de nous embrasser et de nous caresser, râle-t-elle en s'écartant à contrecœur.

Elle s'allonge sur la couverture, toujours sans paréo, ferme les yeux pour profiter du soleil de cette fin d'été et je sors quelques sandwichs avant de la rejoindre.

– Je comprends maintenant pourquoi Josh se sentait si frustré que je le remette à sa place, murmure-t-elle en réajustant le maillot noir une pièce que je trouvais très raisonnable avant de le découvrir sur ses courbes parfaites.

Bon Dieu, si les mots qu'elle vient de prononcer ne m'avaient pas refroidi, son corps pratiquement nu à quelques centimètres m'aurait déjà totalement embrasé. Elle semble soudain prendre conscience de ses paroles et porte ses doigts à ses lèvres en scrutant ma réaction.

– Ce n'est pas grave, je souffle avant qu'elle ne s'excuse.

– Alors… alors, est-ce qu'on pourrait évoquer un autre sujet tabou avant de profiter de l'après-midi ?

Je hoche la tête et elle demande, visiblement gênée :

– Pourquoi es-tu sorti avec Sandre ?

Mon sang se glace à l'évocation de la rebelle, de ma nouvelle amie, qu'est-ce que Marcy en dirait si elle savait ? Mais je refuse qu'elle ait la moindre raison de douter de moi, alors qu'elle n'a rien à craindre d'elle. Enfin, pas avec moi ! Je me penche vers elle et plonge dans ses magnifiques yeux océan.

– C'était la connerie de plus d'un gars désespéré, mais je ne l'ai fait que pour toi, mon ange. Je savais que Josh serait jaloux, je voulais que tu voies que tu te trompais à son sujet.

Si j'avais su que je te poussais dans ses bras, je ne l'aurais jamais fait.

– J'ai fait beaucoup d'erreurs moi aussi et te juger sans te connaître est peut-être la pire, précise-t-elle sans quitter ma bouche des yeux. Maintenant, embrasse-moi.

Où est passée la Marcy si sage, si prude ? Elle va me rendre complètement fou, mais je m'exécute. D'abord, je l'effleure à peine, puis je mordille sa lèvre inférieure et lentement je faufile ma langue dans sa bouche. Son gémissement fait vibrer tout mon corps, alors que ses doigts glissent sur ma nuque pour intensifier notre baiser. Et sa main encore libre agrippe mes hanches pour m'obliger à la chevaucher. Sa respiration se fait haletante, tandis qu'elle se dandine sous moi, et je bande comme un fou. Je ne contrôle plus rien, je me presse contre elle, lui montre mon désir, m'anime entre ses jambes et elle crie mon prénom sans se soucier des éventuels curieux. Son audace me fait bander encore plus dur et son regard brûlant m'incite à continuer.

– Tu veux jouir maintenant ? je lui demande, mon front collé au sien.

Je frotte ma queue sur son clitoris sans la quitter des yeux et l'interroge silencieusement sur le rythme à prendre.

– Plus fort, susurre-t-elle, alors que sa respiration s'emballe.

Sa bouche se plaque contre la mienne quand un nouveau son rauque s'échappe de sa gorge. Ses gémissements m'emportent avec elle, alors que je me pensais capable de tenir la distance. Je m'écroule sur elle, profitant du battement de nos cœurs qui s'accordent à merveille.

Soudain, je la sens qui se crispe et je relève lentement la tête en redoutant sa réaction. Je savais que je n'aurais jamais dû craquer, qu'elle n'était pas prête à tout expérimenter.

– Tu crois qu'on nous a entendus ? s'inquiète-t-elle.

– Je pense que tous les oiseaux, les écureuils, les hérissons… sont rentrés copuler après un tel spectacle, je tente en priant pour qu'elle comprenne qu'il n'y a pas de mal à se désirer en dehors d'un lit.

Un sourire gêné se dessine sur ses lèvres et elle vérifie que personne ne traîne dans les parages.

– J'en ai rêvé la semaine dernière, m'avoue-t-elle, embarrassée. Avec toi, j'ose espérer que je peux réaliser tous mes rêves.

– Tu te souviens, c'est toi qui commandes, on fera tout ce que tu veux. Tout pour te satisfaire, Bébé.

Je suis toujours sur elle et elle semble encore si déstabilisée que je redoute de bouger.

– Si je t'abandonne quelques instants pour rincer mon short, tu ne t'enfuiras pas ?

Elle m'observe, étonnée, son regard glisse de ma chemise entrouverte à mon entrejambe, alors que je me redresse lentement. Ses joues rougissent et un sourire aussi fier que gêné apparaît sur ses lèvres magnifiques lorsque je me jette à l'eau. La fraîcheur du lac m'aide à retrouver mes esprits. Cette fille me rend complètement fou, je me retourne pour m'assurer qu'elle est toujours là, qu'elle semble aller bien, et suis surpris de constater qu'elle nage dans ma direction. Elle a une grâce incroyable, se déplaçant rapidement sans trahir sa présence. Il ne lui faut pas longtemps pour me rejoindre et s'enrouler autour de moi.

– Ça aussi, c'est un rêve que j'aimerais réaliser, murmure-t-elle en réajustant ses cheveux mouillés.

Si elle continue, je vais sortir la camisole pour être sûr de ne plus disjoncter !

– Mais pas tout de suite, ajoute-t-elle, comme si elle comprenait que maintenant c'est moi qui panique de son audace.

Ses mains écartent le tissu épais que l'eau a collé à ma peau et elles se faufilent sous ma chemise, je souffle bruyamment pour retenir cette sale habitude qui m'inciterait presque à retirer ses doigts. J'aime qu'elle me touche, je veux qu'elle me touche, j'ai besoin d'elle.

– Pourquoi tu as gardé ta chemise ? m'interroge-t-elle. On n'est que tous les deux.

Je déteste être aussi faible, être incapable de surmonter le regard des autres.

– Je ne peux pas, pas quand on risque de nous surprendre, je murmure, tout proche de sa bouche.

Sa bouche qui effleure ma joue suce doucement la ligne de mon menton, ses doigts qui parcourent mon dos s'arrêtent net et ses grands yeux plongent dans les miens. Ses caresses sur ma peau meurtrie sont comme un baume rassurant, je pourrais la laisser me dévêtir, mais elle n'insiste pas et change de sujet.

– Est-ce que… est-ce que je peux te demander si les sculptures dans ta chambre ont une signification ? hésite-t-elle d'une voix étonnement rauque.

– Quand je suis rentré du pensionnat, j'avais des envies de tout détruire. Après avoir défoncé deux fois ma chambre, ma mère m'a emmené chez des amis à elle qui possèdent une casse, ils ont aménagé pour moi un espace où je pouvais tout démolir. Un jour, je ne sais pas pourquoi, je crois que j'étais juste fatigué de tout esquinter, j'ai pris les morceaux qui me tombaient sous la main et je les ai assemblés entre eux. Sans que je n'aie rien décidé, le métal prenait forme sous mes doigts, c'était comme si, d'une certaine façon, je me réparais. C'est bien plus qu'une passion. J'aime passer des heures à reproduire le corps humain, à chercher la bonne pièce. Mais j'ai aussi d'autres mauvaises habitudes, je lui rappelle, alors que je préférerais qu'elle oublie cette partie-là de moi.

Elle ne semble pas tiquer, ses beaux yeux sont emplis d'une fierté surréaliste.

– Tu as un talent incroyable, je suis sûre que tu pourrais en vivre.

– Je crois que je préférerais quelque chose de plus utile.

Je vois bien qu'elle est surprise, elle me pense incapable de faire quelque chose de ma vie et je déteste ça, alors je change de sujet, juste parce que ça me fait mal.

– Mon père se marie dans une quinzaine jours.

– Tu ne m'as jamais parlé de lui.

– Il n'y a pas grand-chose à en dire.

Mais elle semble en attendre davantage, alors je lui explique, car je ne veux rien lui cacher :

– Mes parents ne se souviennent même pas de la nuit de ma conception. Une soirée trop arrosée, une erreur de jeunesse. S'il n'y avait pas eu de témoins, de photos, il aurait pu rester un parfait inconnu. Mais quand ma mère a compris qu'elle était enceinte, tout s'est compliqué et leurs familles s'en sont mêlées. Elle m'a gardé alors que personne ne voulait de moi. Ses parents l'ont chassée de chez eux et les parents de mon père ont déménagé à New York. Ils ne voulaient pas que je gâche la vie de leur fils chéri… Il est revenu me voir après avoir terminé ses études, mais il n'a jamais réussi à s'occuper de moi. Je crois que je l'ai dégoûté d'avoir un jour d'autres enfants.

– Moi qui me plaignais de la relation tordue de mes parents, j'ai un peu honte maintenant, soupire-t-elle avec un sourire triste.

Je n'en reviens pas qu'elle s'imagine que ma vie puisse être pire que la sienne alors qu'elle porte seule sa famille à bout de bras, qu'elle doit affronter tous les jours les erreurs de ses parents. Il y a bien longtemps que j'ai accepté de ne pas faire partie d'une famille unie. Je voudrais le lui faire remarquer, mais j'ai peur qu'elle le prenne mal, alors je me contente de lui demander :

– Pourquoi ta mère reste avec lui si c'est à ce point douloureux ?

– Je crois qu'elle est trop fragile pour s'imaginer être capable de s'en sortir sans lui.

Et elle ne réalise certainement pas non plus à quel point sa fille est forte pour deux, pour plus même. Pour Marcy, pour ses enfants, sa mère devrait sortir de ce cercle vicieux qui les entraîne tous vers le fond.

– Et ton père ?

– Je crois qu'il l'aime. Quand il la regarde, c'est même évident, il est juste incapable de lui être fidèle.

Et son regard scrutant ma réaction me vrille le cœur. Elle croit que je suis comme son père, comme Josh. Si elle savait à quel point elle se trompe !

– Je sais que ma parole n'a pas beaucoup de valeur pour toi, mais je te promets que tant que tu voudras de moi, je n'irai pas voir ailleurs.

Elle ne dit rien. Elle ne me croit pas, alors je l'embrasse pour oublier tout le chemin que j'ai encore à parcourir, toute la douleur que je déteste ressentir. Je saurai la convaincre. Ses lèvres, sa langue me répondent et me rassurent, j'aime le goût de sa bouche, sa tendresse et sa peau qui tremble sous mes doigts.

Elle reprend son souffle et je demande pour détendre l'atmosphère :

– Tu viendrais avec moi au mariage de mon père ?

– Tu es vraiment sûr de vouloir de moi ce jour-là ?

– Cette question est d'un ridicule ! je me moque en l'attirant contre moi pour mieux sentir son corps contre le mien.

Je ne veux plus de ses mots qui font trop mal, je veux juste profiter de chaque seconde avec elle. Je veux profiter pour ne rien regretter si elle me repousse ensuite.

27

STEVE

Je fixe le glaçon qui fond en faisant pétiller le Coca. Je n'avais pas envisagé de noyer mon chagrin dans l'alcool et, après trois verres purs, j'ai préféré diluer un peu. Je veux juste oublier, pas finir minable. J'avoue avoir été tenté de reprendre mes mauvaises habitudes sexuelles, mais je suis incapable de lui faire une chose pareille, je n'ai même pas envie d'en imaginer une autre entre mes jambes. C'est fait, elle m'a castré, je suis condamné à me branler jusqu'à la fin de mes jours. Finies les petites chattes chaudes, humides, étroites… finis les seins rebondis, ronds, si doux… putain Steve, arrête !

Et dire que cette journée avait si bien commencé, son sourire en arrivant ce matin était éclatant. Ce week-end était parfait. Je voulais juste y aller doucement, l'épargner, et elle était d'accord, pour l'instant mieux valait garder nos distances au lycée. Et puis, je voulais la serrer dans mes bras après les cours, lui redire à quel point elle compte, à quel point elle est unique.

La journée défile en boucle dans ma tête, chaque visage que j'ai croisé, chaque mot qui amplifie mes doutes. Qui l'a convaincue de m'éviter ?

– T'as une tête de débile amoureux, lance Boby derrière moi.

Je sursaute, et cet enfoiré ajoute, comme si ce n'était pas suffisant :

– Je ne sais pas ce que vous avez en ce moment, les gars, à vous choisir des gonzesses inaccessibles et pas franchement disponibles, mais il va falloir ouvrir les yeux. Je croyais que tu avais saisi que Marcy n'était pas pour toi. Tu es un mec génial, Steve, n'en doute pas, c'est juste qu'on ne fricote pas avec la fille du bon Dieu quand on a connu l'enfer.

– Très drôle ! Peut-être qu'elle, elle peut me comprendre ?

– J'en doute, ces gens-là se définissent comme ouverts et compréhensifs, alors qu'ils sont tout le contraire.

– Ça, c'est l'éducation qu'ils lui ont donnée, ça ne veut pas dire qu'elle soit comme ses parents.

Je repense à ce qu'elle m'a confié sur sa mère, sur son père aussi, et je me demande si nous n'avons pas faux sur toute la ligne. Marcy n'est pas celle que tout le monde pense.

– Tu sais que tu es irrécupérable, mec !

À ce moment-là, Marcy n'évitait pas encore mon regard et j'étais à deux doigts de tout raconter à Boby. C'est un ami formidable qui a toujours le mot qu'il faut quand ça ne va pas, et Josh me manque, bordel ! Aujourd'hui, j'ai apprécié plus que tout que mon pote me divertisse des derniers potins, qu'il me fasse oublier que je n'ai jamais été aussi vulnérable. Mais je ne veux pas entendre que j'ai eu tort de m'approcher d'elle.

– Mmh, tu m'as manqué, minaude Lucy, en se frottant à moi et en tentant d'atteindre ma bouche.

J'attrape fermement ses mains, qu'elle a déjà enroulées autour de ma taille, parce que je sais qu'elle les utilisera sans vergogne pour me déstabiliser. Ces choses-là ne marchent plus avec moi, enfin plus autant qu'avant. Je ne suis plus incontrôlable, je ne suis plus prêt à tout pour un cul. Je n'ai même plus besoin de me planquer dans les toilettes pour me soulager, la branlette du matin suffit amplement pour tenir la journée. Et surtout, j'ai enfin celle que je désire, je n'ai pas l'intention de tout foirer, même si tout le monde pense le contraire.

– Lucy, tu es certainement la seule à n'avoir pas remarqué que Marcy est celle que je désire vraiment. Et je me moque que vous soyez amies, ne t'avise pas de te mettre entre nous.

Elle me dévisage comme si je venais de lui planter un couteau dans le cœur et je me déteste d'être ce salopard-là. Je m'étais promis de changer. Est-ce que je mérite vraiment Marcy ?

Mais tout était encore sous contrôle à ce moment-là. Et puis, un groupe de chattes en chaleur s'est emballé dans le réfectoire. J'entends encore leur rire résonner dans ma tête. C'était plutôt flatteur puisqu'elles s'extasiaient sur mes prouesses et leur désir de remettre le couvert, mais il est clair que l'ange de mes rêves n'a pas apprécié. Je lui ai fait signe de me retrouver au parc, je voulais lui dire que ça ne comptait pas, qu'elle seule comptait, mais elle n'est pas venue.

À la place, j'ai eu droit à la visite de Mia qui a fait de moi son grand frère depuis nos vacances au Mexique, et qui s'imagine toujours que gros dragueur ne signifie pas gros con. Quoiqu'avec l'exemple que je donne, je ne puisse pas lui en vouloir ! Elle pleure à chaudes larmes dans mes bras parce que son nouveau petit copain l'a doigtée comme un bourrin, alors qu'elle ne se sentait pas prête pour quelque chose d'aussi intime. Pourquoi les nanas ne réalisent-elles pas que confier ce genre de petits secrets rendrait enragé n'importe quel mec ? Elle a de la chance que je vive aussi loin de New York, sinon je crois que cet enfoiré finirait à l'hosto.

– Et tu ne pouvais pas m'appeler plutôt ? je demande, comme le parfait abruti que je suis.

C'est plus fort que moi, je pense pratique, alors qu'elle se décompose entre mes bras. Elle a pris un taxi pour venir jusqu'ici, trois heures de route, ça doit coûter une blinde ! Soit mon père et Rachel sont assez tarés pour lui laisser une carte de crédit, soit ils ont du pognon à plus savoir qu'en foutre. Dans tous les cas, c'est insensé de faire une chose pareille à son âge. Mais je ne peux quand même pas lui faire la morale.

– J'avais pas ton numéro, couine-t-elle, je ne savais pas à qui d'autre en parler, mes copines ne comprendraient pas.

– Mais tu avais celui du petit binoclard des vacances, le gars super-cool.

Elle me fusille du regard. Après ça, j'ai évité de dire n'importe quoi, je l'ai laissée tout me raconter, inonder mon T-shirt, en tentant de ne pas disjoncter. J'ignorais que ça puisse faire mal à ce point de tomber sur un putain d'obsédé, et chacun de ses mots a été comme une gifle qui m'était destinée. Pourtant, j'ai toujours été clair avec les gonzesses, je ne veux que du cul. Mais ça ne m'empêche pas de me sentir coupable.

J'ai raté ma première heure de cours pour la consoler, lui faire comprendre qu'elle ne devrait pas avoir à faire quoi que ce soit pour plaire à un mec. Et je me suis assuré que le taxi que je lui ai dégoté la ramène bien directement chez elle. J'ai même insisté pour qu'elle m'appelle quand elle serait rentrée.

Le reste de l'après-midi a été plus merdique encore. Au point de me détester chaque fois que je croisais un regard aguicheur, une nana dont je me rappelais le goût, les cris dans ma bouche, jusqu'à ne même plus me sentir digne, ne serait-ce que d'approcher Marcy. Mes craintes se sont confirmées quand elle m'a évité à la sortie du lycée.

Elle ne veut déjà plus entendre parler de moi. À mon tour, j'ai esquivé Boby parce que je sais qu'il aurait souhaité que je vienne me défouler au parc et, dans l'état où j'étais, le premier qui m'aurait emmerdé aurait ramassé.

Seul dans ma chambre, j'ai tenté de me calmer, d'arrêter de me haïr, de me punir. J'ai essayé de me défouler sur ma console, sans succès. Me masturber sous une douche brûlante n'a pas été plus efficace. Je n'ai besoin que d'une chose : voir Marcy. Mais c'est aussi la chose que je redoute le plus : et si elle ne voulait pas de moi ? J'ai soudain terriblement mal, comme si mon cœur s'apprêtait à lâcher. Je dois vraiment aimer souffrir pour m'imposer ça, pourtant je ne changerais pour rien au monde ce que j'ai vécu avec elle.

Pour distraire ma douleur, je me sers un nouveau verre du whisky que j'ai dissimulé dans un coin de la salle de bains. C'est ma planque pour les situations d'urgence, je ne l'utilise pas souvent, mais ce soir j'en ai vraiment besoin. Gorgée après gorgée, mes muscles se détendent, mais mon cerveau ne s'arrête pas.

Je réalise que j'ai dû abuser lorsque la pièce se transforme progressivement, me propulsant dans le bureau de la directrice du pensionnat de mon enfance. Je ferme les yeux.

J'ai soudain froid comme s'il gelait à l'intérieur. Un bruit de pas étouffé par l'épais tapis de l'entrée me fait frémir. Tout mon corps tremble, et je m'en veux de fixer le sol sans oser me retourner. Je ne suis plus ce petit garçon apeuré, putain ! Mes larmes ont tari depuis longtemps. Je me crispe tout entier pour chasser mes appréhensions et m'oblige à faire face à la personne qui vient d'entrer.

Mon cœur se glace quand je découvre Marcy, superbe dans une robe pastel, un peu trop légère pour la fraîcheur ambiante. Le sourire qu'elle me lance est terrifiant.

Je sursaute en entendant le martinet claquer entre ses doigts et je me déteste d'avoir encore cette réaction. Je vais même jusqu'à vérifier que mes yeux ne sont pas mouillés, je ne veux plus jamais être faible comme je l'ai été.

– Tu m'as tellement déçue, siffle-t-elle en posant sa cuisse délicate sur le bureau.

Son entrejambe est à ma hauteur et je frémis en comprenant ce que ça signifie. Marcy souhaite que je la touche, que je l'entraîne dans mon monde, dans cet univers sombre et dégradant. Mes poils se dressent quand je me rends compte qu'elle a changé, Marcy n'est plus la même, et c'est à cause de moi. Je ne veux pas la pervertir. Elle se penche, et ses lèvres pulpeuses, incroyablement plus rouges que d'habitude, m'appellent. Je n'ai pas besoin de fermer les yeux pour penser à elle parce qu'elle est là, mais ça ne me plaît pas. Je la veux, mais pas comme ça.

– Ne fais pas l'enfant, Steve, raille-t-elle.

Elle rit, et son visage se constelle de ridules. Sa tête s'incline en arrière alors que le son croît dans sa gorge. Et plus elle se déchaîne, plus son visage se défigure, jusqu'à lui ressembler, à elle. C'est trop tard, le mal est fait, elle est devenue celle qui punit. Mon cœur s'affole, je panique tandis qu'elle m'empoigne par les épaules et m'oblige à m'accrocher au rebord du bureau. Mes ongles ont laissé des traces dans le bois tendre. La punition approche et je sens tout mon corps se mettre à trembler. Quel traître, celui-là !

Un coup sec à la porte vient me sauver de l'enfer qui m'attend. Je la repousse violemment et elle disparaît. J'ouvre les yeux, et ma chambre refait surface.

Je cligne des yeux quand ma mère entre dans la pièce. Il fait nuit dehors et seule la lumière de la salle de bains m'indique où je suis. Je grogne en me redressant et elle allume le plafonnier de la kitchenette.

– Qu'est-ce que tu fais dans le noir avec une bouteille pratiquement vide ? m'interroge-t-elle, visiblement déstabilisée par mon attitude.

Quand je suis au plus mal, il m'arrive de me mettre minable, mais ça fait tellement longtemps que ça ne s'est pas produit que ma mère semble déçue. Elle ne peut pas comprendre qu'avant j'avais le sexe, mais qu'aujourd'hui je n'ai plus rien. Voilà ce qui arrive quand on prend le risque de dévoiler son âme, on vous la piétine sans scrupule, et le pire, c'est que j'ignore qui est le responsable de ce massacre. Si je savais qui m'a éloigné de Marcy, je pourrais au moins me défouler sur quelqu'un.

– Il ne faisait pas nuit quand je me suis assoupi, je grogne, esquivant la réponse qu'elle ne peut pas entendre.

– Est-ce que ça a un rapport avec Marcy Shepard ? insiste-t-elle en m'obligeant à lui faire face.

Ses doigts caressent ma barbe naissante et ses bras s'ouvrent pour m'accueillir. Je m'en veux qu'elle me voie comme ça, moi qui espérais tant qu'elle arrête enfin de se sacrifier pour son fils chéri. Ça fait trop longtemps que sa vie dépend de la mienne, je voudrais que ça change, mais je suis loin d'être crédible ce soir. Alors, je me retiens de lui dire que je suis trop grand pour me faire consoler par ma mère, je me faufile entre ses bras menus et lui embrasse le sommet du crâne en murmurant à contrecœur :

– Mon cœur n'a pas choisi la bonne personne.

– Est-ce qu'elle sait ? me demande-t-elle, sans oser préciser le fond de sa pensée.

Elle n'en a pas besoin. C'est le sujet dont on parle, sans jamais en parler, et que nous évitons soigneusement depuis que c'est arrivé.

– Oui.

– Si elle n'a pas compris, c'est qu'elle ne te mérite pas, souffle-t-elle en me frottant le dos affectueusement.

– Toutes les femmes me méritent, Maman, j'ironise, je suis celui qu'on choisit quand on n'a plus le choix.

– N'importe quoi ! s'énerve-t-elle. Tu es tellement fort, tu es drôle et gentil. Tu peux te dissimuler derrière tous les sarcasmes que tu veux, si tes amis sont encore là, c'est parce qu'ils le savent et ils savent aussi que tu n'es pas vraiment celui que tu veux nous faire croire.

– Tu es ma mère, c'est normal que tu te berces d'illusions.

– Mon chéri, ne me fais pas croire que tu as fini par te convaincre que tu es vraiment ce garçon-là.

– Qu'est-ce que je suis censé faire ? je l'interroge, résigné.

Il faut être honnête, il n'y a plus d'espoir, tous les fantômes du passé sont contre moi, contre nous, et une journée au lycée a suffi à nous séparer.

– Prouve-lui qu'elle se trompe.

28

MARCY

Je n'ai jamais aussi mal dormi. Même lorsque j'ai découvert que Josh me trompait, ma nuit avait été plus calme. Les mots de Lucy me reviennent en boucle :

– Finalement, je te le laisse, Steve est irrécupérable. Sarah Miller vient de le surprendre avec la petite nouvelle tout juste sortie de son coin paumé du fin fond du Texas.

Je n'y ai pas cru, elle m'a juste déçue un peu plus, mais Jeremy à la cantine en a rajouté une couche :

– Il paraît que Becca de l'équipe de natation a remis le couvert avec Steve Marchal. Cette fille n'a aucune dignité.

Là, j'ai hésité, je me suis dit qu'il ne s'agissait que d'une rumeur de plus, que Steve m'avait prouvé que les autres ne comptaient pas. Et puis, le pire s'est produit alors que j'allais exiger qu'il me rassure. Une magnifique brune lui a sauté au cou, à peine passée la porte du réfectoire. Je ne l'avais jamais vue avant, mais ses longues jambes fines et sa robe trop courte ont réveillé une jalousie incontrôlable, au point que j'ai failli me jeter sur elle, folle de rage. Mais lorsqu'il l'a enlacée tendrement avant de l'embrasser sur le front, j'ai fui à toutes jambes. Je veux bien entendre que Steve a quelques mauvaises habitudes à perdre, mais j'ai décidé d'arrêter d'être compatissante, rien n'excuse son comportement.

Et de nouveau, la honte et la colère d'être aussi naïve me brûlent les entrailles. Moi qui croyais m'être débarrassée de la trop prude Marcy, je viens de découvrir que je suis irrécupérable. Mon cœur se tord et refuse de reprendre son rythme, il refuse de croire que Steve ait pu me faire ça après tout ce qui s'est passé ce week-end. Nous étions si bien ensemble, je lui ai tout donné, tout de moi, mon corps et ma dignité. Je me suis abandonnée à lui comme jamais auparavant. J'avais confiance. Comme je m'en veux !

« Mais Josh ne s'est pas gêné, alors pourquoi ça t'étonne de Steve ? » raille Lucy dans mes pensées.

Je les choisis vraiment mal, à moins qu'ils soient tous les mêmes, tous comme mon père. Est-ce qu'il n'existe aucune exception ?

Je sais que je n'aurais pas dû fuir, que j'aurais dû exiger des explications, mais je n'ai plus le courage. Ses réponses me blessent déjà, alors que je ne les ai pas encore entendues. Avec Steve c'était différent, enfin je croyais. Toutes les choses qu'il m'a confiées, qu'il n'a confiées qu'à moi. Pourquoi ? Non, il vaut mieux l'ignorer.

Et avec la tête que je tire ce matin, j'aurais trop peur qu'il se délecte de l'épave qu'il a réussi à faire de moi. Pourtant, à la sortie du cours d'anglais, je le retrouve adossé au mur d'en face. Comme toujours magnifique avec un jean déchiré qui tombe bas sur ses hanches et un sweat noir bien trop moulant. Et en plus, il me sourit. Mais lui aussi a une sale tête, et ça me rassure. Peut-être qu'il a des remords, le salaud ?

Je voudrais faire comme si je ne l'avais pas remarqué, mais c'est trop tard, il est déjà près de moi et je tremble à l'idée qu'il cherche à me manipuler. Ses mains, sa bouche ont un pouvoir incroyable sur moi.

– Je comprends que tu préfères ne pas aller plus loin, moi aussi à ta place j'aurais choisi de renoncer. Est-ce que… c'était sympa d'être amis… Les autres vont au bowling vendredi soir, je pourrais passer te prendre ?

Soudain, il semble très peu sûr de lui et ses yeux verts brillent d'une lueur étrange. Non, ne le regarde pas, son passé n'excuse rien, il n'a pas le droit de te faire ça. Mais ses mots ! Je retiens mes lèvres qui menacent de s'ouvrir béatement, je n'en reviens pas !

Il ne cherche même pas à se défendre, il se dénoncerait presque et, quelque part, je suis déçue. Est-ce que ça arrive aux mecs de se battre pour autre chose que pour leurs parties intimes ? J'aurais aimé qu'il tente au moins de me prouver que j'ai tort. Mais non, il est là à me proposer son amitié parce qu'il vient de réaliser qu'il était incapable d'être fidèle. Mais quel… quel connard !

Je voudrais m'emporter, hurler, l'insulter, mais qu'est-ce que ça changerait ? C'est de ma faute. Il faut être vraiment naïve pour croire qu'un loup peut devenir végétarien. Je cherche les mots qui pourraient le blesser, le toucher et, pourtant, je me contente de bafouiller :

– Oui… ça… ça serait sympa.

J'ai vraiment dit ça ? Sympa ? Non, mais n'importe quoi ! Moi qui pensais avoir fini de dire, de faire ce qu'il faut. Où est passée la nouvelle Marcy, déterminée à ne faire que ce qu'elle désire ? Quand je songe à mon audace au bord du lac, j'en rougirais presque. Et, de nouveau, la rage m'emporte, je bredouille, cherche les bonnes tournures, mais il s'éloigne déjà, sans me laisser le temps de riposter.

– Super ! Je passe te prendre à dix-neuf heures.

Non, je voulais dire je ne veux plus te voir, nous ne pouvons pas être amis. Je me moque qu'il ait un passé douloureux, une vie tourmentée, il ne m'entraînera pas dans sa chute, je ne suis plus compatissante.

Le reste de la journée défile dans un brouillard de pensées incohérentes. Comment ai-je pu accepter de continuer à le voir ? Je devrais le fuir, mais une partie de moi en semble incapable. Steve m'a confié sa vie, m'a touchée avec une tendresse étonnante, m'a appris l'amour, le vrai, pour finir par faire marche arrière. Et si tout ce que nous avions vécu n'était que mensonge ? Non, on ne s'ouvre pas à quelqu'un pour mieux le manipuler. Ou peut-être que si, justement. Ou alors, il a pensé que je ne pourrais jamais le satisfaire ? C'est sans doute vrai, mais cette vérité me blesse.

Et quelle idée de vouloir qu'on soit amis ? C'est vrai que ces quelques semaines d'amitié ambiguë étaient sympas, mais de là à poursuivre. Qu'est-ce qu'il attend de moi au juste ? M'avoir enfin sans prendre le risque de s'engager ? Hors de question !

Je frémis en entendant la voix moqueuse de Nataly qui fait écho à mes pensées :

– On raconte que Steve Marchal t'aurait volé ton ticket pour le paradis ?

Depuis quand notre groupe de catéchisme s'est transformé en colporteur de rumeur ?

– On est juste amis, qu'est-ce que ça a de si surprenant ? je réponds en tentant d'être convaincante.

– Il n'est pas très fréquentable, tu as vu ce qu'il a fait à la moitié des filles du lycée !

Une ribambelle d'yeux se tournent vers moi et je repousse la honte qui m'envahit. Je dois me faire violence pour ne pas flancher, je n'ai pas à me sentir humiliée. Ils ne savent pas, personne ne sait ce qui s'est vraiment passé. Dire que ce petit groupe est censé représenter mes amis, nous devrions nous soutenir dans les moments difficiles et ils sont tous là à me juger, ignorant tout de lui, de nous. D'ailleurs, nous ne l'avons même pas fait.

– Et tu en as entendu beaucoup s'en plaindre, pleurer sur leur pauvre petit cœur brisé ? je m'emporte en me détestant de le défendre.

On dirait bien que je suis la seule à avoir été assez stupide pour m'être laissé piétiner un organe vital.

– Qu'est-ce qui t'arrive, Marcy ? Ce n'est pas toi ! s'insurge Jeremy, visiblement surpris par ma réaction.

Elsa lui fait les gros yeux et le pince, pas discrètement du tout, mais il ne semble pas comprendre.

– Tu as raison, Jeremy, je n'ai pas souvent été moi-même. J'ai laissé tout le monde me dire ce qui était bien ou mal, ce que je devais faire ou ne pas faire, j'ai fait comme vous, j'ai jugé sans savoir et, aujourd'hui, j'ai honte de l'avoir fait. Maintenant, vous me critiquez parce qu'on m'a aperçue avec quelqu'un qui ne fait pas partie de notre liste de personnes respectables. Est-ce que je vais en être rayée moi aussi ?

Ma voix n'a pas tremblé, je n'ai pas baissé les yeux, je suis fière de leur avoir tenu tête. Ils ne décideront plus jamais pour moi.

– Tu es notre amie, on s'inquiète, se défend Nataly.

– Tu as une drôle de façon de t'inquiéter.

– C'est vrai, pardonne-moi, souffle-t-elle, gênée, en me caressant le bras affectueusement.

Mais ce contact est douloureux, il me rappelle qu'ils ne peuvent pas comprendre, qu'ils ne me connaissent pas vraiment. C'est de ma faute aussi, je ne leur ai rien révélé de l'enfer de mon quotidien, je les ai bernés de ma prétendue assurance. Je leur ai menti pour qu'ils m'apprécient, je croyais qu'ils me rendraient plus forte, que la religion me rendrait plus forte, j'avais tort, ce n'était qu'une illusion. La religion ne m'a apporté qu'une simplicité illusoire, des règles faciles à suivre, un but à atteindre, mais ce n'est pas ça la vie. La vie est compliquée, elle est cruelle et ambiguë. Et j'ai fini de fermer les yeux sur la réalité du monde.

– Tu sais quoi, Nataly, tu devrais arrêter de te demander si ce que tu fais avec ton petit copain est bien ou mal, parce que ça ne concerne que toi. Tu devrais en profiter avant que lui aussi ne se lasse de te voir jouer avec ses désirs, je déclare avant de quitter la pièce.

Mais à peine la porte passée, j'ai envie de pleurer, de m'effondrer, je ne veux pas qu'ils découvrent que je suis brisée, qu'il m'a brisée. Et ce n'est pas Steve que je cherche à protéger, c'est mon amour-propre !

– Attends, crie Elsa derrière moi, alors que j'ai déjà atteint la rue.

Je me retourne et lui souris, pourtant j'aurais dû fuir et l'ignorer. Ce n'est pas ce que font ceux qui se moquent de l'opinion des autres ? J'ai des progrès à faire de ce côté-là ! Avant qu'elle ne parle, je commence :

– Je ne viendrai plus, je n'ai plus ma place parmi vous.

– Bien sûr que si, Marcy ! Sans toi notre groupe n'est rien, ce n'est pas toi qui as besoin de nous, c'est nous qui avons besoin de toi, et aujourd'hui plus que jamais. Reviens, je t'en prie !

– Je fais n'importe quoi ! Je ne sais même pas où je vais.

Et c'est la vérité, je suis perdue. Steve m'a propulsée dans le monde réel, dur et cruel, et m'y a abandonnée sans aucun repère. Ici, la notion de bien et de mal est ambiguë et je suis désorientée.

C'est un peu comme de déménager dans un nouveau pays et d'avoir du mal à en assimiler les coutumes, je ne comprends pas ce qu'on attend de moi.

– Parce que tu crois que nous savons où nous allons ? Nous sommes comme toi, nous voulons juste faire les bons choix, plaire à Dieu, tente de me convaincre Elsa.

Et ça marche, parce que je suis toujours aussi malléable, toujours aussi influençable. Il faut vraiment que j'arrête.

– J'ai besoin de réfléchir, mais je serai avec vous la semaine prochaine, je lui promets.

Maintenant, je vais passer prendre Tara à la danse, vérifier que ma mère a acheté de quoi manger pour quelques jours, m'écrouler sur mon lit et pleurer jusqu'à mourir de déshydratation. Je suis vraiment faible.

– Tu veux en parler, insiste-t-elle en me retenant par le bras.

Elle n'a pas compris que je refuse de l'évoquer, que je ne désire qu'une chose, l'oublier.

– Il se moque de moi, j'avoue, alors que j'avais décidé de me taire.

Irrécupérable !

– C'est évident qu'il tient à toi, il ne te quitte pas des yeux.

Elle veut vraiment m'achever, elle s'imagine que c'est ce que j'ai besoin d'entendre. Je l'ai vu avec une autre fille !

– Mais il préfère les seins de l'équipe des pom-pom girls, les fesses avec des minishorts et les longues jambes sans collant, j'ironise en tentant de dégager mon bras de sa poigne de fer.

Qu'est-ce qu'elle fait comme sport déjà ?

– Ce ne sont que des rumeurs ! Il faudra du temps aux gens pour comprendre qu'il a changé, mais moi j'y crois, il a changé pour toi, Marcy.

– Tu es encore tellement naïve, Elsa, je raille en parvenant à récupérer mon bras qui doit avoir gardé la trace de ses doigts.

Pourquoi me comporter ainsi avec elle, alors qu'elle essaie juste de me remonter le moral ? Mais ça fait du bien d'en parler à quelqu'un et, pour une fois, je me sens moins seule. Il faut être honnête, Elsa est une amie géniale, alors au lieu de déguerpir, je demande :

– Ça a l'air de bien se passer avec Jeremy ?

– Oh oui, si tu savais ! Il est tellement gentil, tellement attentionné et si on est ensemble, c'est grâce à toi, s'enthousiasme-t-elle.

Mais mon cœur proteste violemment à chacun de ses mots. Lui aussi, il veut qu'on le cajole, le bichonne, il veut les bras de Steve. Quel idiot !

29

STEVE

Marcy m'a évité le reste de la semaine. Pourtant j'ai tout essayé : m'installer à sa table habituelle à la cantine, l'attendre à la sortie de ses cours et à la sortie du lycée, mais elle a continué de m'ignorer. Elle quittait la pièce quand j'arrivais, trouvait un autre interlocuteur lorsque je m'approchais, et chacun de ses regards fuyants était un coup de plus à mon cœur déjà en lambeaux. Je ne supporte plus de la voir si distante alors que nous avons été si proches, et penser que mon passé est seul responsable de cette situation m'anéantit. Pourquoi a-t-elle accepté mon amitié si elle n'en veut pas ? Je suis devant chez elle et je ne sais même plus ce que je fais là. Cette soirée va être l'enfer, je n'aurais jamais dû l'inviter. Qu'est-ce que j'espérais ? Il est évident que mon unique chance s'est volatilisée.

Je suis presque surpris de découvrir que Marcy s'empresse de sortir à peine je me suis garé. Quant à sa mère, elle ne semble pas aussi contrariée que d'habitude. Je crois qu'elle commence à s'habituer à me voir ou bien sait-elle déjà que sa fille a fait une croix sur moi ? Pourtant, pas besoin d'être devin pour comprendre qu'elle n'approuve pas que Marcy me côtoie. Sa froideur est éloquente, mais je m'en moque du moment que Marcy accepte de passer un peu de temps avec moi. C'en est presque surréaliste après la semaine qui vient de s'écouler.

Je l'observe alors qu'elle se dirige vers mon 4x4. Elle a opté pour une tenue confortable qui ne laisse rien deviner de son superbe corps. Son message est très clair, ce soir, elle ne cherche pas à me séduire. Inutile de préciser que je suis déçu, même si je m'en doutais un peu après son attitude des derniers jours. Je pensais même qu'elle refuserait de m'accompagner. Qu'est-ce que Marcy attend réellement de cette soirée ? Comme j'aimerais qu'elle comprenne que je peux aussi être un mec bien ! Mais même moi, j'ai du mal à y croire. Dire qu'elle était à moi il y a une semaine de ça, qu'elle avait confiance. Les autres, le lycée et mon passé ont tout détruit, il faudrait que je m'enferme avec elle le restant de nos jours pour avoir une chance.

Elle évite mon regard et n'a pas prononcé un seul mot depuis que je l'ai récupérée, alors je demande pour alléger l'atmosphère :

– Ta journée s'est bien passée ?

– Euh… oui… ça va.

C'est mal barré ! Finalement, après un silence interminable, elle ajoute :

– Et toi ?

– La mère Salomon m'a postillonné dessus tout le cours parce que j'étais en retard et qu'il ne restait plus que la place en face d'elle. À midi, j'ai réussi à convaincre Léa Withmore que le parmesan de ses pâtes était en réalité les pellicules de la vieille Sophie de la cantine. Je dirais : plutôt mitigé !

– C'est dégueulasse, proteste-t-elle en éclatant de rire.

J'adore son rire, c'est la plus belle chose qu'il m'ait été donné d'entendre, et je me rends compte que Marcy ne rit pas souvent. C'est décidé, je vais m'employer à provoquer ce son magnifique au moins une fois par jour.

– Je croyais que tu allais me gronder, je précise en me garant sur le parking du bowling.

– J'ai renoncé, tu es irrécupérable ! réplique-t-elle d'un ton léger.

Son sourire s'efface instantanément, comme si elle prenait conscience maintenant de la portée de ses mots. Ça fait mal, putain que ça fait mal ! C'est donc ce qu'elle pense, que je ne changerai jamais, c'est sans doute pour ça qu'elle s'est éloignée de moi. Mes poings se crispent sur le volant pour retenir une irrépressible envie de cogner. Elle quitte l'habitacle sans me regarder. Il faut que je garde mon calme, il le faut ! Ce soir, je dois être convaincant, elle ne me laissera pas me planter une fois de plus.

Je la rejoins à contrecœur alors que tout mon être me supplie de décamper.

– Désolée, souffle-t-elle, à peine audible.

Je la retiens par le bras pour l'obliger à me faire face.

– Je peux changer Marcy, j'ai déjà commencé. Je croyais que tu t'en étais rendu compte, j'insiste en caressant son coude avec le pouce comme si ce simple geste avait le pouvoir de tout arranger.

Son visage se couvre d'une multitude d'émotions : confusion, gêne, frustration, colère… J'ignore juste laquelle domine. Elle ouvre la bouche à l'instant même où Paul se pointe avec sa copine. J'aimerais leur dire de déguerpir, mais ça ne m'aidera pas à prouver mes efforts, alors je leur souris et les salue aussi aimablement que possible.

Nous gagnons ensemble l'intérieur du bowling. Je tente de rester proche de Marcy, mais elle se crispe un peu plus chaque fois que nos corps se frôlent. Je sens bien qu'elle voudrait s'éloigner, mettre de la distance entre nous, mais elle n'en fait rien.

La moitié des gars de l'équipe sont déjà présents avec leurs copines. J'essaie de participer aux conversations, mais j'ai du mal, et Marcy paraît aussi mal à l'aise que moi. Lentement, j'effleure ses doigts pour lui faire comprendre que j'aimerais glisser ma main dans la sienne, mais elle ne réagit pas, alors je renonce. Elle semble toujours contrariée, pourtant je n'ai rien dit de contrariant. Je ne comprends plus rien à ses réactions.

Je la sens qui se fige lorsque Josh arrive, pressé contre une Sandre très en forme, et je culpabilise de m'en réjouir alors que Marcy en souffre visiblement. J'aimerais tellement retrouver notre petit groupe uni, mais entre le mal que j'ai fait à mon meilleur pote et ce qu'il a fait à Marcy, aucune chance. Ils nous rejoignent et elle en profite pour s'éclipser avec la copine de Paul. Je la suspecte de vouloir éviter les amoureux et sans doute moi par la même occasion. Je ne peux pas vraiment lui en vouloir !

Les gars distribuent des bières tandis que les filles discutent un peu à l'écart. C'est étrange de voir Sandre se fondre dans la masse. Josh remarque mon coup d'œil à sa copine et je demande avant qu'il ne se vexe :

– On dirait que ça se passe bien pour vous deux ?

Il me détaille, visiblement surpris. Honnêtement, je le suis aussi, même si je m'étais promis de faire des efforts, je ne pensais pas que ça pouvait être si facile.

– Tu nous couves quelque chose ? me taquine-t-il.

– Arrête, Josh ! Je suis content pour toi, c'est tout. Ça fait trop longtemps que tes couilles réclament un peu d'attention, j'ai cru qu'on allait devoir te les couper avant qu'elles ne bleuissent.

Bon OK, pas si facile que ça en fin de compte !

– Tu m'as fait peur, mec. J'ai cru un instant que Marcy avait réussi à te remettre dans le rang. Ne change jamais pour une fille, Steve.

– Je ne peux quand même pas rester éternellement ce gars-là.

– Tu n'as peut-être pas beaucoup d'efforts à faire, précise-t-il sans quitter des yeux sa nouvelle copine.

Ce mec est complètement accro ! Mais ce ne sont pas ses regards salaces qui me perturbent le plus, ce sont ses mots.

– Tu le penses vraiment ?

– On ne serait pas potes si tu étais ce salaud qui se pointe parfois. On se marrait bien avant que tu ailles en pension.

Et il a raison. On était toujours fourrés ensemble, on faisait les quatre cents coups tous les deux, jusqu'au jour où je me suis fait choper. Je n'oublierai jamais l'énorme rat mort qu'on avait trouvé derrière chez lui et qui s'est malencontreusement retrouvé sur le paillasson de la vieille Rosy, la voisine de Josh. Ça aurait pu être drôle, j'avais la caméra en main, prêt à tout filmer, mais cette garce m'a repéré et a appelé les flics. Josh voulait se dénoncer, mais je l'en ai empêché, sa mère est bien plus sévère que la mienne. Si j'avais su qu'elle m'enverrait en pension pour ça, enfin, ça et toutes les autres bêtises avant, je l'aurais laissé partager la punition. Mais savoir qu'il aurait pris ma place entre les griffes de la directrice, je n'aurais pas supporté. Parfois, j'aimerais lui raconter ce qui m'est arrivé, j'aimerais qu'il sache, il est mon ami, mais j'ai peur de dévoiler mes faiblesses.

Soudain, des cris retentissent et tout le monde se tourne vers la rangée de tables en face des pistes. Sandre est debout sur l'une d'elles, elle gesticule et hurle gaiement sans se soucier de porter une jupe un peu trop courte.

– Eh, les gars ! Marcy pense que le nombre de fois où vous fourrez votre bite n'est pas important dans une relation durable.

Bon sang, cette gonzesse est incroyable, un vrai bulldozer qui renverse tout sur son passage ! Je devrais faire comme elle, réduire en cendres tout ce qui ose se trouver sur mon chemin, comme ça Marcy serait à moi. Josh se précipite alors que des encouragements salaces résonnent un peu partout, et je réalise que c'est Marcy qui vient de se faire broyer par les chenilles du char de Sandre. Elle raille de plus belle alors que Josh arrive à sa hauteur :

– Tu vois, la prochaine fois que tu auras envie de me faire chier, tu repenseras à cet instant mémorable où tous les mecs ont déclaré leur amour éternel à ma chatte.

– Sandre, tu fais quoi ? hurle Josh, fou de rage.

– Josh chéri, minaude-t-elle, un petit tour dans les vestiaires, ça te tente ?

Nom de Dieu, cette fille est dingue ! Comment peut-elle continuer de piétiner quelqu'un déjà à terre ? En réalité, je le sais, je le sais parce qu'on est pareils et que c'est exactement ce que je fais. Faire souffrir les autres pour taire sa propre douleur. J'aimerais lui dire que ça ne sert à rien parce que je l'ai compris maintenant, mais je sais qu'elle ne m'écoutera pas, comme je n'écoute personne la plupart du temps.

Incapable de repérer Marcy, je panique, j'ai peur de l'état dans lequel je vais la trouver. Je bouscule tout le monde sans ménagement et je l'aperçois, les yeux baissés, les joues rouges. Je donnerais n'importe quoi pour effacer cette expression de son visage. Sans hésitation, je glisse une main dans son dos en me rapprochant. Son magnifique regard se tourne vers moi, plein de reproches, et il m'intime de ne pas faire un pas de plus. J'ai soudain la sensation d'être responsable de ce qui vient de se produire. Marcy ne me ferait pas ça, ce n'est pas son genre de reporter sa colère sur autrui. Pourtant, c'est bien ce que semble faire son regard horrifié, me reprocher ce qui vient de se passer.

– Pourquoi tu te donnes en spectacle ? murmure calmement Josh en obligeant Sandre à quitter son piédestal.

– Tu savais que ta pimbêche pense que tu préfères avoir les bourses pleines, s'acharne-t-elle, ignorant sans doute que Marcy ne veut plus le récupérer, qu'elle ne le désire plus.

Enfin, c'est ce que j'espère, même si je ne suis pas capable d'en profiter. De nouveau, j'observe Marcy, mais elle ne fait rien, elle ne réagit pas, elle ne se défendra pas. Bon Dieu, mais elle ne peut pas se laisser traiter ainsi. Et Josh qui prend sa défense, c'est pathétique :

– Et c'est une raison pour la ridiculiser ?

– Vas-y, tu attends quoi ? Elle ne demande que ça ! Je suis sûre qu'elle non plus n'aurait rien contre un petit tour dans les vestiaires.

Ça sent le carnage ! J'empoigne Marcy sans lui demander son avis et je déclare, en l'entraînant le plus loin possible de cet enfer :

– Enfin, Chérie, quand il s'agit de sexe, c'est à moi qu'il faut demander. Viens, Bébé, je vais te dévoiler toute l'étendue de mon savoir.

Elle me suit sans me regarder, sans dire un mot. Je voudrais savoir ce qu'elle pense. A-t-elle compris qu'elle n'avait pas le choix ? Elle ne dit toujours rien alors que je referme la porte des vestiaires derrière nous. Elle s'écarte à peine lorsque nous nous retrouvons seuls et s'adosse au mur en semblant attendre.

– Est-ce que j'ai bien fait ? je lui demande, hésitant, en engouffrant mes mains dans mes poches pour me retenir de la toucher.

Je meurs d'envie de la rassurer, d'effacer ces instants de honte.

– J'aurais préféré un sauvetage qui ne m'inclut pas d'office à ton tableau de chasse, répond-elle froidement.

Décidément, elle veut m'achever aujourd'hui.

– OK, je vois. Donc, on fait quoi ? Tu préfères rapide ou on prend notre temps, histoire qu'ils se disent que tu dois être un coup exceptionnel.

– Je m'en moque tant que tu gardes tes distances.

– Bordel, Marcy ! Je croyais que tu voulais qu'on soit amis, je n'ai rien fait que tu ne m'aies demandé, je n'ai rien fait pour être traité comme de la merde, putain !

Je fais un pas vers elle, mais elle recule, terrifiée, comme si je pouvais la blesser. Moi qui pensais que cette soirée pourrait nous rapprocher un peu, c'est raté. Une fois de plus, la vie a prouvé que la terre entière était contre nous, et Marcy a renoncé à lutter. C'est stupide, mais je suis déçu, je croyais que ce qui s'était passé entre nous avait de l'importance.

– Non, c'est vrai, tu n'as rien fait, j'ai juste réalisé que tu n'étais pas mon genre de fréquentation, précise-t-elle après une hésitation interminable.

– Et moi, je pensais que tu n'étais pas assez conne pour avoir un genre de fréquentation, je riposte alors qu'elle quitte le local et se précipite vers la sortie.

Encore une horreur qui n'aurait jamais dû sortir de ma bouche. Il faut vraiment que j'arrête de dire n'importe quoi. Mais même si je changeais, est-ce que Marcy voudrait de moi ?

Je m'assure qu'elle rentre bien chez elle, même si elle refuse de monter avec moi, et je finis par échouer devant l'entrée des Donnell. Je n'ai pas le temps de m'apitoyer sur mon sort que Sandre est déjà à mes côtés.

– Désolée, grimace-t-elle en s'installant à côté de moi dans sa tenue de camouflage.

C'est tellement inhabituel de l'entendre s'excuser que je savoure cet instant avant de me plaindre :

– Tu peux, tu m'as gâché ma soirée.

– Tu sais très bien qu'on ne se débarrasse pas si facilement de ses mauvaises habitudes, ironise-t-elle.

Revoilà la rebelle, celle qui ne se gêne pas pour me renvoyer mes faiblesses en pleine tronche ! Si elle savait dans quel état j'étais les premières semaines, elle n'hésiterait pas à m'achever. Ses textos provocateurs de l'époque étaient bien loin du compte. Quand je repense au nombre de fois où je devais me masturber pour me sentir mieux, j'en suis malade. J'ai encore envie de sexe bien sûr, mais cette envie ne me semble plus malsaine, je suis juste un mec normal qui meurt de désir pour une fille merveilleuse.

– Si j'ai pu le faire, pourquoi pas toi ?

– Tu es bien plus fort que moi, Steve.

– N'importe quoi ! Tu as vu comme tu as terrassé Marcy ce soir ? je contre, en tentant de dissimuler ma rancœur.

Il faut être honnête, je préférerais lui foutre mon poing dans la gueule que de remettre cette discussion sur le tapis. Elle s'est comportée comme une garce et Marcy s'est pris de plein fouet ses appréhensions ridicules. Mais Sandre a su aussi me montrer la voie, rassurer mes doutes, alors je souhaite en faire tout autant pour elle.

– Tu sais très bien que c'est la solution de facilité. En plus, avec Marcy, c'est d'une simplicité…

– Tu as vraiment envie de te retrouver avec un œil au beurre noir ? je grogne en me crispant pour que mes mains n'agissent pas malgré moi.

Dans sa situation, j'aurais certainement dit et fait la même chose. Je serais capable de tout détruire entre Josh et moi si je savais que ça me donnait une chance d'avoir Marcy. Je ne vaux pas mieux qu'elle ! Seule Marcy est différente, elle mérite qu'on la traite convenablement. J'ajoute plus calmement :

– Après tout ce que tu lui as fait, elle t'aiderait encore si tu lui demandais.

Sandre grimace et j'imagine l'espace d'un instant que j'ai réussi à la toucher, mais une fois de plus, elle choisit de me provoquer. Peut-être qu'elle veut vraiment que je la frappe ? Ou essaie-t-elle de se prouver qu'elle n'est pas digne de mon pote ? Ça ne m'étonnerait pas d'elle. Pauvre Josh !

– Et c'est ce que tu as fait ? Tu as profité de ses faiblesses pour l'amadouer ?

– Je lui ai aussi offert les miennes.

– Alors, qu'est-ce qui n'a pas fonctionné ?

Je me contente de hausser les épaules, parce que je n'ai pas envie de lui avouer que je suis juste un minable qui ne peut pas plaire à une fille comme Marcy. Et, comme elle l'aurait fait, je lui renvoie la balle :

– Si tu brises le cœur de mon pote, je ferai subir le même sort à tes jambes.

30

MARCY

Vous savez ce qu'est une soirée pourrie, tout le monde en a déjà vécu une dans sa vie. Mais aujourd'hui, ça bat tous les records. Je viens de passer une heure à marcher dans la nuit. Une heure, suivie par un abruti dans un énorme 4x4 noir. Un abruti qui m'a retourné la tête, que je devrais fuir et qui, pour couronner le tout, n'a pas pu s'empêcher de commenter chacun de mes pas : « Tu serais mieux assise à côté de moi », « Je ne dirai pas un mot, mais viens, je vais te raccompagner », « Tu vas en avoir pour des plombes, tu es encore loin », « J'ai compris le message, t'inquiète. Je suis con, mais pas à ce point », « J'en ai marre de rouler à deux à l'heure », « Putain, Marcy ! », « On peut quand même partager une voiture », « Je suis désolé, je me suis emporté, allez monte »…

J'aurais voulu lui demander pourquoi il s'excusait, mais je refuse de lui adresser la parole. Il m'a fait passer pour une fille facile, une idiote qui ignore tout de ses travers. Quand je pense que je lui avais déjà donné mon cœur, après seulement deux jours, et qu'il l'a piétiné sans scrupule.

Il a fini par se taire, mais n'a pas accéléré pour autant. Il a attendu que j'arrive au bout de mon allée pour s'éloigner, mais maintenant que je suis seule, je regrette.

Je viens de me rendre compte que je n'ai pas mes clés et que, vraisemblablement, mes parents ont oublié que j'étais sortie. Après avoir fait deux fois le tour de la maison, je panique. Si je frappe, ma mère va s'inquiéter, elle risque aussi de me faire la morale et de reprocher à Steve de n'être pas resté avec moi. C'est un salaud, mais je déteste qu'elle ne puisse pas comprendre qu'il ne se comporte pas ainsi sans raison.

Et voilà, je lui trouve des excuses, je suis pathétique. Comment ai-je pu penser un seul instant qu'il changerait pour moi ? Et comment peut-il sembler si sincère quand il me ment aussi effrontément ?

J'aimerais comprendre ce qui le pousse à agir ainsi, mais je n'y arrive pas. Pour ne plus souffrir, pour ne plus se sentir manipulé, torturé, il a dû découvrir et expérimenter certaines choses avant même d'être prêt à les vivre. Steve a fait du sexe son arme, au point de ne plus pouvoir sans passer, d'en avoir besoin pour exister, pour se sentir fort. Et même si ses sentiments pour moi sont bien réels, je ne pourrai jamais lui apporter ce dont il a besoin. Il est tout, il désire tout ce que je ne suis pas.

Si je panique devant ma porte, c'est à cause de lui. Parce que je viens de réaliser que je suis incapable de lui faire du mal, de le détester. Chaque fois que je pense à lui, je revois son corps mutilé, je retrouve la sensation de ses marques sur mes doigts, sur ma bouche. Je voudrais les toucher encore, jusqu'à ce qu'elles ne soient plus qu'un lointain souvenir. J'espère, à certains moments, être capable de panser ses plaies, de soigner son âme meurtrie et, à d'autres, je déteste penser ça, alors qu'en ce moment c'est bien moi qui subis les faiblesses de son esprit tourmenté.

Je devrais vraiment chercher à rentrer plutôt que de penser à lui. Je parie que lui ne pense à moi que pour se masturber. C'est dégueulasse ! Dire que j'ai adoré le voir faire ! Il faut que j'arrête d'y songer.

De nouveau, je contourne la maison comme s'il était possible qu'une issue apparaisse comme par magie. Je ne peux pas réveiller Tara, elle serait capable d'ameuter tout le quartier. Du haut de ses sept ans, elle n'a pas encore le sens de la discrétion. Je ne peux pas lui en vouloir.

Soudain, je remarque que la fenêtre de ma salle de bains est restée entrouverte après ma douche. Elle est un peu haute, mais mon père a garé son vieux pick-up juste en dessous. Je grimpe sur le capot, me faufile sur le petit toit du préau et, après quelques contorsions, me retrouve dans la douche trop étroite. Comme si ma soirée n'avait pas été suffisamment éprouvante, je perds l'équilibre et me rattrape de justesse au robinet qui s'ouvre et m'inonde d'eau glacée. Je retiens un juron en m'empressant de le refermer, mais ce n'est pas fini, mes péripéties se poursuivent alors que je me croyais en sécurité : je me tourne pour récupérer une serviette et manque trébucher en me retrouvant nez à nez avec ma mère.

– Pourquoi es-tu mouillée ? Il ne pleut pas.

– L'arrosage automatique des voisins…

– Tu es rentrée par la cuisine ? Je ne t'ai pas entendue arriver.

– Je n'ai pas fait de bruit, je ne voulais pas réveiller papa et Tara.

Ses mains se posent alors sur ses hanches et je devine que la suite ne sera pas belle à entendre, ma mère peut se révéler cruelle dans les pires moments.

– Marcy Élisabeth Shepard, ne me mens pas. Ta clé est restée sur ton bureau et ton père a fermé la maison avant d'aller se coucher.

– Vous m'avez enfermée dehors sciemment ? je siffle, sans parvenir à dissimuler ma colère.

Pour une fois que le traître rentre avant moi, c'est bien ma veine !

– Marcy, on s'inquiète depuis que tu as décidé de fréquenter Steve Marchal, murmure-t-elle. Nous avons besoin de savoir si tu es toujours notre petite fille Chérie, si honnête, si dévouée, si droite…

Sa réponse me blesse, me blesse tellement. Est-ce que j'ai tant changé au contact de Steve ? Est-ce qu'il est si néfaste pour moi ? J'ai juste évolué, j'en avais besoin. Je veux bien que mes parents n'aient pas envie de me voir grandir, mais il était peut-être temps d'ouvrir les yeux, et je ne regretterai jamais que Steve l'ait fait.

– Il semblerait que non, je souffle sans doute aussi déçue qu'elle, mais comme je refuse de perdre sa confiance, je poursuis : Je me suis fâchée avec Steve. Je suis rentrée à pied et comme je ne voulais pas que tu penses que c'était de sa faute, parce que ce n'est pas le cas, je me suis glissée par la fenêtre de la salle de bains.

– Bien, je préfère ça, précise-t-elle avant de disparaître, me laissant seule avec ma vie en miettes.

À cet instant, j'aurais vraiment besoin d'un câlin, mais elle ne semble pas très disposée à me réconforter. Son attitude de ces derniers jours annonce le pire. Et je suis terrifiée à l'idée de revivre encore une de ces périodes compliquées où elle ne fait plus rien que contempler le néant, où elle ne s'habille qu'en fin d'après-midi. Le strict minimum pour que mon père ne réalise pas qu'elle a perdu goût à la vie.

Je récupère une serviette pour me sécher et attrape mon vieil ours en peluche qui devrait pouvoir combler une infime partie du manque qui grandi désespérément dans ma poitrine.

Le lendemain matin, après une nuit horrible et un petit déjeuner avalé de force, ma mère semble toujours fâchée. Elle me regarde débarrasser la table en silence et oblige Tara à retourner dans sa chambre, tandis que mon père me fait signe de le suivre dans le jardin. Elle l'a convaincu de me faire la morale ? Sérieusement, elle pense que je vais l'écouter ! Elle ne sait pas qu'il ne compte plus pour moi. Comment un homme comme lui pourrait-il être un modèle ?

Je quitte la pièce à contrecœur et m'assieds sur la balançoire à l'écart de la maison, alors qu'il est déjà installé sur le banc en pierre et m'indique la place à ses côtés. Il grimace en me regardant faire, sans doute croyait-il que j'allais m'asseoir près de lui et me blottir dans ses bras. Quelle naïveté ! Je l'observe en attendant qu'il parle. Il est comme toujours impeccable, aujourd'hui il a opté pour un jean et un polo griffés, ce qui signifie qu'il n'a pas l'intention de sortir. Il lui arrive parfois de travailler quelques heures le samedi, mais visiblement pas celui-ci.

– Ta mère voudrait que je te parle des garçons, déclare-t-il, alors que je rajuste ma robe un peu trop courte.

Mes parents, enfin surtout ma mère, sont très stricts pour ce qui est de ma garde-robe. Ça peut paraître étrange, mais même quand elle est amorphe, ma mère ne manque jamais de me faire une remarque si une tenue ne lui plaît pas.

– Et qu'est-ce que tu pourrais bien me raconter de si intéressant à leur sujet ? je le provoque en frissonnant déjà à l'idée qu'il s'emporte.

Mais il reste calme.

– Est-ce que je pourrais d'abord savoir où tu en es avec Josh Anderson ou… Steve Marchal ?

Sa question me surprend, mon père ne s'est jamais vraiment intéressé à ma vie privée et s'il adorait discuter avec Josh, notre relation ne semblait pas lui plaire plus que ça.

Ma mère en revanche était bien plus enthousiaste de nous voir ensemble et, pourtant, Dieu sait qu'elle redoute que je m'engage trop vite ! Alors, pourquoi cet intérêt soudain ? Et venant de lui, ça m'énerve plus encore.

– Que me conseilles-tu ? De les laisser me tromper sans vergogne ou as-tu plus de mal quand il s'agit de ta petite fille Chérie ? je raille en tentant de ne rien montrer de la peur qui me vrille l'estomac.

– Tu… tu es au courant ? Après ton scandale devant le pasteur, j'avais des doutes, mais… depuis quand ?

Tiens, il fait moins le malin maintenant ! Il a même du mal à me regarder. Moi, je jubile.

– Ça va faire trois ans.

– Et… tu ne nous as rien dit ? Marcy…

Sa voix est pleine de regrets, mais moi je bous et je ne veux rien entendre de ses excuses ridicules.

– Est-ce que tous les hommes sont comme toi ? je le coupe.

– Ma Chérie, non, ne pense jamais ça ! Tu aurais dû nous en parler, nous t'aurions expliqué.

Il me prend pour une idiote, il s'imagine encore pouvoir jouer les hommes parfaits, alors que je viens de sérieusement égratigner son costume de héros.

– Vous me croyez vraiment naïve à ce point ! Mais, t'inquiète, maman t'a bien défendu, je riposte, amère.

– Tu en as discuté avec elle ? Et qu'est-ce qu'elle t'a dit au juste ?

La douleur de la trahison vient de se retourner contre lui, lui qui pensait que sa petite femme Chérie ne lui cachait rien, lui pardonnait tout. Mon père semble soudain plus vieux, fatigué, je n'avais jamais remarqué que les rides autour de ses yeux et sur son front étaient si marquées, mais je m'en moque, je l'écraserai sans scrupule. Il le mérite !

– Elle m'a raconté à quel point les hommes étaient pervers et dirigés par leurs hormones. Pourquoi, ça t'étonne de sa part ? j'exulte.

– Et c'est tout ? bafouille-t-il, estomaqué.

– Qu'est-ce que tu veux qu'elle m'ait dit d'autre ? Il n'y a rien qui puisse excuser ton attitude.

Je n'ai jamais vu mon père comme ça, suffoquant, à deux doigts de l'arrêt cardiaque, je l'imaginais plus fort, plus fier. Il a l'air dévasté, anéanti par la triste vérité, il ne croyait quand même pas pouvoir nous mentir éternellement. Un jour, Tara aussi saura la vérité.

– Marcy… ta mère ne veut pas que je t'en parle, mais la vision que tu as des hommes… je ne peux pas te laisser penser ça… Je ne suis pas le monstre que tu penses.

Mais bien sûr ! C'est facile pour lui de se bercer d'illusions, d'ignorer le mal qu'il lui fait, il n'est jamais là, il préfère se noyer dans le travail et les aventures sans lendemain plutôt que d'assumer ses actes, de s'occuper de sa famille.

– Non, tu n'es qu'un pauvre mâle contrôlé par des pulsions destructrices, je crache, ne redoutant plus de lui manquer de respect.

– Ma Chérie… j'aime ta mère plus que tout, mais elle ne peut pas… elle ne peut pas faire l'amour.

De pire en pire !

– Et Tara et moi, on est les petites sœurs de Jésus. Je suis croyante, mais quand même pas à ce point !

– Je ne cherche pas à me moquer de toi, Trésor. Tara et toi êtes les plus belles choses qui nous soient arrivées, on vous a tellement désirées. Ça a été si compliqué de vous avoir… Je sais que ces choses-là devraient être simples, mais elles ne le sont pas, pour ta mère.

En quelques mots, toutes mes certitudes viennent de voler en éclats. Je suis perdue, mais de quoi parle-t-il ?

– Pourquoi ? Maman ne pouvait pas avoir d'enfants ? je l'interroge.

– Ta mère n'a aucun problème, enfin pas à ce niveau-là, vous êtes d'elle autant que de moi. C'est juste qu'elle… ça la fait souffrir d'être intime avec quelqu'un.

Là, mes pensées devraient s'emballer, mais ce n'est pas le cas. Rien de cohérent ne me vient et je bredouille, incapable de faire autrement :

– Pou… pourquoi ?

– C'est difficile à avouer… J'aurais voulu que Lynda t'en parle elle-même, mais elle ne s'en sent toujours pas capable. Tu te souviens qu'elle a perdu très jeune ses parents et que son oncle l'a hébergée…

Mes grands-parents ne sont jamais rentrés du voyage qui célébrait leur dixième anniversaire de mariage. Leur avion s'est écrasé. Ma grand-mère était enceinte de son deuxième enfant, et ma mère n'avait que cinq ans. Je sais qu'elle a aussi des cousins et une autre tante, mais je ne connais personne de sa famille, elle ne leur parle plus depuis des années et refuse qu'on aborde le sujet. Je hoche la tête pour qu'il poursuive, j'ai soudain besoin de savoir où il veut en venir, même si je redoute la suite.

– Elle a vécu un calvaire pendant plus de dix ans. Il… il abusait d'elle. J'aime ta mère, Marcy, je l'aime plus que tout. J'aurais tant voulu que nous traversions cette épreuve ensemble, mais elle ne peut pas, elle n'y arrive pas. Nous avons tout essayé. Elle a tellement souffert, j'avais l'impression de lui infliger les mêmes tortures que lui, ça me rendait malade. Il l'a terrorisée, l'a manipulée pendant si longtemps, elle en fait encore des cauchemars. J'ai essayé d'y aller doucement, je voulais qu'elle me désire et c'est le cas, mais ce sentiment la fait souffrir. On a tenté de poursuivre notre vie chacun de notre côté, mais on était trop malheureux l'un sans l'autre. Je l'aime, il n'y a qu'elle qui compte, je voulais qu'elle soit heureuse. Pendant un temps, on a été amis, mais j'avais mal de la voir s'écorcher avec d'autres hommes, je n'arrivais pas à passer à autre chose. C'est moi qui l'ai suppliée qu'on se remette ensemble, et elle a insisté pour que notre couple soit libre, pour que je ne me sente pas enfermé dans notre relation. Au début, j'ai refusé, j'ai essayé d'être abstinent, pour elle, parce qu'elle est toute ma vie, mais je ne peux pas. Ça n'empêche pas qu'elle est la seule femme que j'aime, que mes seuls instants de bonheur sont ceux que l'on passe ensemble. Je voudrais tellement être là plus souvent pour elle, pour toi et Tara, mais c'est compliqué parce que je dois travailler pour nous deux. Elle est trop fragile pour le monde extérieur. J'essaie de faire ce que je peux pour la protéger et je suis conscient que ce n'est pas suffisant, mais je n'ai pas trouvé d'autre solution pour l'épargner.

Il marque une pause et je détourne le regard pour ne pas voir les larmes qui ont envahi ses yeux. Je ne peux tout simplement pas accepter que ma mère ait souffert autant, que mon père semble si désemparé, alors que, pour moi, ce qu'il fait est juste horrible. Il a baissé les bras, il nous a abandonnées. C'était tellement plus simple de le détester avant de savoir.

– Quand ta mère a émis le désir d'avoir des enfants, j'y ai vu un nouvel espoir, je croyais que ça changerait tout. J'ai eu tort, ça a été pire, parce que nous ne le faisions pas pour les bonnes raisons. Au début, j'ai cherché des lieux romantiques, je voulais que tout soit parfait, elle a fini par me demander d'arrêter, elle culpabilisait encore plus de ne pas y arriver. Je ne veux pas que tu te sentes coupable en sachant ça, le jour de ta naissance a été le plus beau de notre vie et si tu n'étais pas arrivée, je crois que j'aurais fini par partir. Pour Tara, ça a été plus facile, car ta mère est tombée enceinte rapidement, mais ça a aussi été la dernière fois que j'ai touché son corps. Ne te méprends pas, ma Chérie, je suis très heureux avec ta mère, c'est juste que j'ai renoncé à devenir un jour son amant.

Il scrute mon visage à la recherche d'une réaction, mais je crois que j'ai arrêté de respirer et que je vais bientôt perdre connaissance. Ça explique tant de choses ! L'enfer qu'elle a dû traverser me vrille le cœur et puis, je pense à lui. Est-ce que ça le tue à petit feu de ne pas pouvoir être intime avec la femme de sa vie ? J'ai détruit mon couple avec Josh en refusant d'aller plus loin, maintenant il ne supporte même plus ma proximité, et mon père, lui, est toujours là. Il semble terrifié en attendant ma réaction, et même si à cet instant, j'admire sa force et son courage, je veux qu'il sache le mal qu'a causé son absence.

– Tu crois bien faire, mais tu te trompes. Tu crois la protéger, mais ce n'est qu'une illusion. Elle fait semblant d'être heureuse parce qu'elle t'aime, mais en réalité elle survit à peine. Ouvre les yeux, Papa, maman se noie toujours dans son passé. C'est moi qui fais les courses, qui vais chercher Tara à l'école et à la danse, qui m'assure que le dîner soit prêt, la table mise et le linge propre parce qu'elle n'y arrive plus. Je croyais l'aider en faisant tout ça, je croyais sauver notre famille, j'avais tellement peur que tu nous laisses et qu'elle soit plus malheureuse encore.

– Oh mon Dieu ! souffle-t-il en se précipitant vers moi pour me prendre dans ses bras. Tu n'aurais jamais dû faire tout ça seule, tu aurais dû m'en parler.

– Je pensais que si elle était comme ça, c'était à cause de moi, parce qu'elle avait honte que j'aie découvert qu'elle n'avait pas su te garder.

Mon père me berce doucement et je réalise que je pleure à chaudes larmes. Il me murmure des excuses en me couvrant le front de baisers, et je lui confie comment elle a tenté de se suicider alors qu'il était en déplacement professionnel. Il se crispe à chacun de mes mots, mais il ne m'interrompt pas. Quand je cesse enfin de parler, il recommence à s'excuser. Je sens dans sa voix à quel point il s'en veut et je m'aperçois que j'ai arrêté de le haïr. Le poids dans ma poitrine s'est envolé, nous sommes tous un peu coupables de ce qui s'est passé et je serais cruelle de le tenir pour seul responsable. C'est impressionnant, le mal que peuvent faire tant de non-dits.

– Comme je m'en veux, poursuit mon père, je t'ai donné une image horrible de la gent masculine, je t'ai laissée seule gérer la maison, je t'ai abandonnée quand tu avais le plus besoin de moi. Il faut… je dois arranger ça. Tu voudrais bien emmener Tara se promener, le temps que j'en discute avec ta mère ?

31

MARCY

Après un hamburger et une double ration de frites, un nombre incalculable de chutes à la patinoire et une visite au centre commercial pour dénicher la figurine rarissime qu'il manque à la collection de Tara, je la ramène à la maison. Je n'ai aucune idée de ce dont nos parents ont parlé en notre absence, des décisions qu'ils ont pu prendre sans nous, de la manière dont ils ont occupé cette journée, et plus le temps passe, plus j'imagine le pire. Lorsque je m'engage dans l'allée, la joie a aussi disparu des yeux pétillants de Tara et je me demande ce qu'elle comprend de tout ça.

– Est-ce qu'ils vont divorcer ? murmure-t-elle, comme si elle redoutait qu'ils nous entendent de l'extérieur.

– Non, bien sûr que non. (Enfin, je n'espère pas.) Pourquoi tu dis ça ?

– Sofia m'a raconté que sa tante lui avait fait faire plein de trucs sympas pour que ses parents puissent discuter tranquillement et que, lorsqu'elle l'avait ramenée chez elle, son père n'était plus là.

Je lui souris pour tenter de dissimuler mes craintes, mais ma panique m'empêche de répondre. Et retrouver nos parents côte à côte dans le canapé ne suffit pas à me rassurer. Notre mère semble retenir ses larmes, tandis que papa la serre contre lui affectueusement. J'aurais préféré rester ici, être là pour ma mère, avoir mon mot à dire sur leur choix, mais Tara est trop petite pour tout ça, et la manière dont elle se dissimule derrière moi, comme terrifiée, me le prouve. Je l'oblige à avancer d'un geste tendre et m'installe sur le fauteuil en la prenant sur mes genoux.

– Nous avons pris une décision qui pourra vous sembler extrême sur le moment, annonce enfin mon père, après nous avoir observées longuement, mais nous le faisons dans l'intérêt de notre famille. Vous vous êtes aperçues toutes les deux que maman était fatiguée depuis quelque temps. Marcy l'a beaucoup soutenue, mais elle se sent toujours épuisée et nous pensons qu'il est temps qu'elle puisse enfin se reposer convenablement. Maman a préparé son sac et je vais l'emmener dans un endroit spécialement prévu pour ça. Là-bas, il y a des gens qui seront là pour elle en permanence et elle rentrera dès qu'elle se sentira mieux. En attendant, c'est moi qui vais m'occuper de vous, je me suis arrangé avec mon patron pour pouvoir en faire un maximum de la maison et je me chargerai des courses, du linge et d'aller chercher Tara à l'école. Marcy, ma Chérie, j'aurai peut-être encore besoin de ton aide, mais je ne veux plus que tu fasses tout toute seule.

La panique a envahi les yeux de ma mère, comme si elle craignait notre réaction. Elle n'imagine pas à quel point je suis fière d'elle. Il en faut du courage pour affronter ses peurs, pour remonter une pente aussi raide que la sienne. Je redoute un instant les mois interminables que ça pourra lui prendre, mais je sais qu'il n'y a pas d'autre solution, il faut qu'elle s'en sorte, pour notre famille. Tara me lance des regards effrayés. Elle n'est pas dupe. Mon père a beau y avoir mis les formes, ils ne pourront pas tout lui cacher.

– Ça veut dire que tu es malade ? s'inquiète ma petite sœur.

– On peut dire ça, mon bébé, mais ça n'est rien de grave, la rassure ma mère d'une voix tremblante.

Je ne l'ai jamais vue aussi fragile, aussi déstabilisée, et je suis à deux doigts de la supplier de rester, mais je ne peux pas craquer, pas devant Tara. Alors, je lui demande simplement :

– Est-ce que tu es sûre de vouloir le faire, Maman ?

– Oh ma Chérie ! J'aurais dû prendre cette décision bien plus tôt. Si tu savais comme je m'en veux de t'avoir laissée assumer mon rôle, de t'avoir infligé tout ça uniquement parce que j'étais trop faible.

– Maman…

Mais elle se jette dans nos bras sans me laisser le temps de lui dire que je ne lui en veux pas, que je ne lui en voudrai jamais, que je l'aime. Elle a enduré tellement d'horreurs que je souhaite juste qu'elle soit enfin heureuse.

Tara l'aide à finir de boucler sa valise, notre mère rit même aux anecdotes que lui raconte ma petite sœur pour la divertir. Nous regardons papa poser le bagage dans le coffre et s'installer au volant, tandis que maman attache sa ceinture. Je vois bien que Tara retient ses larmes, se fait violence pour ne pas exiger qu'ils l'emmènent avec eux, alors je la prends dans mes bras. Nous restons sur le pas de la porte quand la voiture s'éloigne. Nous sommes encore là, alors qu'elle a disparu à l'angle de la rue depuis un bon moment.

– Je commande des pizzas ?

– Je préférerais des brocolis ou des épinards.

– Mais tu détestes ça !

– Ben, au moins, je ne serai pas chagrinée de ne plus en manger parce que ça me rappellera une mauvaise journée.

J'ai fini par céder, et Tara a mangé sans discuter, elle m'a même laissée lui raconter une histoire, comme quand elle était plus petite. Et je l'ai câlinée jusqu'à ce qu'elle trouve enfin le sommeil. Je suis restée longtemps à la regarder dormir, avant de me mettre à tourner en rond dans la maison.

Lorsque je l'entends se garer dans l'allée, je nous prépare deux infusions. Mon père apparaît dans la cuisine, les traits tirés, et je redoute le pire.

– Ça s'est bien passé ? je m'inquiète, en lui servant une tasse fumante.

Il se masse les tempes et semble faire un effort surhumain pour me sourire.

– Elle ne voulait pas y aller au début, mais je crois qu'elle était soulagée une fois là-bas. Elle se sentait comme un poids pour nous, c'est ce qui lui faisait le plus mal.

– Elle t'a dit ça ?

– Oui… Si tu savais comme je m'en veux de n'avoir rien vu, d'avoir cru que mon soutien seul suffirait.

Peut-être que je devrais le rassurer, mais j'en suis incapable. Il a raison, il a été aveugle, et son absence de réaction a causé beaucoup de tort à notre famille, mais maintenant je ne lui en veux plus. Je le comprends, et son regard tourmenté m'attriste plus que je ne le pensais. Il se frotte le visage, épuisé, avant de déclarer, plus déterminé que jamais :

– Je vais reprendre les choses en main. On pourrait peut-être même commencer dès maintenant. J'aimerais que tu me racontes ce qui s'est passé avec Josh. Il était si gentil, je croyais que tout allait bien entre vous.

Je ne m'attendais pas à ça, je n'imaginais pas que mon père puisse réellement s'inquiéter pour moi, en particulier aujourd'hui. Et j'ai honte d'avouer :

– Je le croyais aussi, mais il avait besoin de plus et je l'ai ignoré. Je te voyais, toi, et j'ai écouté les avertissements de maman. J'étais terrifiée à l'idée de souffrir comme elle, de commettre les mêmes erreurs que vous, alors j'ai fait n'importe quoi. Il m'a trompée, et j'ai cru que c'était normal, que toutes les femmes en passaient par là, qu'il fallait que je me batte pour notre couple. Je pensais que ses actes ne signifiaient rien, que seuls ses mots comptaient, et il me disait si souvent qu'il m'aimait !

Son regard affolé me ferait presque regretter ma franchise, mais nous devons tous arrêter de nous voiler la face. Il faut qu'enfin les choses changent, je veux nous donner une seconde chance. Et je sursaute presque en le découvrant soudain si proche de moi.

– Mon Dieu, Marcy, pardonne-moi, souffle mon père en me prenant dans ses bras. Tout ça, c'est de ma faute, s'il t'a fait du mal à cause de moi, je ne me le pardonnerai jamais. Je vais lui péter la gueule.

À cette simple idée, je ne peux m'empêcher de rire dans son cou. Je ne devrais pas me réjouir d'imaginer Josh défiguré par mon père, mais une partie de moi trouve que ce serait mérité. Et puis, je dois bien avouer que ça me réchauffe le cœur de savoir qu'un homme me défendrait envers et contre tout. J'ai enfin retrouvé le héros de mon enfance, il n'est plus le monstre que j'imaginais. C'est juste un homme comme les autres, fatigué par la vie, et qui tente de trouver un équilibre avec une femme brisée. Il me serre plus fort, et je me blottis davantage contre lui. Quand j'étais plus jeune, j'adorais son affection, mon père sait prouver son amour comme personne et, en retrouvant cette tendresse, je réalise à quel point elle m'a manqué. Et je lui dis tout, ou presque, même s'il n'est pas prêt à l'entendre, je le fais parce que j'en ai vraiment besoin et que j'ai gardé trop longtemps mes distances avec mon père. Je commence par expliquer comment Josh m'a trompée et pourquoi je lui ai pardonné, et puis j'évoque l'aide que j'ai demandée à Steve, sans rentrer dans les détails. Je lui fais promettre de ne rien dire avant d'avouer les tourments de Steve, sa peau mutilée, l'amour qu'il m'a offert pour le détruire en un rien de temps avec ses mauvaises habitudes. Mon père se crispe plusieurs fois et je vois son regard s'affoler, mais il me laisse parler et ça me fait un bien fou.

– Parfois, il faut juste du temps pour que tout s'arrange, se contente-t-il de murmurer en me serrant dans ses bras musclés.

32

STEVE

Marcy continue de m'éviter et refuse toujours qu'on soit simplement amis. Je vais devenir fou, elle ne peut pas s'éloigner après ce que nous avons partagé. La soirée au bowling a tout empiré. Elle aurait peut-être préféré que je l'abandonne aux griffes de Sandre ? Avec Marcy, je ne fais rien comme il faut, et ça m'énerve.

Elle m'évite, et je ne le supporte plus. Une semaine qu'elle ne m'a pas parlé, qu'elle se tient loin de moi. En plus, elle semble différente depuis quelques jours, plus à l'aise, plus sûre d'elle, comme si elle s'était libérée d'un poids énorme, et mon imagination s'emballe. Si c'était moi le boulet qui l'oppressait, si elle avait rencontré quelqu'un d'autre, si elle m'avait déjà oublié. Peut-être que je n'ai fait que lui montrer le chemin et qu'elle a trouvé mieux ? Mieux que moi, ce n'est certainement pas très difficile à dénicher ! Putain, je suis à deux doigts de disjoncter !

Les souvenirs d'elle ne me suffisent plus, j'ai besoin de retrouver son sourire, ses joues rougies et le contact de sa peau. Je voudrais passer du temps avec elle, rien qu'un tout petit peu, comme deux vieilles connaissances qui aiment être ensemble. Je sais, je me fais des films, mais je suis incapable de passer à autre chose.

Elle passe près de notre table et j'en profite pour la retenir par le bras.

– Tu déjeunes avec nous ?

– Elsa m'attend, riposte-t-elle froidement.

– Marcy, je croyais qu'on était amis.

– Et moi que tu n'étais pas qu'un salaud !

Et voilà la triste vérité, l'étiquette d'éternel enfoiré me colle sournoisement à la peau, et malgré tous mes efforts, je ne m'en déferai jamais. Je voudrais répliquer, mais elle s'est déjà éclipsée et Sandre en face de moi n'a rien perdu de notre échange, affichant déjà un sourire moqueur. Depuis quelques jours, elle s'installe systématiquement à notre table avec sa copine franchement coincée, mais nous ne parlons jamais en présence de Josh, alors je ne m'attends pas à ce qu'elle me réponde quand je grogne :

– Quoi ?

– On raconte partout que tu t'envoies en l'air à tout bout de champ et tu te demandes pourquoi elle garde ses distances.

Et, une fois de plus, ses mots ne sont rien d'autre qu'un bon uppercut bien placé qui vient de me mettre K.-O.

– N'importe quoi ! je m'emporte. Je n'ai pas baisé depuis des lustres, et tu le sais.

– Les rumeurs n'ont que faire de ta sale tronche d'amoureux transi.

Une folle colère s'empare de moi. La vérité est cruelle et incroyablement dure à encaisser. La messe a été dite sans moi. Voilà une expression qui prouve à quel point la religion est étroite d'esprit. Je peux toujours me crever le cul pour être un mec bien, je ne serai jamais à la hauteur. Combien de soi-disant parties de jambes en l'air sont arrivées jusqu'à ses oreilles, alors que je me branlais pour rester abstinent pour elle ?

Bordel, je vois rouge et j'ai envie de tout démolir. Mais je sais maintenant que ce n'est pas la solution, alors je me contente de m'approcher en ne regardant qu'elle. Elle qui m'a redonné espoir, elle qui m'a tout donné avant de tout me reprendre. Tous ces enfoirés de colporteurs n'existent plus !

– On peut parler ? je lui demande, en ignorant ses copines qui me détaillent bouche bée.

– Je n'ai rien à te dire, réplique-t-elle sans même me regarder.

– Moi, j'ai des choses à te dire.

Elle ne répond rien, et ses beaux yeux bleus fuient les miens, alors j'insiste :

– Je pense que tu préférerais que tes amis n'entendent pas ce que j'ai à dire.

Aucune réaction, alors je continue :

– Depuis cette soirée où tu as découvert que j'étais plutôt bien membré, aucune autre fille que toi n'a posé les mains sur moi. Et je n'ai touché que ta peau, je n'ai souri qu'à ton visage, je n'ai désiré que ton corps, parce qu'aucune autre ne compte, il n'y a que toi.

Enfin, elle me regarde, mais elle n'est pas la seule, tous les curieux se sont tournés vers nous et lorsqu'on siffle dans mon dos, elle sursaute, puis plonge le nez dans son assiette. Il ne m'en faut pas plus pour que mon sang entre en ébullition. Tous ces connards seront toujours entre nous, et ça me rend dingue.

– Y en a qui veulent participer à la conversation ? je gueule en observant les visages inquisiteurs. Allez-y ! Moi aussi, je suis curieux, qui m'a vu baiser ou sucer qui, dernièrement ?

Je parcours la foule et, soudain, tous semblent plus intéressés par leur plateau-repas que par moi, mais maintenant que j'ai commencé, plus rien ne peut m'arrêter :

– Personne ? C'est marrant, j'ai entendu dire que j'avais pas mal forniqué récemment, pourtant mes couilles ne s'en sont pas rendu compte… Alors, ils sont où, tous les petits malins qui racontent des conneries à mon sujet ? Y en a pas un qui aura le courage de se manifester ? Vous savez quoi ? Vous ne me connaissez pas, personne ici ne sait rien de moi…

Et je hurle chaque mot plus fort, comme si pour la première fois de ma vie j'avais besoin qu'ils sachent qui je suis vraiment. Je me tourne vers Marcy, parce qu'elle est la seule à me connaître, et j'insiste à mi-voix alors qu'elle est déjà rouge de honte :

– C'est ce que tu veux ? Que je me mette à nu pour toi ? Que j'offre mes faiblesses en pâture pour qu'ils sachent à quel point ils se trompent sur mon compte ? À quel point tu es importante pour moi.

J'attrape les bords de mon T-shirt, prêt à leur montrer combien je suis esquinté, comme je suis vulnérable. Oui, je me suis laissé battre jusqu'au sang, j'ai flanché et j'ai fermé les yeux en priant pour que ça cesse. Et là, je ferme encore les yeux, mais une main m'arrête. Alors, j'ouvre les yeux et je la vois. Elle a empêché mon geste, et mon cœur recommence à battre, il ne bat que pour elle, si elle savait à quel point il lui appartient. Je lui souris, c'est un signe, elle a compris, mais elle ne me rend pas mon sourire. Elle se précipite à l'extérieur sans se retourner et je la regarde me fuir sans bouger. Notre avenir ne tenait qu'à un fil, et elle l'a rompu. Ça m'enrage de voir comme les étiquettes sont tenaces ! Combien n'ont rien écouté et colporteront bientôt des horreurs déformées ? Combien n'ont écouté que pour mieux se moquer ?

– Vous n'êtes qu'une bande de vautours, je gueule en quittant à mon tour le grand réfectoire.

Je voudrais la suivre, la rattraper et tenter de la convaincre que ce n'était pas juste un show ridicule pour me faire remarquer, mais j'ignore ce qu'elle pense et je suis terrifié à l'idée qu'elle me repousse encore.

– J'ai entendu dire qu'une nouvelle salle de jeux vient d'ouvrir à Hartford, ça te dit de sécher les cours ?

Je me retourne, surpris de découvrir Josh derrière moi, me proposant de reprendre l'une des bêtises qu'on affectionnait tant avant le rat mort de la vieille Rosy.

– Ouais, je marmonne en lui donnant un léger coup d'épaule. Mais avant, je voudrais te montrer quelque chose.

S'il y a bien un mec capable de me faire oublier que je me suis rétamé en beauté pour la seule fille que j'ai vraiment désirée, c'est bien lui. Boby, c'est le meilleur, mais je crois que Josh serait d'accord pour dire qu'avec notre pote moralisateur on ne peut pas déconner. Et nous quittons le parc, alors que j'annonce qu'on prend mon 4x4.

– Si elle n'a toujours pas compris qu'on ne jette pas sans raison ses couilles en pâture pour nourrir les fauves, c'est qu'elle ne te mérite pas.

Je le regarde, estomaqué. Quelque part, je n'aime pas qu'il parle ainsi de Marcy, mais il n'a pas tout à fait tort. Il était fou d'elle, ils seraient peut-être encore ensemble si elle avait saisi plus tôt qu'un mec n'en est plus vraiment un sans sa queue. Mon cœur se brise en réalisant que je n'ai aucune chance. Ce que j'ai fait ne compte pas, Marcy n'a que faire de ma fierté de mâle.

– Depuis quand tu parles comme Sandre ? je me contente de ricaner en déverrouillant les portes.

Une fois installé, son expression change, et je redoute un instant que notre petite virée se transforme en règlement de compte. Après tout, nous n'avons encore rien réglé.

– Justement, elle m'a dit qu'il vous arrivait de discuter, précise-t-il d'un ton glacial.

Nous y sommes. En même temps, c'était plutôt surprenant qu'il accepte de reprendre nos vieilles habitudes après tout ce que j'ai fait pour l'éloigner. Mais, pour la première fois de ma vie, je vais me battre pour que ça change, je suis déterminé à m'améliorer.

– Mec, je sais que j'ai merdé, mais je veux que tu saches que je n'ai jamais eu l'intention de te la prendre.

Est-ce que j'étais convaincant ? À voir sa tête, j'en doute.

– Tu essaies de me faire croire que tu vas la voir en pleine nuit juste parce que tu l'apprécies ?

– Je n'irais pas jusque-là, ta nana est une garce, mais au moins elle est franche et ça fait du bien, je tente en vérifiant sa réaction.

– Tu l'as embrassée le soir du bal, s'emporte-t-il.

Ouais, ce n'est pas gagné !

– Et je ne l'ai pas touchée depuis. Ça n'avait pour seul but que de te faire réagir ou plutôt faire réagir Marcy. Je voulais qu'elle voie que tu ne valais pas mieux que moi, je voulais l'avoir, j'étais jaloux. Je sais que c'était minable de ma part, mais je n'ai jamais été intéressé par Sandre. Dis-moi que tu me crois, mec ?

– Je voudrais bien, mon pote.

Si on m'avait dit que c'était si douloureux, j'aurais évité de faire n'importe quoi. Non, en vrai, j'ai du mal à regretter après les instants merveilleux et trop brefs passés avec Marcy. J'ai mérité ce qui m'arrive aujourd'hui, j'ai mérité de galérer pour récupérer notre amitié.

– Mais elle, tu lui fais confiance, tu sais bien que je ne suis pas son genre et tu sais qu'elle est loin d'être le mien.

– L'amour n'a pas de genre.

Est-ce que ça signifie qu'il doute encore des sentiments de Sandre ? Est-ce que ça signifie qu'il pense que je pourrais me mettre entre eux ?

– Tu as raison, l'amour ne s'explique pas, et je suis incapable d'expliquer mon attirance pour Marcy, mais c'est elle que je veux et personne d'autre. Je sais que j'ai fait n'importe quoi pour qu'elle me remarque, mais toi aussi tu as foiré, s'il y a bien quelqu'un qui peut me comprendre, c'est toi.

Il souffle bruyamment et je redoute une fois de plus de n'avoir pas dit ce qu'il faut, d'avoir fait empirer les choses.

– C'est vrai, j'ai fait du mal à Marcy moi aussi, c'est peut-être même à cause de moi si elle ne croit pas en toi aujourd'hui. Et je ne peux m'en prendre qu'à moi si Sandre doute de ma sincérité.

– Eh mec, ne t'autoflagelle pas, tout le monde fait des erreurs, j'annonce en me garant devant le vieux cimetière de voitures.

Il me sourit, pas surpris du tout, tandis que je l'entraîne vers l'immense parc.

– C'est ici que tu récupères les pièces pour tes sculptures ? m'interroge-t-il le plus naturellement du monde.

– Yep ! Je cherche un pot d'échappement de moto, c'est parfait pour faire l'estomac. Tu m'aides ?

Et sans le regarder, je commence à fouiller les décombres. Ce n'est pas un pot d'échappement que je souhaiterais trouver mais le courage de tout lui avouer, et il me surprend en abordant lui-même le sujet :

– Puisqu'on en est à se parler franchement, je sais qu'il t'est arrivé quelque chose en pension. Quand tu es revenu, tu n'étais plus le même. Je voulais t'en parler, mais tu évitais toujours mes questions, et puis il y a eu Marcy entre nous, et j'ai perdu mon meilleur ami en cherchant à la conquérir. Je savais qu'elle te plaisait et je l'ai ignoré parce que ça m'arrangeait. Mais je n'étais pas aveugle pour autant, tu adorais le sport avant, tu adorais traîner au lac Crystal avec les potes, faire des plongeons du belvédère. On a arrêté toutes ces conneries lorsque tu es parti parce que c'était plus pareil sans toi, mais ça nous manquait à tous.

Je ne peux m'empêcher de sourire en me rappelant ces belles journées d'été avec les copains. Josh est de tous mes meilleurs souvenirs et quand je suis rentré, j'ai détesté ne plus être capable de reprendre ma vie où je l'avais laissée. Je ne pouvais pas lui dire, pas alors que les bêtises qui m'ont conduit là-bas, on les avait faites ensemble.

– Ça fait longtemps que je veux te le demander, insiste-t-il en me tirant de mes pensées. Qu'est-ce qui t'est arrivé ?

Je voudrais trouver les bons mots, mais aucun ne vient. Je déteste cette histoire, elle me rend faible et je me sens ridicule, alors je me contente de retirer mon T-shirt en précisant :

– Rien de bien exceptionnel.

– Bordel de merde ! grogne-t-il en détaillant ma peau marquée. Comment tu t'es fait ça ?

Voilà, nous y sommes ! Je contemple des débris de moteur plutôt que d'affronter son regard qui me scrute trop intensément.

– Ils ne plaisantaient pas avec le règlement là-bas.

– Merde, c'est dégueulasse !

Il s'agite en commençant des phrases qu'il ne finit pas. Il semble souffrir pour moi ou pour ce que ça a fait à notre amitié, et je me sens soudain terriblement coupable de l'avoir tenu à distance de ma vie si longtemps, alors je lui explique :

– J'avais honte de les avoir laissés m'esquinter sans broncher, j'aurais dû réagir, j'aurais dû faire quelque chose avant de finir dans un lit d'hôpital. Et même là, je n'ai pas eu le courage de dire la vérité, j'ai préféré déclarer que je m'étais éraflé en voulant escalader la clôture.

Comme j'étais naïf de croire qu'ils goberaient mes bobards, comme je me hais d'avoir été si faible !

– Tu n'étais qu'un gamin, putain ! s'emporte Josh. Je m'en veux de t'avoir laissé tout prendre seul !

Voilà pourquoi j'ai préféré perdre notre complicité, je ne veux pas qu'il se reproche ce qui s'est passé, il n'est pas responsable. Je renfile mon T-shirt avant de protester :

– Tu n'as pas le droit de te sentir coupable, c'est la dernière chose que je souhaite. Si tu t'étais dénoncé, c'est toi qui serais marqué et moi qui culpabiliserais. On n'a pas mal déconné tous les deux, mais ça, ça n'est pas de ta faute.

Il me prend dans ses bras et je sursaute, surpris, avant de répondre à son étreinte virile.

– Fini de se raconter des bobards, de se chamailler pour une gonzesse, si tu as besoin, je suis là, mec, souffle Josh en me donnant de grandes tapes dans le dos.

Et à son tour, il me parle, de toutes ces choses qu'il n'a jamais dites à personne, de toutes les erreurs qu'il a faites parce qu'il redoutait les réactions des autres, autant que moi. Si j'avais su qu'il avait à ce point galéré avec une mère irresponsable, qu'il s'était à ce point perdu pour plaire à ses parents d'adoption, je lui aurais parlé plus tôt. Ses cicatrices ne sont peut-être pas visibles, mais il en a autant que moi, et lui et moi, nous nous ressemblons bien plus que nous le pensions. L'un comme l'autre, nous nous sommes compliqué la vie de mensonges et de cachotteries, comme le fait Sandre, mais aussi Marcy. On forme vraiment une belle bande de bras cassés !

33

MARCY

Je ne sais plus quoi penser. J'aurais préféré que Steve soit le salaud que j'avais imaginé. Ça aurait été tellement plus simple. Et mon cœur qui recommence à espérer. Quel idiot, celui-là !

Si seulement j'étais rentrée directement, mon père et Tara ont besoin de moi, mais c'est plus fort que moi, il faut toujours que je fasse ce qu'on attend de moi, alors que je m'étais promis d'arrêter. Je me retrouve donc obligée d'écouter les commentaires de mon groupe de catéchisme puisque je m'étais engagée à revenir cette semaine.

– Moi, j'ai trouvé ça trop beau, il était prêt à se mettre à nu pour toi, Marcy, s'enthousiasme Elsa en sautillant joyeusement.

– Tu parles, c'était d'une vulgarité, critique Robin.

– Tu dis ça parce que tu en pinces pour Marcy, se moque Jeremy.

– Et toi, t'es jaloux parce qu'il est mieux gaulé que toi, surenchérit Nataly.

– J'aimerais bien savoir ce que Marcy a de plus que les autres, commente Rebecca en me lançant un regard plein de malice.

Je vais devenir folle, tous leurs commentaires s'emmêlent dans ma tête et s'ajoutent aux souvenirs des mots de Steve qui me compriment le cœur, m'anéantissent à petit feu. Il a vraiment dit qu'il n'était rien qu'à moi ?

– Vous n'avez pas saisi qu'il veut juste qu'on le laisse tranquille, je proteste en contenant ma colère.

– Et toi Marcy, qu'est-ce que tu veux au juste ? insiste Jeremy.

– La paix, je hurle en me levant, prête à m'enfuir une fois de plus. Je ne veux plus de vos remarques sur ma vie.

Et surtout, je refuse de parler de Steve avec eux.

– Vous ne voyez pas qu'elle n'a pas besoin de vos remarques ridicules, s'empresse de gronder Elsa en se précipitant vers moi pour m'empêcher de m'éclipser. On devrait peut-être raconter à Marcy nos discussions en son absence.

Et elle ajoute dans un murmure, pour que les autres ne l'entendent pas :

– Ne les écoute pas, tu es la seule à savoir ce qui est bon pour toi, et je suis persuadée que Steve est sincère. Elles sont toutes jalouses parce qu'elles voudraient être à ta place.

J'adore Elsa, mais ce qu'elle dit me terrifie. Parce que c'est vrai, j'ai vu leur regard lubrique parcourir son corps pour tenter de découvrir ce qu'il dissimule, j'ai entendu leurs réactions et je sais qu'elles désirent toutes apprivoiser le bad boy. Dire que c'est moi qui l'ai attrapé, alors que telle n'a jamais été mon intention. Mais je ne suis pas certaine de pouvoir lutter contre toutes ces filles bien plus entreprenantes que moi.

Elsa poursuit, en ignorant mon air paniqué :

– Nous avons beaucoup réfléchi à ce que tu as dit la dernière fois, et nous pensons que tu as raison, mais ce n'est pas non plus une excuse pour faire n'importe quoi, déclare-t-elle en me jetant un coup d'œil pour jauger ma réaction. Alors, depuis deux semaines, nous parlons des limites à ne pas franchir, de ce qui nous semble acceptable et de ce qui ne l'est pas. Nous avons évoqué ce que nous jugeons important de connaître de l'autre avant de dévoiler notre corps, les différentes étapes avant de…

– Justement, je me demandais, la coupe Rebecca. On était d'accord pour dire qu'on avait aussi le droit de s'amuser du moment que c'était clair pour chacun qu'il ne s'agit de rien de plus, mais on n'a pas parlé de jusqu'où on pouvait aller.

Rebecca est une de ces filles aux formes généreuses qui font baver tous les garçons et qui aiment en jouer. Si ses parents n'étaient pas si stricts, je crois que c'est elle qui nous apprendrait comment séduire l'autre et s'épanouir sexuellement. Et elle, si timide d'habitude, ne semble nullement gênée d'en discuter ouvertement.

– Samedi, j'étais à la soirée de Stan Dorian. Il est trop beau, même si tout le monde sait qu'il n'est pas très sérieux. Enfin, j'étais trop contente qu'il s'intéresse à moi et il embrasse super bien, mais j'ai paniqué quand il m'a proposé de visiter sa chambre. Je ne veux pas qu'il soit ma première fois, même si j'aurais bien aimé approfondir un peu.

– La chanceuse, tu aurais dû y aller, couine Nataly.

– N'importe quoi ! Et après, il l'aurait traitée d'allumeuse, raille Robin.

Je les observe s'animer et débattre de sujets que nous n'aurions jamais abordés avant. Je n'en reviens pas qu'ils discutent sans complexes de choses aussi intimes. Avant, bien sûr, nous en parlions, mais tous avaient peur du regard de l'autre, du jugement de Dieu. Est-ce que c'est moi qui suis à l'origine de tous ces changements ? Est-ce un bien ? Ce n'est pas tout à fait le but d'un groupe de catéchisme.

Mes pensées repartent vers Steve, je ne peux m'empêcher de penser à lui. Il a transformé ma vision du monde, des relations et de l'amour. Grâce à lui, je ne suis plus choquée de les entendre parler aussi franchement, je suis juste impressionnée. Il faut du courage. Ils me font me sentir moins seule, plus normale. Et c'est bien le but de ce groupe, non ? L'entraide, le partage, le soutien. Après tout, nos doutes et nos craintes n'ont rien d'exceptionnel. Comme chacun d'entre eux, je veux juste qu'on m'aime, qu'on me respecte.

Alors, je reste, je les écoute et je me surprends même à donner mon opinion sur certains sujets que j'aurais été gênée d'aborder avant, avant que Steve entre dans ma vie. C'est surprenant comme il m'a changée et comme il a changé mon entourage. Sans lui, cette bande d'adolescents ne parlerait pas de leurs craintes aussi librement.

Mais ce n'est pas le seul changement, ce n'est pas le plus important non plus. Pour la première fois depuis des années, je m'autorise à flâner avant de rentrer. Je n'ai plus à m'occuper de récupérer Tara à la danse. Mon père gère bien et Tara apprécie, autant que moi, les instants passés ensemble. Il ne manque plus que maman pour que notre famille soit enfin heureuse. Nous n'avons pas le droit de rentrer en contact avec elle, mais le centre de convalescence qu'ils ont choisi nous donne des nouvelles régulièrement. Elle a des hauts et des bas, mais elle progresse lentement et, surtout, elle a retrouvé espoir en la vie. Rien n'est encore réglé et, pourtant, c'est comme si je respirais à nouveau, je n'ai plus peur de quitter la maison et encore moins d'y rentrer. Je ne me réveille plus au moindre bruit avec l'angoisse qu'il se soit passé quelque chose d'horrible durant mon sommeil. Ma vie a repris sa normalité, ou presque, je ne suis plus seule désormais pour affronter les épreuves.

Je croyais que tout allait mieux, mais il a suffi d'une journée pour qu'à nouveau je tourne dans mon lit. Comment trouver le sommeil alors que les mots de Steve reviennent sans cesse me hanter ? Je revois sa main sur son T-shirt, je suis heureuse d'avoir arrêté son geste, dire qu'il était prêt à dévoiler ses blessures, pour moi ! Qu'il n'ait jamais montré ses cicatrices à une autre me gonfle le cœur sans raison.

Machinalement, j'allume ma lampe de chevet et attrape ma bible posée à côté, et puis je me ravise. Est-ce qu'elle m'a apporté des réponses, m'a aidée à trouver mon chemin ? Non. Elle m'a éloignée du monde, m'a enveloppée d'une bulle confortable et rassurante, mais loin d'être réaliste. Un livre comme celui-là n'est pas fait pour les petits soucis du quotidien, il soigne les âmes meurtries, pas les chagrins d'amour. Je la range dans un tiroir de mon bureau, je n'en ai plus besoin. Je ne suis plus tourmentée par nos secrets de famille, mes barrières sont tombées et je ressens un immense soulagement. Pourtant je souffre encore, car Steve me manque.

Je quitte ma chambre pour aller trouver du réconfort dans le frigo. La glace et le chocolat sont bien plus efficaces que la prose des grands hommes pour oublier ! J'enjambe doucement les deux marches qui ont la fâcheuse habitude de grincer, il est inutile d'inquiéter mon père, c'est déjà suffisamment perturbant qu'il se soucie de ma vie depuis peu. Tous les jours, il m'interroge sur ma journée au lycée, sur mes amis, sur Steve ou Josh. Ce soir, j'ai réussi à esquiver l'interrogatoire, mais il n'est pas dit que j'y échappe s'il me surprenait maintenant.

Toutes lumières éteintes, je me faufile dans la cuisine et sursaute en découvrant que je n'y suis pas seule.

– Quelque chose te tourmente ? me questionne mon père dès que je franchis le seuil.

Moi aussi, je voudrais lui demander ce qui l'empêche de dormir, s'il s'inquiète pour maman, si ça lui manque de ne plus sortir comme avant.

– Si tu as besoin de t'évader, je pourrai garder Tara de temps en temps, je lui propose pour ne pas avouer ce qui perturbe ma nuit.

– Ma Chérie, si tu savais comme je culpabilisais chaque fois, même si ta mère était au courant, qu'elle était d'accord, je n'aurais jamais dû accepter un tel compromis.

Il semble si mal que j'aimerais pouvoir le réconforter. Je n'aurais jamais imaginé qu'il souffre autant de cette situation. Désormais, je comprends qu'il ait eu besoin de se noyer dans le travail, je n'arrive plus à lui reprocher de nous avoir abandonnées.

– Si tu ne l'avais pas fait, tu aurais certainement fini par partir, et que serait devenue maman sans toi ?

Cette simple pensée est douloureuse, et les bras chaleureux de mon père viennent me réconforter.

– Ça va prendre du temps, mais maman ira mieux, j'en suis convaincu, me rassure-t-il avant de revenir à la charge : Est-ce que c'est parce que tu t'inquiètes pour elle que tu ne dors toujours pas ?

Je m'écarte doucement pour reprendre mon souffle. Je voudrais être forte, je voudrais arriver à faire seule la part des choses, mais il faut être honnête, j'ai besoin d'en parler, et je ne fais plus confiance à Lucy pour m'écouter.

– Je crois que j'ai des sentiments pour Steve Marchal. Il a dit, ou plutôt il a hurlé, à tout le réfectoire, que j'étais l'unique à ses yeux. Je devrais être heureuse, mais… j'ai peur de ne pas être suffisamment forte pour supporter les regards des autres. Steve… Eh bien, il n'avait pas vraiment bonne réputation jusqu'à maintenant.

Si seulement il n'y avait que les regards. Mais il y aura aussi les mots, les gestes trop entreprenants des autres filles, ceux que je verrai, que j'entendrai, et certainement les pires seront ceux qui se feront dans mon dos.

– Et si tu ne prenais pas le problème dans le bon sens ? déclare mon père de sa voix grave, si tendre. Steve papillonne depuis toujours, mais combien d'entre elles ont attrapé son cœur volage ? Il butine de fleur en fleur, leur vole leur nectar et s'en va virevolter plus loin. On croit souvent, à tort, que ce genre de créature se dompte facilement. Les abeilles ne sont jamais apprivoisées, on les utilise, on les drogue pour mieux leur subtiliser leur âme.

– Depuis quand la vie des insectes fait partie de tes références ? je me moque, incapable de retenir un gloussement.

Pourtant, il a touché juste. Steve a été manipulé et il s'est rebellé à sa façon, laissant les autres penser qu'il était facile à approcher.

– Tu as raison, mes comparaisons peuvent être meilleures… à des heures plus raisonnables. Ce que je veux dire, c'est que tu n'as plus à craindre d'être faible, parce qu'il sera fort pour toi. On croit souvent que les hommes les plus accessibles le restent même après avoir donné leur âme, alors qu'en réalité nous sommes tous semblables face à l'amour. Le cœur est un organe qui ne s'ampute pas.

Si j'avais su plus tôt que mon père était un homme si réfléchi, je lui aurais demandé conseil avant. Il aurait pu m'éviter bien des erreurs, j'en suis persuadée maintenant. Et rester loin de Steve est peut-être la pire. Pourquoi redouter celles qui ont eu la chance de l'approcher, de le toucher, sans parvenir à l'atteindre ?

– Est-ce que ça t'ennuie si je m'absente quelques heures ?

Peut-être que je devrais attendre demain, mais demain il marie son père et, ce week-end, il sera loin.

– Il est tard, je crois qu'un papa responsable dirait non, mais je n'ai jamais rien pu te refuser. J'accepte à condition que tu prennes ta voiture pour y aller, c'est plus prudent à cette heure-ci.

Et il bâille bruyamment avant d'ajouter :

– Tu ne m'en voudras pas de ne pas t'attendre, je crois que je vais essayer de dormir un peu. Ça peut paraître étrange, mais c'est la nuit qu'elle me manque le plus.

– Je crois que je t'admire finalement.

– Est-ce que ça veut dire que tu ne me détestes plus ? me demande-t-il en m'enserrant une nouvelle fois dans ses longs bras.

Puis, sans attendre ma réponse, il précise :

– Tu devrais l'inviter à dîner à la maison.

34

MARCY

Son énorme 4x4 noir se gare dans l'allée à l'instant même où je ralentis devant chez lui, et il n'en faut pas plus pour que je panique. J'avais imaginé frapper à sa porte, j'avais envisagé sa fureur ensommeillée en me découvrant sur son paillasson, mais pas de me retrouver nez à nez avec lui à une heure aussi tardive. D'où vient-il ? Est-ce que j'ai vraiment envie de le savoir ? Des images horribles de femmes nues trop consentantes viennent me narguer, et je suis à deux doigts de disjoncter. Non, il faut que j'arrête de douter de lui, il l'a dit, il n'y a que moi.

Je m'apprête à quitter l'habitacle de ma petite berline pour le rejoindre, lorsque je les vois. Je le croyais seul. Steve ouvre sa portière, hilare et titubant, suivi par un Josh dans le même état, et je prie pour qu'ils ne me remarquent pas, ce n'est plus le bon moment.

– J'avais oublié à quel point on se marrait tous les deux, s'enthousiasme Josh en attrapant son ami par la taille pour l'aider à garder son équilibre.

Leurs vêtements sont froissés, ils sont tout débraillés et, pourtant, le spectacle est magnifique, hypnotique. La carrure de Josh est bien plus imposante, mais il ne fait pas le poids à côté du sex-appeal hallucinant de Steve. Je scrute mon cœur qui ignore les comparaisons de mon esprit : aucun doute, Steve y a fait le ménage pour être sûr de n'y trouver aucune concurrence. C'est terrifiant, mais je suis à lui sans l'avoir choisi.

– Sans toi, cette soirée aurait été un enfer, précise Steve en chancelant contre sa voiture.

C'est à cause de moi qu'il est dans cet état, je lui ai fait du mal avec mes craintes et mes appréhensions, et cette idée me déplaît. Il a déjà trop souffert, je n'aurais jamais dû m'éloigner, j'aurais dû lui parler, l'écouter, au lieu de fuir devant une idiote qui ne l'intéresse même pas.

– C'est à ça que servent les potes, renchérit Josh.

Mais c'est moi qui devrais être avec lui. Et même si j'apprécie qu'ils ne soient plus fâchés, je m'en veux terriblement de ne pas avoir passé cette soirée blottie dans ses bras. Ça aurait dû être notre soirée.

– Tu crois que c'est trop tard avec Marcy ? gémit Steve.

« Ça ne sera jamais trop tard », je me retiens de hurler et je grimace en imaginant les horreurs que Josh s'apprête à répliquer. Lui et moi ne nous sommes pas quittés en très bons termes et j'ai honte au souvenir de mon insistance ridicule quand il me repoussait loin de lui. J'aurais dû comprendre plus tôt que notre relation n'était rien de plus que de la poudre aux yeux. Des mensonges que j'ai moi-même nourris depuis l'horrible jour où j'ai découvert mon père dans les bras d'une autre. Si seulement j'avais su la vérité à ce moment-là, ma vie n'aurait jamais pris cette tournure surréaliste. Mais le mal est fait, autant de son côté que du mien, et Josh ne doit rien avoir de bien plaisant à dire sur moi. Pourtant, je l'entends répondre :

– Avant, je t'aurais dit « aucune chance », mais elle semble si différente depuis la rentrée. Et puis, je me suis totalement planté à ton sujet alors que je croyais te connaître, donc peut-être qu'avec elle aussi, j'ai tout faux.

Ils disparaissent à l'intérieur en titubant et je remets le contact. Je veux lui parler, je veux le retrouver, plus que tout, mais il a aussi besoin de récupérer l'ami qu'il a perdu à cause de moi. Je vais devoir patienter. Le week-end va être terriblement long.

Le jour est à peine levé que je ne tiens déjà plus en place. C'est plus fort que moi, j'ai peur de le perdre et je suis terrifiée à l'idée qu'il m'oublie dans les bras d'une autre au mariage de son père. J'hésite entre patienter et agir sans réfléchir, mais je ne tiendrai pas tout un week-end sans lui. Alors, j'enfile ma robe préférée avec un bustier à pois et une jupe ajustée, celle que je portais au dernier mariage où je suis allée. Je relève mes cheveux en un chignon lâche et quitte la maison le plus discrètement possible. Mon père ne dirait certainement pas non, mais Tara n'aimerait pas que je sorte sans elle. Depuis que maman n'est plus là, ma petite sœur s'accroche à moi ou à papa comme à une bouée de sauvetage. Ce n'est pas qu'elle s'inquiète pour notre mère, c'est plus comme si elle redoutait de perdre un nouveau membre de notre famille déjà bien esquintée.

J'ai trois heures de route pour réfléchir aux excuses qu'il mérite d'entendre et une heure de plus pour repérer le lieu où est censée se passer la soirée. Mon sens de l'orientation a toujours été catastrophique et quand l'hôtel luxueux apparaît enfin comme par magie, je suis incroyablement soulagée, même si le pire est sans doute à venir.

En me présentant à la réception, j'ignore si tous les invités sont arrivés et où ils en sont des festivités. Je sais que la cérémonie était bien plus tôt, mais Steve ne m'a donné aucun détail, il l'aurait certainement fait si j'avais pris le temps de l'écouter.

– Mademoiselle, que puis-je pour vous ? m'interroge un homme terriblement élégant derrière son comptoir.

– Je cherche le mariage de… de…

Et je me mets à bafouiller en réalisant bien trop tard que je ne sais rien de son père, même pas son nom. Je me sens rougir et recule d'un pas, prête à m'enfuir. Quelle idiote, je suis venue ici pour rien ! Je ne passerai jamais la sécurité sans le nom des mariés.

– Moi qui croyais connaître tous les invités, couine une voix suraiguë dans ma direction.

Un instant, je m'imagine que la Providence a conduit jusqu'à moi une âme charitable qui va me sortir de ce pétrin, mais je n'en suis plus vraiment sûre en découvrant la petite brune qui me sourit joyeusement. Elle porte une robe longue en satin ivoire qui met parfaitement en valeur ses jolies courbes. Je suis jalouse. Je suis jalouse parce que je l'ai déjà vue et que, la dernière fois, c'était dans les bras de Steve. Le sourire qu'il avait eu pour elle et le baiser délicat qu'il avait déposé sur son front me reviennent : c'est elle qu'il a emmenée à ma place. Je suis à deux doigts de me sauver, mais je bredouille quand même :

– Je… je suis venue voir Steve.

– Oh mon Dieu ! s'écrie-t-elle en m'enlaçant tendrement, tu dois être Marcy. Comme tu es jolie.

Si je n'étais pas figée sur place, je l'aurais déjà repoussée violemment. Une rivale qui s'enthousiasme de me voir débarquer, c'est surréaliste ! Ou bien… je n'ai rien compris.

– Je suis Mia, précise-t-elle, alors que j'ai du mal à reprendre mes esprits. Je crois qu'on peut dire maintenant que je suis la demi-sœur de Steve.

Sa demi-sœur ? Mon cœur recommence à battre et mon cerveau s'emballe, repassant toutes les horreurs que j'ai imaginées dans son dos. Steve n'a rien fait de mal, notre week-end était parfait et j'ai tout gâché avec mes doutes. Ma honte redouble alors qu'elle m'entraîne vers une immense salle magnifiquement fleurie.

– Viens, je t'accompagne. Steve sera ravi de te voir, il est de mauvais poil depuis ce matin et ça contrarie Franck.

Elle me parle des préparatifs, du mariage, mais je ne l'écoute pas, j'ai repéré les mariés. Sa mère aussi belle et fine que la jeune fille qui me tient le bras, et le père de Steve est tout simplement à tomber. Moi qui croyais qu'il ressemblait à sa mère, il est clair maintenant que son impressionnant charisme vient de cet homme.

Mia stoppe soudain et je sursaute, surprise. En face de moi, le garçon de mes rêves, splendide dans un costume sombre parfaitement ajusté, me fixe de ses grands yeux verts. Mais les éclairs qui s'en échappent me pétrifient sur place et Mia m'a déjà abandonnée à mon triste sort.

– Tu es toujours aussi longue à la détente ? grogne-t-il d'une voix rauque.

Sa froideur me fait frémir et ses traits tirés me culpabilisent.

– Est-ce que c'est trop tard ?

– Tu parles du mariage ou de ta réactivité après ma déclaration ridicule ? raille-t-il, et je frissonne de plus belle.

– Ce n'était pas ridicule, loin de là, mais je... j'ai besoin de savoir, je bafouille en me triturant les doigts pour tenter de canaliser la peur qui s'est emparée de moi.

– Quoi ? crache-t-il d'un ton si cinglant que mes jambes se mettent à trembler.

C'est trop tard, il a changé d'avis, j'aurais dû en profiter cette nuit, lorsqu'il était encore affaibli par l'alcool. Tous les hommes soûls sont amoureux ! C'est ce qu'aime à répéter Lucy chaque fois que nous sortons. Comme si faire n'importe quoi avec un garçon, qui ne se souviendra pas de vous le lendemain, avait quelque chose de merveilleux ! Elle n'on plus, je n'aurais jamais dû l'écouter.

– Tu… tu n'as vraiment été avec personne depuis le bal ?

Et je me déteste de poser cette question, parce qu'il l'a dit, il m'a déjà tout dit, mais j'ai besoin d'être sûre. À l'époque, il n'avait aucune raison de m'être fidèle.

– Et toi, c'est pour ça que tu m'évites ? riposte-t-il toujours aussi froidement. Tu penses vraiment que j'aurais pu recommencer mes conneries après tout ce qui s'est passé entre nous ?

– Si tu savais comme je suis désolée, je réplique, désespérée. Je n'aurais jamais dû écouter les autres, j'aurais dû en parler avec toi, et puis, je t'ai vu avec Mia et… Je n'ai aucune excuse, c'est de ma faute, tout est de ma faute, j'ai tellement peur qu'on me mente encore, qu'on me trompe, je ne veux plus de ce genre de relation.

Il souffle bruyamment et réduit enfin la distance entre nous.

– Je peux comprendre que je ne sois pas vraiment le mec qu'on choisit dans ces cas-là. Mais je me suis ouvert à toi, je me suis mis à nu pour toi, parce que tu es la seule qui compte, tu l'as toujours été. Marcy, si tu veux bien de moi, je ferai tout pour que tu n'aies jamais honte de m'avoir choisi, mais je refuse d'être le lot de consolation.

C'est terrifiant à quel point nous doutons tous les deux, moi qui croyais qu'il avait compris que Josh ne comptait plus. Est-ce qu'il ne voit pas comme tout était différent, je n'étais pas moi avec Josh. Je tends la main pour caresser sa joue, et mon cœur s'emballe lorsqu'il la recouvre de la sienne, pour être certain de ne pas rompre ce contact.

– Steve, tu n'as rien d'un second choix, tu es trop bien pour ça. Il suffit de gratter un peu ta carapace pour le comprendre.

Et j'ai confiance en toi, parce que tu m'as offert tellement plus que quiconque, tu m'as offert la vérité. C'est la première fois que quelqu'un est vraiment honnête avec moi. J'ai envie d'y croire, c'est juste que la terre entière est contre nous.

Il fait le dernier pas qui sépare encore nos deux corps et m'enveloppe de ses bras musclés. C'est tellement bon de le sentir à nouveau contre moi, il m'a tellement manqué.

– Je ne peux pas te garantir que personne ne cherchera plus à t'éloigner de moi, parce qu'ils le feront, mais je peux te promettre que tu n'auras pas à craindre mes infidélités. Je sais déjà ce qu'il y a ailleurs, je sais déjà qu'il n'y a pas mieux que toi.

– Et si je n'étais pas capable de te satisfaire ? Nous n'avons encore rien fait.

C'est vraiment moi qui ai dit ça ? Moi qui pensais, il n'y a pas si longtemps, que le sexe ne peut renforcer un couple, qu'il ne peut tout changer. Quand je songe à mes parents, à la force qu'ils ont déployée pour avancer sans, je me sens privilégiée d'avoir cette liberté avec Steve et je veux en profiter. En plus il me sourit, et j'adore son sourire, il me réchauffe tout entière. Avant cet instant, je n'avais pas compris à quel point je suis folle de lui.

– Nous en avons fait suffisamment pour que je sache que c'est incroyable avec des sentiments, souffle-t-il contre ma bouche.

35

STEVE

Je n'arrive pas à réaliser qu'elle a fait tous ces kilomètres pour me voir, pour me retrouver. Elle est là, alors que je n'y croyais plus, magnifique dans un ensemble très chic, idéal pour l'occasion. Il n'en a pas fallu plus pour que je bande instantanément, oubliant à quel point elle m'avait contrarié. Et j'ai dû me faire violence pour me souvenir de la douleur que j'avais ressentie lorsque je lui ai offert mon âme et qu'elle s'est éloignée. Elle a ce pouvoir de tout effacer, de panser mes plaies encore à vif. Elle me sourit. Elle me sourit, et l'air circule à nouveau librement dans mes poumons.

– Ces derniers jours sans toi ont été interminables, je souffle en la pressant contre mon corps en manque.

Mes mains courent dans son dos avant de venir emprisonner son beau visage. Je me lèche la lèvre inférieure en tentant de me remémorer le goût de sa bouche. Je me souviens qu'elle était délicieuse, mais les détails se sont déjà envolés. Elle faufile ses doigts sous ma veste de costume, et je retiens un grognement satisfait.

– Je vais te présenter mon père, mais d'abord, il me faut cinq minutes seul avec toi.

Elle se contente de hocher la tête et je ne me fais pas prier. Je la prends par la main et elle me suit sans discuter dans le long couloir recouvert d'une moquette duveteuse. Je ne veux pas aller trop vite, je connais Marcy, je connais sa pudeur, j'ai juste besoin d'un baiser rassurant, d'un vrai qui ne se fait pas devant témoin, pas avec elle.

– Tu es très beau comme ça, murmure-t-elle, tandis que l'ascenseur nous conduit au paradis.

– Et toi, tu es à tomber, je réplique en l'entraînant dans ma chambre.

Mon père n'a pas lésiné sur les moyens, la pièce est spacieuse et moderne. Un lit king size, une salle de bains immense avec baignoire à remous et douche italienne, le tout parfaitement assorti dans des teintes gris et or. Mais ce n'est pas le plus important, le plus important, c'est la fille magnifique, la fille de mes rêves, qui se tient là devant moi.

À peine à l'intérieur, ma bouche est sur la sienne. J'avais prévu d'y aller doucement, mais une fois en contact avec ses lèvres si chaudes, si tendres, je suis incapable de me retenir. Ma langue retrouve la sienne et mes mains, dans son dos, augmentent la pression entre nous. Mon baiser devient sauvage, affamé et, soudain, je réalise que Marcy pourrait ne pas apprécier, alors je m'écarte à contrecœur en scrutant ses beaux yeux clairs.

– On ne m'avait jamais embrassée comme ça, halète-t-elle, toujours souriante.

Putain, ce sourire va me rendre dingue !

– Parce que tu as testé beaucoup de mecs ? je demande, un peu surpris et aussi jaloux.

J'ai tendance à oublier que Marcy a eu une vie avant moi, avant Josh. Lui encore, je peux supporter, c'est mon meilleur ami, mais les autres…

– Eh bien… tu es le troisième.

Il n'en faut pas plus pour me rassurer, c'est un chiffre raisonnable qui ne suggère qu'un inconnu.

– Et qui était le premier ?

– Boby, m'avoue-t-elle, un peu gênée. Au cours élémentaire, j'étais plutôt entreprenante.

Je me mords l'intérieur de la joue pour ne pas rire. Encore un des nombreux secrets de mon pote. Si ça ne datait pas, je crois que je lui casserais la gueule. Et pourtant, ce n'est pas le plus surprenant de sa révélation. Marcy qui fait le premier pas, l'idée me plaît. Mais pourquoi a-t-elle tant changé ?

– Et Dieu s'en est mêlé, j'ironise en caressant la naissance de son cou.

– J'ai surtout découvert que mon père trompait ma mère et que la vie était bien plus compliquée que je ne l'imaginais. J'ai pensé me préserver en gardant une certaine distance avec les garçons. Je n'avais pas compris qu'on ne peut pas aimer et se protéger en même temps. À cause de lui, j'ai aussi cru que l'infidélité était un passage obligé.

– Je te prouverai que tu te trompes, que même un mec comme moi peut être fidèle. Je vais t'aimer, te protéger, je vais…

Elle ne me laisse pas finir, et de nouveau sa bouche est sur la mienne, passionnée.

– Je sais tout ça, murmure-t-elle sans quitter mes lèvres.

Ses mains sont sur ma peau. Avant elle, je ne supportais pas qu'on me touche, c'était comme mettre à nu mes faiblesses, mais avec elle tout a changé. Je n'ai plus peur d'être moi-même, je n'ai plus peur de montrer qui je suis vraiment. Elle extirpe ma chemise de mon pantalon et je grogne, satisfait, en dégrafant son bustier. Je voulais juste un baiser, mais maintenant que ses doigts s'aventurent partout sur moi, je ne peux plus résister. Elle s'attaque à mon pantalon pendant que je retire ma chemise. Son magnifique soutien-gorge rejoint son haut déjà par terre et sa jupe glisse sur ses cuisses en même temps que mon boxer.

En un rien de temps, nous sommes nus sous les draps et je suis en transe. J'embrasse, je lèche, je savoure chaque parcelle de sa peau. Je suce ses seins incroyables, et elle gémit pour moi. Ses mains trouvent ma queue pour la caresser doucement et tout mon corps frémit de bonheur. Elle apprend vite et, bientôt, je suis haletant. Dire qu'elle ne connaissait rien de tout cela il y a seulement quelques mois. Je tente de retenir la folie qui s'empare de moi alors que ses doigts exécutent une danse enivrante entre mes jambes, pétrissant juste comme il faut mon sexe et mes couilles.

– Tu es douée, je geins en dégustant sa poitrine dressée pour moi, mais je voulais te lécher la chatte avant de jouir.

– Je croyais que la prochaine leçon serait moins frustrante, suffoque-t-elle, son magnifique regard brûlant de désir naviguant de mon visage à sa main autour de ma bite.

– Je souhaitais juste un baiser et nous sommes au lit pour une partie de jambes en l'air, au mariage de mon père.

Elle rougit et laisse échapper un rire cristallin qui affole ma queue incontrôlable.

– Il faut bien se réconcilier, me murmure-t-elle sans cesser de jouer avec mes sens.

Sa pudeur semble bien loin et je me demande ce qui a libéré Marcy de toutes ses barrières, mais je ne veux pas non plus prendre le risque de la perdre en allant trop vite.

– Nous avons tout notre temps, ma Chérie, j'annonce en retrouvant sa bouche. Pour toi, j'attendrai. J'attendrai que tu sois sûre de tes choix, sûre de moi.

Mais le regard azur de Marcy ne laisse aucune place au doute, elle me veut et j'adore la détermination que je lis dans ses yeux.

– Tu m'as dit une fois que pour être un couple, il fallait avoir été intimes. Je veux qu'on soit un couple, Steve, souffle-t-elle en titillant le lobe de mon oreille du bout de sa langue.

Je suis au paradis, et ses doigts qui ne cessent de me provoquer n'y sont pour rien. Comme quoi les mots sont bien plus puissants que les actes. Elle vient de faire un pas de plus vers moi et mon cœur s'emballe pour elle dans ma cage thoracique.

– Mais nous sommes déjà intimes, Trésor, depuis longtemps.

– Effectivement, ça fait trop longtemps que tu m'agites le gâteau sous le nez en m'interdisant d'y goûter.

Marcy qui plaisante, qui me provoque, c'est surréaliste. Elle se déchaîne pour mieux me rendre dingue, et ça marche. Je suis à ses pieds, maintenant elle peut m'achever, je ne résisterai pas, je n'ai plus la force de lutter.

– Je ferai tout ce que tu me diras. Même si tu me demandes d'arrêter à deux doigts de jouir et qu'il faut me couper les couilles pour sauver ma queue, je lui susurre en faisant courir ma bouche le long de son ventre.

Elle rit, ses joues rosissent, et un gémissement incroyable s'échappe du fond de sa gorge lorsque mes lèvres trouvent son clitoris, mais elle ne me quitte pas des yeux. Marcy aime observer, et son regard curieux me fait bander davantage.

– Tu es délicieuse mon cœur, je commente alors que ses mains se glissent dans mes cheveux et m'obligent à redresser la tête.

– Je croyais que tu devais arrêter de me frustrer, râle-t-elle en se dandinant sur mes doigts qui ont pris le relais.

– Toutes les femmes aiment les préliminaires, je contre en sentant les parois de son sexe palpiter à mon contact.

– Il me semble que deux mois de préliminaires ont été largement suffisants.

Et j'ai adoré ces préliminaires, mais je n'en reviens toujours pas. Est-ce que c'est vraiment moi qui ai transformé la charmante petite sainte du lycée en boule de frustration ? Mes doigts ont stoppé leur torture et je remonte jusqu'à son magnifique visage pour scruter ses yeux qui ne doutent toujours pas. Comment peut-elle être à ce point sûre d'elle alors qu'elle n'a aucune expérience ?

– Si tu me le demandais, je tiendrais des années pour toi, Marcy.

– Aujourd'hui me semble un bon jour.

Elle a raison, l'endroit et le moment sont parfaits, tout est parfait. Nous avons eu le temps de nous découvrir, de réfléchir loin de l'autre. Je n'ai qu'une crainte, foirer au milieu de toute cette perfection. Marcy est une petite chose fragile qui se manipule avec soin et je n'ai pas l'habitude d'être tendre.

– Donne-moi une minute, je souffle en me précipitant dans la salle de bains pour trouver le paquet de capotes que j'ai apporté, plus par habitude que par réelle intention de l'utiliser.

Elle m'observe me rallonger sur elle avec un sourire en coin, le sachet argenté déjà ouvert entre mes doigts.

– Je crois qu'il est d'usage que la fille s'occupe de ce genre de détail, déclare-t-elle en me l'arrachant des mains.

– Tu veux vraiment que je jouisse avant d'avoir pu en profiter ?

– Je veux faire les choses bien pour une fois, précise-t-elle en glissant ses doigts entre nous.

Comment résister à la Marcy entreprenante ? Je me demande ce qu'elle serait devenue si ses secrets de famille ne l'avaient pas rongée, mais je ne suis déjà plus en état de penser. Et je tremble en sentant ses mains agiles tâtonner. Je grogne alors qu'elle provoque des décharges électriques hallucinantes sur ma bite et je viens à sa rescousse avant que la torture ne mette fin bien trop tôt à mon délicieux calvaire.

– On va y aller doucement, d'accord ?

Elle hoche la tête et je guide ma queue jusqu'à elle. Je titille son clitoris avec mon gland et quand elle me gronde à nouveau, je le laisse glisser à l'intérieur. Elle est tellement mouillée que je m'introduis sans peine et mes jambes frémissent de bonheur. Je dois me faire violence pour rester immobile en attendant qu'elle s'habitue à moi.

– Ça va ? je l'interroge en la pénétrant doucement.

– C'est étrange, mais ça me plaît, suffoque-t-elle, ses magnifiques yeux bleus plongés dans les miens.

Je souffle bruyamment en me crispant pour ne pas m'emballer trop vite. J'en ai tellement envie, j'en rêve depuis si longtemps.

– Est-ce que tu sais que c'est la première fois de ma vie que je le fais dans un lit ? j'avoue, pour songer à autre chose qu'à son corps autour de moi qui me serre si étroitement. La première fois que je le fais totalement nu.

– Alors toi aussi, finalement, c'est un peu ta première fois, commente-t-elle.

Bien sûr, je sais qu'il y a eu Josh avant, et que ça ne s'est pas très bien passé entre eux, mais qu'elle me considère comme le premier, c'est merveilleux. Cette idée me plaît, elle me plaît vraiment. Moi aussi, je déteste penser à mon dépucelage, il faut être honnête, je n'étais pas prêt, j'avais juste besoin d'oublier, de tout oublier et ça a marché, mais il manquait aussi l'essentiel : l'amour. Ce jour-là, j'ai cru perdre tant de choses. J'ai cru perdre le droit d'avoir quelqu'un qui me choisisse pour bien plus qu'une partie de jambes en l'air, et aujourd'hui, Marcy est là à m'offrir ce cadeau incroyable.

– Si tu savais comme c'est bon d'être en toi. Putain, je pourrais jouir comme ça, juste en attendant que tu t'habitues à ma queue.

– Je n'aurais jamais imaginé le penser un jour, mais je te trouve tellement à ta place, Steve, susurre-t-elle dans un souffle éraillé en commençant à bouger lentement.

Ses mots me retournent le cœur, l'âme et plus encore. Elle ne vient pas de dire qu'elle m'aime, qu'elle ne désire que moi, non, mais avouer que je suis fait pour elle, c'est déjà tellement inespéré que j'ai besoin de détendre l'atmosphère :

– Est-ce qu'un jour, juste pour me faire plaisir, tu pourrais dire un ou deux trucs cochons ?

– J'aime la peau fine et soyeuse de ton sexe et depuis que j'y ai goûté, je rêve secrètement de recommencer, chuchote-t-elle en parcourant mon dos de ses petites mains si douces.

– Mmmh, oui tu es douée, Trésor. Je suis à ta merci.

Et c'est vrai. Je n'aurais jamais imaginé que la sensation de nos corps nus pressés l'un contre l'autre puisse faire à ce point la différence, mais ça change tout. C'est intense et enivrant, tellement jouissif que je rêve de me déchaîner, alors quand elle me supplie : « S'il te plaît, bouge maintenant », je ne me fais pas prier et donne de profonds coups de reins en savourant les halètements rauques de Marcy. Le sexe n'a jamais été aussi bon qu'en cet instant. Après ce soir, je ne pourrai jamais plus le faire avec une autre. Mes membres tremblent sur elle, et je faufile une main entre nous pour être certaine qu'elle y trouve aussi son plaisir.

– Dis-moi si… si je dois… arrêter, je bafouille en me retenant de devenir frénétique.

Et je grogne parce qu'en réalité, si elle voulait stopper maintenant, je crois que j'en mourrais. Mais ses ongles qui griffent le bas de mes reins me prouvent qu'elle en veut plus et son sourire me promet tout ce que je n'oserais jamais lui demander.

– Mmh… c'est bon, m'encourage Marcy, il n'y a que toi qui saches me procurer autant de plaisir, qui puisse…

me faire regretter d'avoir attendu si longtemps. Je crois… je crois…

Il ne m'en faut pas plus pour décoller, j'accélère pour être sûre qu'elle s'envole avec moi et je jouis en sentant son sexe palpiter autour de moi. Elle ferme les yeux en remontant ses mains dans mon dos et je m'écroule sur le côté pour ne pas l'écraser. Je contemple son beau visage si serein et dépose une myriade de petits baisers dans son cou. Je suis fou d'elle.

– C'était parfait, souffle-t-elle en se tournant vers moi pour m'embrasser sur le front.

J'aime cette tendresse totalement nouvelle pour moi, j'aime prendre le temps de savourer l'après.

– Reste avec moi, je susurre en l'enlaçant plus étroitement et en remontant la couette sur nous. Si on s'enfermait tous les deux pour le week-end ?

– L'idée me plaît, mais je n'ai pas dit à mon père où j'allais et je préférerais rentrer avant qu'il ne s'en aperçoive.

36

MARCY

Je suis au paradis et je refuse de retrouver la terre ferme. Moi qui croyais que le sexe représentait l'enfer, je viens de découvrir toute l'étendue de mon erreur. Ce que nous avons fait est tout simplement beau, et Dieu n'y avait pas sa place. Bien sûr, tout ça ne s'est pas fait du jour au lendemain, mais j'aime à penser que cet acte a tout changé entre nous. Nous nous sommes engagés l'un envers l'autre, et même sans un mot, je sais qu'il m'aime, ses magnifiques yeux verts m'en ont révélé bien plus qu'il n'en avouera jamais.

Ce regard alors qu'il me pénétrait doucement ne m'a pas quittée, ni durant le trajet du retour ni après l'interminable interrogatoire de mon père sur ma journée. J'aurais dû l'avertir que je partais retrouver Steve, c'est juste que je n'ai pas encore l'habitude de pouvoir me confier à lui. Quand je songe à tout le mal que je lui ai souhaité, je regrette, il ne connaîtra peut-être jamais le bonheur que Steve et moi avons partagé et, pourtant, il n'a jamais cessé de l'aimer.

Il me sourit, parce qu'il voit bien à quel point je suis heureuse et finit par renoncer aux détails de ces retrouvailles merveilleuses, mais il ne me laisse rejoindre ma chambre qu'après avoir promis d'inviter Steve à dîner dès lundi. Si quelqu'un m'avait dit qu'un jour je devrais m'inquiéter de présenter un garçon à mon père, je ne l'aurais jamais cru. Si quelqu'un m'avait dit un jour que mon père s'impliquerait à ce point dans nos vies, je lui aurais ri au nez. Et pourtant, il est plus qu'investi, il est présent, et ça me plaît.

Ce matin, en me préparant pour aller au lycée, j'ai découvert que la boule dans le fond de mon ventre avait disparu pour laisser plus de place à mon cœur. Toutes mes craintes se sont envolées. Steve m'a fait l'amour en douceur, en silence, et il a effacé tous les préjugés qui me hantaient, m'emprisonnaient, et je ne désire plus qu'une chose : le retrouver. Nous avons beaucoup parlé dimanche soir lorsqu'il m'a appelée pour s'assurer que j'allais bien, mais je ne l'ai pas revu depuis et il me manque terriblement.

Je le repère de loin parce qu'il dépasse la majorité des étudiants d'une bonne tête et que ses cheveux blonds en bataille sont facilement repérables. Et plus je m'approche, plus mon cœur s'affole. Qu'il est beau, comme j'aime l'idée qu'il n'appartienne qu'à moi, que je sois celle qu'il désire. C'est ce que me souffle son sourire lorsqu'il me remarque à son tour.

Je m'avance en redoutant quand même un peu la réaction de ses amis. Boby me sourit, quand je me blottis contre lui.

– Ne doute pas, me rassure son ami, tu as toujours été la seule qui compte.

J'adore l'idée que Steve le bassine à mon sujet depuis longtemps. Paul, à côté de lui, hausse un sourcil interrogateur à son intention, mais ne fait aucun commentaire. Steve, lui, enlace ma taille, et son regard magnifique se pose sur moi comme un enfant le jour de Noël, découvrant les cadeaux sous le sapin.

– Hier, nous n'avons pas évoqué ce que j'avais le droit de te faire en public, me murmure-t-il, sa bouche dans mes cheveux lâchés.

– Je n'ai pas l'intention de me cacher, je n'ai pas honte de toi, de nous.

Son sourire s'étire, radieux.

– Donc, je peux te serrer dans mes bras, glisser mes doigts dans tes cheveux et t'embrasser autant que je veux ?

Et il joint le geste à la parole. Ses mains se faufilent dans mon dos, sur ma nuque, et sa bouche se pose sur la mienne. Son baiser est tendre, presque timide, et je lèche ses lèvres du bout de la langue pour l'inciter à plus d'audace. Je sens son sourire sur ma bouche avant qu'il ne me réponde avec une fougue incroyable. J'aime ses baisers, la passion et le désespoir qu'il y met. Quand il s'écarte de moi, j'en suffoquerais presque.

– Tu es l'unique, tout mon corps ne vit que pour toi, souffle-t-il, ses bras toujours enroulés autour de moi. Je te le dirai chaque jour pour que plus jamais tu n'en doutes.

Est-ce que Steve sait à quel point il est doué pour trouver les bons mots ? Est-ce qu'il a déjà utilisé ce talent pour arriver à ses fins avec une autre ? J'aimerais lui demander, mais, plus que tout, je ne veux pas gâcher l'instant. Fini de douter de lui.

Alors qu'il m'accompagne jusqu'à mon premier cours, je n'ai toujours pas retrouvé mes esprits. Si ce n'est qu'un doux rêve, je préfère ne jamais me réveiller. Mais c'est sans compter sur Lucy qui, en quelques mots, me projette violemment dans la dure réalité :

– Il finira par se lasser, certainement même plus tôt que tu ne le penses, déclare-t-elle en s'installant à côté de moi.

– Et s'il ne se lassait pas, est-ce que tu m'en voudrais ?

– Tu es tellement naïve ! s'exaspère-t-elle en levant les yeux au ciel.

Et soudain, je n'ai plus le sentiment d'avoir une amie en face de moi. Si c'était le cas, elle se réjouirait pour moi ou, au moins, s'inquiéterait de mon sort, mais Lucy ne semble préoccupée ni par l'un ni par l'autre.

– Qui t'a parlé des rumeurs qui circulent sur Steve ?

Elle fait comme si elle ne comprenait pas, alors j'insiste :

– Depuis quelque temps, tu es toujours au courant avant tout le monde de ce qui se passe dans la vie de Steve. Tu n'en as pas été témoin, donc j'aimerais savoir qui te l'a dit ?

– Je… je ne sais pas… Je ne m'en souviens plus… Et puis, quelle importance ça a, de toute façon ? s'emporte-t-elle.

– Parce que tout est faux, et que si ça vient de toi, ça signifie que nous ne sommes pas les amies que j'avais osé espérer.

Elle se met à bafouiller, rougissante, et j'imagine qu'elle s'apprête à s'excuser, que notre amitié n'est pas morte, que ça compte pour elle. Mais monsieur Stanford demande le silence et elle se tourne dans sa direction, honteuse.

À peine le cours terminé, mon ex-meilleure amie s'est enfuie. Bien sûr, elle n'a pas été la seule à se divertir des on-dit, mais c'était loin des horreurs que je redoutais : « Il paraît qu'il n'avait que sept ans quand il est tombé amoureux d'elle », « Tu te rends compte qu'il a essayé toutes les filles pour tenter de l'oublier et qu'il n'y est jamais arrivé », « On raconte qu'ils sont ensemble depuis des mois et que c'est ce qui a poussé Josh à aller voir ailleurs ».

– Tu aimes les nouveaux ragots qui circulent ? m'interroge Sandre en me doublant dans la file du self.

– C'est toi qui les as lancés ?

– Il paraît même que certains sont authentiques. Boby connaît parfaitement le sujet, précise-t-elle en s'éloignant pour rejoindre l'immense table où sont déjà installés Josh, Steve, Boby et tous les autres.

Je l'observe s'asseoir à côté de son petit ami, mon ex-petit ami, et pour une fois, je les trouve parfaitement assortis. La même fougue, la même malice que j'ai trop souvent voulu dompter chez lui. Je ne ferai pas la même erreur avec Steve. J'aime sa façon d'être différent, j'aime sa façon de lutter contre ce que la vie lui a imposé. Oui, je l'aime, et cette révélation fait bondir mon cœur, comme si je n'avais jamais aimé avant lui.

Il me sourit en m'indiquant la chaise à côté de lui et je le rejoins, alors qu'il ignore tout du tourbillon qui agite mes pensées. Tout le monde parle autour de nous, comme si notre couple n'avait rien d'étonnant, pourtant je sais que nous sommes surprenants, pas vraiment assortis, mais je ferai tout pour que, comme Sandre et Josh, Steve et Marcy deviennent une évidence.

Mais pour l'instant, chaque seconde avec lui me semble magique. Chacun de ses sourires, de ses baisers et de ses mots me fait me sentir plus vivante, plus libre. Avec lui, je n'ai pas peur d'être moi-même et c'est peut-être ce qui fait que j'apprécie autant sa présence.

Il détaille ma chambre, le sourire aux lèvres comme toujours. J'aimerais savoir à quoi il pense, mais je n'ose lui demander. Finalement, c'est lui qui rompt le silence :

– C'est ici que tu as fait ton premier strip-tease pour moi ? demande-t-il en cherchant mon regard dans l'imposant miroir.

Ses mains circulent sur son corps, mimant un strip-tease, et ses hanches s'animent, provocatrices. Je m'approche dans son dos et viens retrouver ses doigts en suivant le rythme. Je n'aurais jamais cru être capable d'autant d'audace avant qu'il ne me montre le chemin et j'adore le surprendre chaque jour davantage. Il m'a libérée.

– Est-ce que c'est vrai que tu avais à peine sept ans lorsque tu as flashé sur moi ?

– Tu ne t'en souviens pas ? m'interroge-t-il en se retournant pour me faire face. Je t'avais fait la danse de la fertilité alors que la maîtresse avait le dos tourné.

Je ne peux pas m'empêcher de rire, Steve a toujours été à part.

– La danse de la fertilité ?

– Oui, j'étais fan de culture indienne à l'époque... Tu m'avais jeté un regard choqué et tu avais tout répété à la maîtresse. J'avais passé une heure au piquet, le cœur brisé.

– Tu exagères !

– Mon cœur était sensible à l'époque, souffle-t-il en déposant un baiser léger sur mes lèvres.

Parfois, j'ai l'impression que Steve redoute d'être trop entreprenant, comme si je risquais de m'enfuir de peur que son corps s'emballe pour moi. Je veux lui prouver qu'il se trompe.

– Alors, peut-être que je devrais me faire pardonner, j'annonce en descendant lentement pour finir à genoux devant lui.

Sa braguette est à hauteur de mes yeux et le renflement qui étire le coton me ferait presque saliver. C'est dingue l'effet qu'il me fait, il est le seul pour qui j'ose me mettre à genoux, l'unique que j'ai envie d'embrasser à cet endroit-là. Je défais le bouton et pousse son jean et son boxer sur ses hanches. Son sexe se dresse fièrement, quand je le libère.

– Putain... qu'est-ce que tu fais, Bébé ? grogne-t-il en tirant doucement sur mes cheveux pour m'obliger à le regarder.

– Mon père assiste au cours de danse de Tara, ce qui nous laisse une bonne heure rien que tous les deux. Et puis, j'ai besoin de souvenirs de toi dans mon univers, je déclare en léchant doucement son bout légèrement humide.

Hier au téléphone, Steve m'a demandé ce qui avait changé en dehors du fait que je suis complètement dingue d'un beau blond. Je n'aurais jamais pensé qu'il ait remarqué n'être pas le seul bouleversement de ma vie, et mon cœur s'est emballé de le savoir si attentif. Il ne m'en a pas fallu plus pour tout lui raconter. Savoir que je peux tout lui dire est aussi merveilleux que de me sentir capable de tout lui faire. Et je profite du pouvoir incroyable que m'offre son sexe entre mes lèvres.

– Bordel, mon cœur, tu vas m'achever, râle-t-il sans quitter des yeux ma bouche qui dépose de petits baisers entre ses jambes. Tu… tu es sûre ?

– Je veux te prouver que j'ai fini de douter, que je n'ai plus peur de mes désirs.

Et je suce l'extrémité de sa queue en glissant mes doigts tout autour. Ses membres tremblent en réponse à mes caresses, mais je lui demande quand même confirmation :

– Je fais comme il faut ?

– Bor… Mmh… Tu n'as déjà plus besoin de mes leçons, suffoque-t-il alors que je m'anime autour de lui. Je vais… je ne vais pas tenir.

Il me soulève brutalement, tandis que je me prépare au bouquet final. Et avant même que je ne m'en aperçoive, nous sommes dans ma petite salle de bains, au-dessus de l'évier, et sa main guide la mienne sur lui.

– Steve, je voulais le faire jusqu'au bout, je proteste en le serrant plus étroitement pour le satisfaire.

– Putain… Marcy, tu es mon Trésor, je veux te protéger et toi, tu brûles toutes les étapes.

– J'aurais pu le faire.

– Laisse-moi le temps… de m'habituer à la nouvelle Marcy, bafouille-t-il en déversant sa jouissance sur la faïence froide.

Et il m'embrasse sauvagement en savourant l'instant.

– Je n'ai plus peur d'être toute à toi, je murmure contre ses lèvres, nous sommes un couple maintenant.

– Et plus rien ne nous séparera, ajoute-t-il tout contre ma bouche.

Il ne semble plus aussi sûr de lui, maintenant que nous sommes en face de mon père. Tara raconte sa journée en faisant la maline devant Steve, ignorant qu'elle détend considérablement l'atmosphère trop pesante. Il m'a aidée à préparer le dîner et mon père a souri quand il nous a découverts ensemble dans la cuisine. Mais, maintenant, il semble le jauger, comme s'il pouvait deviner, juste en le regardant, ce que je représente pour mon nouveau petit ami.

– Tu as une idée de ce que tu feras plus tard ? finit-il par l'interroger.

– J'aimerais être kiné. Tous les maux ne peuvent être soulagés, mais je souhaiterais essayer d'apaiser ceux qui peuvent l'être.

J'observe Steve qui me sourit tendrement et je me sens soudain terriblement honteuse de ne lui avoir jamais posé la question, je croyais qu'il voulait vivre de ses sculptures, de sa passion. Et je culpabilise, surtout parce que sa réponse n'a rien d'anodin, il n'a pas choisi cette carrière par hasard, il veut aider ceux que la vie a malmenés, tout comme lui.

– C'est marrant, Marcy, elle, aimerait s'attaquer à la psychologie. Vous avez plus de points communs que je ne l'aurais pensé.

Les doigts de Steve se glissent sous la table, et je vais à leur rencontre. J'aime qu'il cherche mon contact, j'aime sa main dans la mienne et qu'il se contente de sourire, de rester courtois avec mon père, en particulier quand il déclare :

– Je ne te jugerai pas. J'ai commis suffisamment d'erreurs moi-même, mais si tu fais du mal à ma fille, je n'hésiterai pas à te le faire payer.

– Papa ! je proteste.

– Je voulais juste qu'il sache, maintenant nous pouvons profiter du bon repas que vous nous avez préparé.

Et c'est ce que nous avons fait, parlant de tout et de rien, riant des anecdotes de Tara. Steve et mon père s'entendent incroyablement bien, ils ont même décidé d'aller pêcher ensemble.

La soirée s'est plutôt bien passée, mais je redoute quand même un peu qu'elle ait effrayé mon tout nouveau petit copain. Pourtant, il me sourit toujours, quand je le raccompagne jusqu'à sa voiture. Et toutes mes craintes s'envolent lorsqu'il m'enlace en murmurant :

– C'est certainement encore trop tôt pour te le dire, mais je veux que tu saches que je t'aime, Marcy. Je t'aime comme un fou.

– Je t'aime aussi, Steve Marchal.

Et je l'embrasse doucement en y mettant tout mon cœur, parce que je n'ai jamais rien ressenti d'aussi fort avant lui.

37

MARCY

7 ans plus tard

Steve a tenu parole, me rassurant jour après jour, ne me laissant jamais douter lorsque d'autres filles lui faisaient les yeux doux. Il m'a appris à devenir la femme de tous ses désirs. Grâce à lui, je sais maintenant que je suis capable de le satisfaire, et pas que sexuellement.

Nous venons d'acquérir une jolie petite villa à l'extérieur de Winsted et je suis en train de vider les cartons. Nous avons déjà amassé beaucoup de meubles et de vaisselle de nos années d'étudiants. Comme nous avions choisi des secteurs similaires, il a été facile d'opter pour la même université, et Steve a insisté pour que nous vivions ensemble. Au début, j'ai craint que ce ne soit trop tôt, mais une fois de plus il a su me rassurer. Nous avons passé des années merveilleuses à Washington, j'y ai appris mon métier dans un grand cabinet de psychologues et Steve s'est construit une belle réputation dans l'un des hôpitaux les plus renommés du pays. Mais depuis quelque temps, j'éprouvais de plus en plus le besoin de retrouver les miens.

Il a fallu six mois à ma mère pour vaincre ses démons et rentrer à la maison. Au début, ça n'a pas été facile pour elle de retrouver ses marques, mais mon père ne l'a pas abandonnée, il n'a rien changé de ses bonnes habitudes. Notre famille a enfin pu entrevoir le bonheur et c'était réconfortant de voir à quel point il était présent pour elle. Petit à petit, ils se sont même construit une intimité et, désormais, ils sont plus heureux que jamais ensemble. Ma mère a fini par affronter le monde, par trouver et adorer un travail à mi-temps à la pharmacie, au point de s'y épanouir. Elle m'a prouvé chaque jour que je n'avais pas à craindre de vivre ma vie sans porter le poids de notre famille, mais Tara grandit et ses premières expériences d'adolescente ont réveillé les vieux démons de notre mère. Bien sûr, je sais qu'elle n'est plus seule maintenant, que mon père peut gérer ces petites difficultés, mais c'est plus fort que moi, je veux être là si elle en a besoin. Et, comme toujours, Steve m'a soutenue dans mes choix. Il en a même profité pour réaliser son rêve de créer un centre de rééducation dans notre petite ville. Pour l'instant, il ne s'agit que d'un cabinet, mais je ne doute pas qu'il puisse faire des miracles. Il est formidable, il m'a appris la vie, la vraie, il m'a appris à profiter de chaque instant.

Mes années universitaires n'auraient pas été les mêmes sans lui. C'est lui qui m'a traînée dans des endroits où je n'aurais jamais mis les pieds seule, lui qui m'a forcée à goûter à toutes sortes d'alcools, à expérimenter tous les jeux débiles d'étudiants. Sous prétexte qu'il fallait absolument savourer chaque stupidité de la jeunesse, je l'ai suivi sans discuter. Sans lui, je n'aurais jamais autant profité de ces années incroyables, des fêtes improbables, de tous ces lieux où, selon lui, il était indispensable de faire l'amour. Steve ne s'est jamais privé pour moi, ni moi pour lui, et c'est ce qui fait que notre couple fonctionne si bien, même s'il nous arrive aussi de nous chamailler à cause de ça.

Il doit bientôt rentrer. Il avait une grosse journée aujourd'hui. Depuis que nous sommes revenus à Winsted, il se donne à fond dans son travail et j'admire sa détermination à réussir. Ce n'est pas toujours facile d'être à son compte, mais Steve se débrouille très bien. Il alterne les heures à l'hôpital et celles avec les sportifs du coin. Il est incroyablement doué pour rassurer ses patients, en particulier les plus grièvement blessés.

Je range mes ouvrages de psychologie en me remémorant toutes ces belles années. Steve arrive, et toutes mes pensées s'envolent. Il n'y a plus que lui dans sa chemise froissée et son jean qui moule à merveille son postérieur splendide.

– Je croyais que tu devais m'attendre pour tout ranger, proteste-t-il en m'enlaçant tendrement.

– Je sais, mais j'ai invité Sandre et Josh à dîner.

Josh et lui sont redevenus inséparables après avoir enfin réussi à mettre les choses à plat, quant à Sandre, ça me surprendra toujours que Steve s'entende si bien avec elle. Je n'étais pas sûre d'apprécier leur amitié avant de les découvrir ensemble. Ils se chamaillent comme des enfants, s'envoient des piques comme une fratrie et grimacent à la simple idée de se toucher. Comme me le répète sans cesse Steve : « Sandre, c'est comme un vieux pote », mais il faut les voir côte à côte pour vraiment le comprendre.

Nous ne nous sommes pas beaucoup vus ces dernières années, c'est pour ça que je les ai invités. Steve s'est souvent inquiété pour eux, ils se sont fait tellement de mal. Il aurait voulu pouvoir arrondir les angles, mais Sandre se montre si têtue parfois. Elle l'évitait quand nous sommes rentrés à Winsted pour mettre en place notre nouvelle vie, et nous n'avons compris pourquoi que lorsqu'ils nous ont annoncé la naissance de leur petite Lily. Je pensais que Steve apprécierait ma surprise, mais il boude en me mordillant la peau du cou.

– Ah non, pas eux ! Ils vont amener leur petite chose braillante et quand ils s'en iront, tu auras trop mal à la tête pour faire quoi que ce soit !

– Je croyais que tu adorais les enfants ?

Un sourire diabolique étire ses lèvres qui s'aventurent dans mon décolleté, puis il change de sujet :

– J'ai vu Elsa et Jeremy en centre-ville. Ils semblent toujours aussi coincés, je suis sûr qu'ils ne se sont jamais rien léché, pourtant je lui avais expliqué l'importance d'utiliser sa bouche, déclare-t-il en suçant le haut de mes seins.

Après avoir découvert tous les mensonges de Lucy, Elsa est tout naturellement devenue ma meilleure amie. Et nous avons formé un nouveau groupe un peu surprenant, elle et Jeremy, Prudence, l'amie de Sandre, son demi-frère, William, Boby, Steve et moi, et Josh et Sandre bien sûr. J'ai des souvenirs mémorables de cette année tous ensemble avant l'université. J'aurais voulu qu'on puisse se retrouver maintenant que nous sommes rentrés, mais Boby est toujours à New York, la grossesse de Prudence la fatigue beaucoup et je ne voulais pas attrister Elsa qui ne parvient pas à concevoir. Nous nous contenterons donc d'un comité réduit ce soir.

Mais Steve semble s'en moquer, il me presse davantage contre lui en attendant ma réaction. Je sais qu'il l'a dit uniquement pour me contrarier, qu'il adore me voir défendre mes causes et il continue à dire des incongruités, parce que ça marche à tous les coups.

– Steve ! Tu n'as pas fait ça ? je proteste, soudain paniquée à l'idée qu'il ait prodigué des leçons perverses à Jeremy.

– Ne t'inquiète pas, ma puce, j'y ai mis les formes, me rassure-t-il en glissant ses longs doigts sous mon T-shirt.

– Ça n'a rien de rassurant. Je connais tes techniques, je te rappelle.

Et je grimace en imaginant Steve montrer à Jeremy comment on titille une chatte en mimant la chose avec ses doigts et sa langue qui s'anime dessus. Croyez-moi, c'est perturbant, je n'oublierai jamais les joues cramoisies de Mia devant ce spectacle destiné à son tout nouveau petit copain. C'est plus fort que lui, Steve aime toujours autant déstabiliser les autres avec ses expériences.

– Peut-être qu'ils ont fini par se mettre au sexe oral, grâce à moi.

– Steve ! je m'offusque gentiment.

Je sais que rien ne le fera changer et je n'ai pas du tout envie qu'il chasse le naturel qui fait de lui quelqu'un d'unique.

– Ben quoi, c'est important !

Et je sais à son sourire malicieux qu'il s'apprête à me prouver ses dires, alors je prends les devants et le pousse contre notre vieux canapé pour l'obliger à s'asseoir. Une fois à ses pieds, je dégrafe son pantalon et ses mains se glissent dans mes cheveux.

– Nous pourrions vérifier ta théorie avant qu'ils n'arrivent, je propose en détaillant son beau visage amusé.

– Si tu me prends par les sentiments, grogne-t-il, tandis que je libère son sexe déjà dur.

Et ma bouche lui offre tout le plaisir qu'il mérite de recevoir, Steve me donne tellement d'amour jour après jour. J'adore entendre ses gémissements satisfaits et voir ses membres trembler de bonheur. Maintenant, je sais exactement comment le propulser au paradis en un rien de temps et je n'ai plus peur d'avaler sa jouissance. Je crois toujours en Dieu, mais je sais désormais que dans ces moments-là, il se contente de regarder ailleurs et que je peux faire à l'amour de ma vie tout ce qu'il souhaite. Parce que oui, Steve est l'unique à mes yeux et Josh n'est plus qu'un lointain souvenir, enfin heureux avec Sandre.

– Oh ma Chérie, que tu es douée ! m'encourage-t-il en explosant dans ma bouche après un petit geste qui m'indique l'inévitable.

Il ne prend pas le temps de reprendre ses esprits que je suis déjà dans ses bras, mes cuisses écartées sur lui et mes lèvres contre les siennes. Sa main se faufile entre nous et il réplique, satisfait, en s'engouffrant sous ma culotte en dentelle :

– C'est malin, maintenant je vais devoir arranger ça, sinon tu vas tacher tous les coussins du canapé et nos amis s'imagineront que je te délaisse.

Il m'allonge délicatement sur le dos et sa bouche descend entre mes seins alors que mon haut a déjà disparu. Sa langue titille la pointe durcie de mes tétons et je me cambre pour lui faciliter l'accès, mais il les délaisse trop vite au profit de mon entrejambe. Je redresse la tête pour observer sa crinière désordonnée qui me chatouille la naissance des cuisses et ses lèvres qui provoquent à elles seules des décharges électriques dans tout mon corps.

– Et si je te disais que je t'ai prévu une nuit inoubliable, est-ce que tu t'arrangerais pour annuler ? m'interroge-t-il en profitant de mon état second pour me faire hurler tout ce qu'il veut.

Steve adore jouer avec mes sens, me provoquer et je suis incapable de résister. Pourtant j'essaie ! Je ne peux pas annuler à la dernière minute, ça ne se fait pas. Mais de nouveau, sa langue s'acharne sur moi et sa bouche humide suce mon clitoris comme j'aime. Mes doigts s'agitent dans ses cheveux et il augmente la pression pour mettre fin à mes suppliques.

Lorsque je rouvre lentement les paupières, ses beaux yeux verts sont à quelques centimètres des miens et son sourire malicieux m'annonce qu'il n'en a pas fini avec moi. Steve adore faire durer le plaisir et il sait à quel point j'ai du mal à lui résister.

– Chéri, non ! Tu vas devoir te contenter de cette mise en bouche, je n'ai encore rien préparé et ils ne devraient plus tarder à arriver !

Il esquisse une moue boudeuse avant d'afficher un immense sourire qui ne présage rien de bon.

– Tu as raison, mon cœur, quand il s'agit de toi, je suis toujours trop pressé, tu devrais me gronder d'oser négliger les préliminaires.

– Ne fais pas ça, Steve !

– Oh si ! Ce soir, c'est soirée sans contact, déclare-t-il triomphant en se dirigeant vers la cuisine.

Le but est simple, s'exciter sans se toucher, ranimer la flamme en se remémorant nos débuts ensemble. Seulement, lorsque j'ai imaginé ce petit jeu entre nous, je ne pensais pas qu'il apprécie autant de s'en divertir en public. Pourtant ça ne devrait pas me surprendre, Steve adore jouer avec mes sens, déstabiliser mes convictions.

Et, tandis que Josh contemple sa fille endormie, il me nargue en se massant la nuque et en gémissant, se caresse les cuisses en servant les apéritifs, se lèche les lèvres avant de boire une gorgée. Même Sandre pour une fois ne remarque rien, alors qu'il se déchaîne à côté d'elle. C'est incroyable comme elle a changé depuis la naissance de la petite Lily. Cette inquiétude dans son regard noir a disparu, la rebelle semble apaisée.

– Vous êtes à gerber tous les deux, commente Steve en glissant une main sous sa chemise.

– Dit l'obsédé qui tente désespérément d'exciter sa copine.

Ah ! Donc, elle a remarqué !

– Tu vois, Trésor, je t'avais dit qu'il penserait qu'on se néglige.

– Notre vie sexuelle se porte très bien, je m'empresse de répondre pour couper court à cette discussion qui, j'en suis sûre, va très vite devenir embarrassante.

Quand Sandre et Steve se retrouvent, on peut s'attendre à tout.

– Oui, c'est juste un petit jeu entre nous pour maintenir la flamme, précise Steve avec un clin œil à mon intention. Vous êtes encore un tout jeune couple, vous ne pouvez pas comprendre.

– Et on ne veut pas savoir, annonce Josh en esquissant une grimace de dégoût.

– Alors, vous rentrez définitivement à Winsted ? je tente en priant pour que la conversation dévie enfin vers des sujets moins gênants.

Mais ce n'était peut-être pas la meilleure question, parce que Josh semble hésiter et Sandre finit par expliquer qu'il est engagé avec l'équipe de Boston pour encore deux ans. Il glisse une main sous la table et j'esquisse un sourire, je sais qu'il va presser la sienne pour la rassurer.

Puis nous parlons de tout et de rien, de nos projets, de nos amis, du passé, retrouvant peu à peu nos discussions favorites, nos taquineries du bon vieux temps. Steve et Josh vont visiter l'atelier de sculpture installé dans le garage tandis que Sandre me met la petite Lily dans les bras, et je réalise qu'il n'y a pas que ma famille qui m'ait manqué, mes amis aussi.

38

STEVE

Je n'aurais jamais imaginé apprécier autant de rentrer à Winsted, je croyais tout avoir à Washington. Du moment que Marcy est avec moi, je suis un homme comblé, et je n'avais pas réalisé que mes amis me manquaient, avant de les retrouver. J'étais même content de revoir Elsa et Jeremy, c'est dire si je suis sensible depuis que nous sommes ici. Quant à Sandre et Josh, le bonheur que j'ai ressenti en les découvrant enfin ensemble est indescriptible, et j'ai culpabilisé de n'avoir pas été plus présent pour eux. Bien sûr, il m'arrivait d'appeler l'un ou l'autre, mais au téléphone ce n'est pas pareil, surtout que la rebelle ment incroyablement bien. J'ai réellement cru qu'elle acceptait que Josh en épouse une autre, j'ai réellement pensé que c'était la meilleure solution pour eux. Si j'avais su, je m'en serais mêlé, si j'avais compris ce qui se passait, je ne les aurais jamais laissés tout gâcher. J'étais loin, accaparé par mes études et Marcy, et j'ai négligé mes amis. Mais maintenant que je suis rentré, j'ai bien l'intention d'y remédier.

Tout le monde s'affaire depuis la veille à préparer le grand événement qui s'annonce. Lorsque Josh m'a confié ce qu'il manigançait, j'ai d'abord trouvé qu'il s'emballait. Mais plus j'y pense, plus je me dis qu'il a raison. De la même façon que Marcy, Sandre a besoin d'être rassurée, peut-être même plus que ma petite amie. Il faut dire aussi qu'en sept ans nous avons acquis une certaine confiance l'un en l'autre, alors que tout est encore nouveau pour Josh et Sandre.

Je suis censé suspendre des guirlandes de fleurs dans le jardin des Anderson, mais je suis incapable de quitter des yeux Marcy que j'aperçois depuis la baie vitrée du salon. Elle s'est embarquée dans la confection d'une immense pièce montée avec Élise Donnell et je ne peux m'empêcher de contempler leur conversation animée. Marcy est incroyable, elle entreprend tout avec tellement de passion et de courage que je l'en aime que davantage chaque jour.

Putain, c'est ma nana ! Je suis le plus chanceux des hommes et je bande rien qu'en regardant ses longs cheveux soyeux s'agiter. Il n'y a qu'elle qui me fasse cet effet-là et je préfère ça. Lorsque nous sommes trop fatigués ou trop pris par nos jobs pour vivre des nuits de sexe endiablé, je ne me sens pas pour autant frustré. J'ai appris à apprécier l'attente avec elle, je n'ai plus besoin de me masturber pour tenir trois jours.

Alors, quand nous rentrons à la maison pour nous changer rapidement avant d'emmener Josh sur les berges du lac Crystal, ma queue ne proteste pas de se retrouver face à une Marcy en partie dévêtue. Elle sait pertinemment que je n'aurai jamais le temps de lui faire tout ce que je désire parce que mon meilleur ami tourne déjà en rond devant la porte de notre maison. Mais ça ne m'empêche pas de profiter de sa robe bordeaux parfaitement ajustée et encore entièrement dégrafée pour m'aventurer dans son décolleté et savourer ses gémissements tandis que je suçote la naissance de son cou.

– Est-ce que tu sais l'effet que ça me fait de te voir confectionner un aussi gros gâteau ? je grogne en me pressant contre elle et en remontant la fermeture dans son dos.

Si Josh n'avait pas fait de moi son témoin et que je refusais de le laisser stresser seul plus longtemps, je nous branlerais tout habillés. Mais on doit y aller.

– Même me voir éplucher des carottes t'excite comme un fou, se moque Marcy avant de m'embrasser goulûment.

– C'est parce que tu ne penses pas à ce que je pense, je riposte en m'écartant à contrecœur.

– Je doute que ton sexe apprécierait de se faire peler, ricane Marcy en me caressant l'entrejambe et en récupérant sur notre lit son sac assorti à sa tenue.

Pour me plaire, Marcy a appris à devenir plus audacieuse, à dire de belles choses bien salaces qui me rendent dingue. Mais ce que je préfère, c'est qu'elle rougisse toujours en le faisant.

– Mais c'est pas drôle, tu viens de me couper l'envie ! je proteste en l'entraînant dans le couloir.

– C'est préférable puisque ce n'est plus le moment, précise-t-elle.

– Tu dis ça parce que tu ignores à quel point j'aime bander en songeant à toi.

– D'accord, alors oublie ce que j'ai dit. J'adore que tu penses à moi, nue entre tes jambes.

J'espère vraiment que le père Clark ne nous a pas prévu une cérémonie à rallonge parce que je ne tiendrai jamais après ce qu'elle vient de me révéler.

Comme je le lui ai promis, nous sommes bien avant l'heure sur la petite plage qui ne s'atteint qu'avec un bon 4x4, mais Josh est dans un tel état que j'ai de la peine pour lui. Pourtant, tout est parfait. Il est très élégant dans un costume sombre sans cravate, exactement comme Sandre l'aimera.

Seulement, elle ne sait rien de ce qui se prépare et plus l'heure approche, plus il redoute sa réaction. Sandre reste imprévisible ! Elle lui a peut-être promis de l'épouser, mais les églises la rendent nerveuse, elle lui a peut-être promis de lui jurer fidélité, mais les mariages la perturbent. Alors, pour obtenir sa main, je suis d'accord avec lui, il n'avait pas vraiment le choix. Et il a fait ça bien, simple, en petit comité, elle ne peut qu'adorer.

Il la connaît si bien qu'il n'a négligé aucun détail, pas de monument austère dans les parages, pas de foule oppressante et trop curieuse, juste ceux qui comptent pour elle. Les parents de Josh et son frère Colin, Rita, leur mère biologique et son compagnon Harry, Philip et Élise Donnell avec la petite Lily qu'ils dorlotent pour patienter. Boby est arrivé ce matin de New York accompagné de Mila qu'il vient tout juste d'épouser. Le révérend Clark révise ses notes à côté de moi. Lui aussi semble stressé et je me demande pourquoi, il le fait tout le temps, après tout. J'observe Marcy qui discute avec Elsa en me jetant de petits coups d'œil. Je sais qu'elle adore quand je porte un costume et j'ai envie de me frotter les couilles juste pour le plaisir de la faire rougir, mais je me retiens par peur de perturber mon pote et d'aggraver son état. S'il continue, il va nous faire une attaque.

Un énorme pick-up noir arrive enfin, et toute l'assemblée se fige. Jordan, l'ami de fac de Sandre, sort le premier, très élégant, suivie par une Prudence tout en ventre et un William inquiet. Ce sont eux qui se sont chargés de préparer la mariée et il n'y a rien de rassurant dans leur expression. Est-ce qu'elle panique ? Est-ce qu'elle peut encore faire marche arrière ? Je me rapproche de Josh et lui presse l'épaule fermement pour tenter de le calmer. Il est blanc comme un linge et semble avoir arrêté de respirer. Il faut dire qu'il y a de quoi, parce que la rebelle vient d'apparaître et qu'elle contemple la scène, un peu déboussolée. Elle est sublime dans une robe bustier ivoire qui lui arrive aux genoux et sa taille est rehaussée par une large ceinture noire. Prudence lui glisse un bouquet dans les mains que Sandre fixe, immobile, comme si des fleurs blanches avaient quelque chose de surprenant.

Philip s'avance pour lui prendre le bras et l'embrasse furtivement. J'aimerais être plus proche pour savoir ce qu'il lui murmure, ce qu'elle lui répond. Elle hoche la tête et il l'entraîne vers notre petite assemblée. Grâce au Bluetooth de mon smartphone, je mets en route le CD préprogrammé. Une musique rock s'élève dans la clairière, et Sandre sourit enfin au son des premières notes de « Bad Reputation » de Joan Jett. Josh a pensé à tout et il respire à nouveau en la voyant rire, les larmes aux yeux. Je crois que moi aussi je vais chialer !

– Est-ce que j'ai bien fait ? lui demande-t-il, alors qu'elle arrive à sa hauteur et que Philip lui confie sa main.

– C'est parfait, précise-t-elle la voix tremblante.

Elle lui saute au cou et plaque ses lèvres aux siennes sans tenir compte du public qui l'observe. Je savais qu'elle adorerait, elle n'est pas la seule d'ailleurs, Marcy essuie de petites traces humides au coin de ses beaux yeux bleus et je réalise que je n'ai jamais envisagé qu'elle pourrait vouloir la même chose. Quel abruti ! Bien sûr que c'est ce qu'elle souhaite. C'est une femme, elle est croyante, elle en rêve forcément, peut-être même qu'elle attend ma demande depuis des années. Mais quel con !

Je cherche à capter son attention, je cherche un quelconque reproche dans son magnifique regard attendri, mais il n'y a rien. Il faut que je sache, j'en suis malade, je pourrais l'entraîner à l'écart tout de suite juste pour savoir. Le révérend Clark me renvoie brutalement à la réalité en toussotant bruyamment à côté de nous. Je l'imagine séparer les amoureux pour commencer l'office, mais il se contente d'annoncer :

– Sandre, je sais que tu n'es pas une grande adepte des cérémonies religieuses, mais tu dois d'abord prononcer tes vœux avant de pouvoir embrasser le marié.

Elle s'écarte à contrecœur et inspire profondément en se tournant vers notre petit comité.

– Je sais ce que vous pensez tous : il m'en a fallu du temps pour comprendre. Je me croyais forte, je croyais n'avoir besoin de personne. Pour moi, s'attacher c'était se montrer faible, je n'avais pas conscience que la vie ne vaut pas la peine d'être traversée seule. Il a fallu que le monde sur lequel j'avais bâti ma forteresse s'effondre pour que je le comprenne, et chacun de vous a entamé un peu de cette carapace. Prude qui s'est acharnée à voir en moi une amie alors que je n'ai pas cessé de la repousser. Phil et Élise qui m'ont accueillie et n'ont jamais baissé les bras, même quand je me montrais insupportable. Will qui n'ouvre la bouche que lorsque c'est vraiment indispensable. Steve qui sait comme personne me remettre à ma place. Jordan qui m'a suivie dans mes délires, mais qui a su aussi me dire stop quand j'allais trop loin. Boby qui sait si bien jouer la voix de la raison lorsque ça s'avère nécessaire. Et tout notre petit groupe d'amis que j'ai le sentiment parfois de ne pas mériter parce qu'il faut être honnête, je suis loin d'être sympa avec vous. Martha, Charlie et Colin parce que je sais qu'au fond, vous aussi vous m'appréciez. Melinda et Ryan, parce que j'ai compris aujourd'hui que ce n'était pas votre faute, vous avez traversé des épreuves qui conduisent parfois sur les mauvais chemins et vous n'aviez personne pour vous montrer vos erreurs.

Les mots de Sandre déclenchent une ribambelle d'émotions sur les visages autour. C'est surprenant de l'entendre parler autant, avec tant d'émotion, et j'en oublierais presque que j'ai un problème, un gros problème. J'ai envie de me rapprocher de Marcy, de lui murmurer tout ce que je ressens pour elle, mais Sandre semble déterminée à vider son sac, je vais devoir attendre.

– Vous n'avez finalement pas eu ma chance. Mon Dieu, Josh ! Tu devrais me détester pour tout ce que je t'ai fait subir, mais tu es toujours là, tu n'as jamais cessé d'être là, de me répéter que je passerai toujours avant le reste. J'aimerais tellement te promettre que plus jamais je ne te ferai souffrir, mais qui peut tenir ce genre de promesse ? Je veux juste que tu saches que je ne fuirai plus devant les problèmes, que je ferai de mon mieux pour te rendre heureux. Et j'espère que ça sera suffisant, parce que je t'aime Josh, je t'aime plus que tout. J'ai même découvert que mon cœur était assez grand pour toi et pour Lily.

Les mains de Josh enserrent si fort celles de Sandre que je suis à deux doigts de lui dire de lâcher du lest avant qu'elles ne bleuissent, mais je ne veux pas gâcher l'instant. Il semble tellement heureux que je sens mes yeux devenir humides. J'ignorais que j'étais aussi faible !

– Je serai toujours là pour toi, Sandre, et pour Lily. Tu le sais, je t'aime et je ne regretterai jamais que tu sois venue foutre le bordel dans ma vie, déclare-t-il, le front collé au sien.

Et, de nouveau, elle s'accroche à son cou et l'embrasse, ignorant le visage contrarié du pasteur.

– C'était très émouvant, commente-t-il, mais quand comprendrez-vous que vous devez attendre pour vous embrasser ?

– On pourrait peut-être passer aux alliances, propose Josh en se tournant vers moi.

Je fouille mes poches, pris d'une soudaine panique, voilà ce que c'est que d'être perturbé en permanence par la plus belle des femmes, on n'en oublie l'essentiel. Je souffle bruyamment en découvrant que le petit écrin était bien dans l'une de mes poches, et Marcy me lance un clin d'œil amusé. Que ferais-je sans elle ?

– Il fallait le dire si vous n'aviez besoin de moi que pour tenir la chandelle, ajoute le révérend Clark irrité.

Josh glisse un fin anneau en or blanc au doigt de Sandre et elle en fait de même. Son bras enlace la taille de celle qui est désormais sa femme et il lui susurre, avec un sourire ravi :

– Maintenant, tu veux partager l'énorme festin que tout le monde a préparé ou on passe direct à la case lune de miel ?

– Je devrais pouvoir faire un effort, à condition que Lily fasse partie du voyage.

– Je n'imaginais pas les choses autrement.

– Je vous déclare mari et femme, conclut le pasteur, soulagé, tandis qu'ils s'embrassent à nouveau.

Dans le magnifique jardin des Anderson, tous discutent joyeusement et j'en profite pour retrouver enfin la femme sublime qui m'a nargué toute la cérémonie. Marcy me rend fou ! J'ai une chance incroyable qu'elle ne m'ait pas fait traverser l'enfer comme Josh l'a vécu avec Sandre, mais je me serais battu pour elle s'il l'avait fallu. Elle le mérite.

La rebelle est montée coucher Lily dans la chambre de Josh et je sais, au sourire de mon ami, qu'il ne va pas tarder à la rejoindre, et peut-être pas uniquement pour l'aider dans son rôle de maman. Il a bien raison, si j'étais à sa place, j'en ferais tout autant, je crois même que je ne vais pas attendre.

– J'ai besoin d'un instant seul à seul, je murmure dans les cheveux de Marcy, ignorant qu'elle discute joyeusement avec Prudence et Elsa.

Elle se tourne vers moi, surprise, et son regard inquiet disparaît en apercevant mon sourire.

– J'avais oublié qu'on avait quelque chose à terminer, chuchote-t-elle en cherchant du regard un coin tranquille.

Mais je sais exactement où l'emmener et elle me suit sans discuter. J'aime que Marcy ne se soucie plus de se faire surprendre, j'aime qu'elle en soit parfois l'instigatrice, qu'elle comprenne à quel point j'ai besoin de son corps. Il faut dire aussi qu'elle a l'habitude avec tout ce que je l'ai encouragé à faire durant nos années universitaires. Et elle me sourit en me voyant l'entraîner vers le jardin des River. Sandre et Josh y vivent désormais, mais il n'y a aucun risque qu'ils nous y surprennent, ils sont certainement trop occupés dans la chambre d'adolescent de mon pote. J'enlace Marcy en me calant contre un grand chêne et je déclare en tentant de dissimuler l'anxiété dans ma voix :

– Avant de passer aux choses sérieuses, je voudrais te poser une question.

Je lui caresse les cheveux et dépose de petits baisers sur sa joue pour me donner du temps et surtout du courage. Je n'aurais jamais pensé me retrouver dans un tel état pour ça.

– Est-ce que… est-ce que c'est ce que tu voudrais aussi ? je finis par bafouiller après un instant interminable.

– De quoi parles-tu ?

Et voilà, maintenant elle aussi panique !

– Eh bien, tu es croyante et comme un idiot… j'étais tellement heureux avec toi que je n'ai pas réalisé que, peut-être, tu avais besoin de plus.

Son sourire me rassure et la petite étincelle dans ses yeux me gonfle le cœur.

– Je ne veux pas plus, ce qu'on a me convient très bien. La vie est déjà tellement incroyable avec toi.

– Mais tu préférerais quand même qu'on devienne mari et femme ?

– C'est loin d'être aussi important pour moi que ça l'était avant.

Marcy est un amour parce que jamais elle ne m'imposera quoi que ce soit, mais je veux qu'elle soit heureuse et je suis prêt à tout pour ça. Alors, je m'agenouille devant elle, j'en profite pour embrasser sa chatte par-dessus sa robe et glisser mes mains sous le tissu pour retrouver sa peau soyeuse.

– Ma Chérie, mon Trésor, mes sentiments pour toi sont les seules choses dont je n'ai jamais douté. Je suis prêt à tout pour toi. Donc, je crois qu'il est temps que nous arrêtions de vivre dans le péché. Je n'ai pas de bague, mais je te jure que je t'en trouverai une magnifique, en attendant j'ai besoin de savoir si tu veux bien m'épouser ?

– Oh mon Dieu, Steve !

– Ne jure pas et réponds-moi, mon cœur, je la gronde, complètement flippé.

Et si ce n'était pas le bon moment ? Si elle préférait un endroit plus romantique et un diamant, pour lui prouver que je n'ai rien négligé, que j'ai fait les choses bien, et si elle s'imaginait que je m'emballe.

– Oui, oui, OUI !

Je souffle, soulagé. Elle vient de faire de moi le plus heureux des hommes alors que je me croyais déjà comblé. Avant de lui poser la question, je ne pensais pas avoir besoin d'un engagement officiel, je ne pensais pas avoir besoin qu'elle m'offre l'éternité avant de le lui demander. C'est comme si une nouvelle vie se profilait devant nous, et plein de projets merveilleux m'envahissent l'esprit.

– Peut-être même qu'après ça, on pourra envisager une petite gâterie dans le fond de l'église.

– Steve ! s'offusque-t-elle.

– Ben quoi ? Si je jure à Dieu de t'aimer toute la vie, qu'est-ce qui m'empêche de le faire dans sa maison ?

Pour la première fois depuis des années, je crois bien que je viens de la choquer, et ça me fait bander comme un fou. J'avais oublié à quel point j'aimais la déstabiliser, j'aimais que ses beaux yeux me grondent silencieusement.

– Imagine que nous invitions Elsa et Jeremy et qu'ils décidaient de tester notre lit, ça te plairait ? tente-t-elle tandis que je me redresse pour retrouver sa bouche, son cou magnifique.

– Je serais rassuré !

Et je la couvre de baisers, suçant sa peau délicate.

– Ne change jamais, Steve. C'est comme ça que je t'aime, murmure-t-elle en arrachant ma chemise de mon pantalon pour y glisser ses mains.

39

MARCY

Quand Steve décide quelque chose, vous pouvez être sûr qu'il le fera dans la foulée. Ce n'est pas le genre d'homme à se satisfaire des « peut-être » ou des « plus tard », et c'est une qualité que j'admire chez lui. Il a profité de nos vacances d'été pour régler tous les détails et, en quelques semaines, le principal était déjà prêt. Après sept longues années, je suis toujours impressionnée qu'il puisse être aussi attentionné, qu'il soit celui qui fait mon bonheur.

Mon cœur se gonfle en le découvrant au bout de l'allée dans son costume trois-pièces anthracite. Il est à tomber, si époustouflant que je dois me cramponner au bras de mon père pour ne pas chavirer.

– Je vais être honnête, ma Chérie, murmure-t-il, j'ai longtemps pensé que ce serait à Josh que je confierais ta main, que Steve n'était qu'une passade à un moment de ta vie où tu t'étais égarée. Pourtant, il avait ce pouvoir de te rendre le sourire, de t'apporter un peu de légèreté quand la vie devenait trop lourde, mais je croyais réellement qu'il n'était pas fait pour toi. Aujourd'hui, je sais que j'avais tort et je ne redoute plus de te donner à lui parce qu'il fera tout pour te rendre heureuse, j'en suis certain.

Je me tourne vers mon père, terriblement élégant lui aussi, et le prends dans mes bras en me retenant de pleurer. J'ai déjà eu droit à un discours très émouvant de ma mère où elle me demandait une nouvelle fois pardon de ne pas avoir su me guider dans la vie. Si tout le monde s'y met, je vais devenir une vraie fontaine.

– Moi aussi Papa, je me suis trompée sur toi. Même quand maman est rentrée, qu'elle allait mieux, je croyais encore que tu finirais par partir, par nous abandonner. J'avais tort parce que, grâce à toi, elle est enfin bien. D'une certaine façon, Steve te ressemble, tu sais. Je suis persuadée que lui non plus ne me laissera jamais tomber.

Il m'étreint brièvement et s'écarte légèrement lorsque l'orgue retentit. Je lisse le tissu de la jupe étroite et rajuste les petites manches qui dégagent mes épaules, je voulais quelque chose de sexy pour perturber mon futur mari et j'ai tout de suite flashé sur cette robe au décolleté plongeant. Elle est très loin des tenues que j'appréciais avant, très loin de ma robe de bal, de cette soirée où ma vie a basculé. Bon, j'ai quand même envoyé un message au révérend Clark avec une photo de la robe en question pour être certaine de ne pas le choquer, mais je n'en aurais pas choisi d'autres de toute façon. Ou peut-être que si ? Que voulez-vous, on ne se refait pas !

Mon père me sourit, de ce sourire que je ne lui connais que depuis quelques années, et nous remontons lentement l'allée. L'église est pleine, et tous ces regards braqués sur moi ont quelque chose de déstabilisant, mais je suis heureuse qu'ils soient là, tous. Personne ne manque. Josh et Boby soutiennent mon futur époux qui pâlit à chacun de mes pas. Sandre berce tendrement la petite Lily non loin d'eux.

Elsa et Prudence m'attendent de l'autre côté. Même Lucy a fait le voyage de Los Angeles, accompagnée d'un homme terriblement chic, mais au charme vieillissant. Les parents de Steve lui font face, côte à côte. Eux qui ne s'étaient pas revus depuis sa petite enfance se lancent d'étranges regards. Pourtant, Franck et Cecilia sont heureux ensemble, et Rebecca a épousé Julian il y a seulement deux ans.

Ma mère m'envoie un baiser, les larmes aux yeux, et j'en fais tout autant. Ça me surprend encore parfois qu'elle soit devenue si douce, si souriante, si ouverte au monde. Elle s'est transformée en quelques années et ça me plaît, ça me rassure. Tara, elle, sourit bêtement à l'autre côté de l'allée et j'essaie de repérer celui qui pourrait lui faire cet effet-là, mais je ne vois rien. Et puis, Steve envahit mon champ de vision et plus rien n'existe. Son visage s'illumine littéralement en me découvrant si proche. Dire que je suis l'unique instigatrice de cette étincelle dans ses yeux, c'est incroyable, c'est merveilleux, j'ai une chance inouïe !

Mon père confie mon bras à l'homme de ma vie et s'efface pour nous laisser face à face. Je frissonne lorsque sa bouche effleure trop brièvement ma joue.

– Tu es magnifique, ma Chérie, murmure-t-il dans mes cheveux savamment maintenus sur le côté. Je ne suis pas sûr que mon cœur survive à cette journée.

– Moi non plus, je réponds, à peine audible.

Le pasteur pose une main rassurante sur mon épaule et je sursaute à nouveau en me tournant vers lui, en pressant vigoureusement par la même occasion les doigts de mon futur époux, qui répondent instantanément à mon étreinte.

– Il y a des personnes qui, contre toute attente, sont faites l'une pour l'autre. Vous êtes de ceux-là. Vous vous équilibrez à merveille. Marcy, je t'ai souvent vue douter de toi, de la vie, du monde. Steve, je t'ai vu t'égarer, te perdre pour ne plus affronter ton passé. Voilà ce que vous étiez l'un sans l'autre, mais ensemble, vous êtes forts et libres, parce que l'un a ce qui manque à l'autre. Ne l'oubliez jamais, trouver sa moitié est suffisamment rare pour ne jamais négliger de chérir ce lien puissant…

Ces mots sont beaux, ils me parlent, mais les doigts de Steve qui jouent avec les miens ont quelque chose de bien plus troublant. Et son sourire m'indique qu'il n'écoute déjà plus, qu'il a fui vers des pensées bien plus excitantes. Je souris moi aussi, parce que le révérend Clark a raison, Steve m'a rendu ma liberté. Avec lui, je suis capable de tellement d'audace, même de songer à des choses indécentes dans un moment aussi solennel.

Avec cette expression incroyable, il me confie tout ce que mon amour sans a priori, ma détermination butée lui ont apporté dans la vie, et je lui réponds dans un état second par tout ce qu'il m'a offert en retour. Il a fallu que son univers entre en collision avec le mien, et c'est peu de le dire, pour que je réalise que je me contentais de survivre, de maintenir un semblant de stabilité autour de moi, plutôt que de me battre pour changer ce qui n'allait pas. Avant qu'il ne me défie de l'aimer, je me cantonnais à garder la tête hors de l'eau au lieu d'en sortir tout simplement.

Je découvre que la cérémonie est déjà terminée lorsque Steve me soulève du sol sous les cris enthousiastes de l'assemblée. Sa bouche trouve la mienne et sa langue, toujours aussi audacieuse, me promet bien plus que tous ses mots. Il a raison, mon cœur non plus ne survivra jamais à cette journée.

– Tu es enfin ma femme, souffle-t-il contre mes lèvres.

Il ne me laisse pas le temps de reprendre mes esprits que nous sommes déjà dehors, la foule nous entoure, nous félicite. Tous me parlent, et je réponds sans savoir ce que je dis vraiment. Il y a soudain trop de monde, trop de bruit, trop de joie, trop de gens entre mon mari et moi. Je veux le voir, je veux lui parler, lui dire que j'ai une surprise pour lui, mais je dois attendre pour ne pas me montrer irrespectueuse envers tous ceux qui sont venus pour nous.

Et puis, enfin, les invités se font plus rares. Ils s'éloignent pour rejoindre les immenses tentes qui ont été installées un peu plus loin, et j'en profite pour entraîner mon mari à l'écart, me remémorant ses audaces à l'université pour me donner du courage. Il me sourit jusqu'aux oreilles en me voyant le pousser vers une petite pièce dont je suis la seule à posséder la clé. Enfin, c'est le pasteur qui me l'a prêtée sans vraiment poser de questions, heureusement ! Ici sont entreposés tous les meubles vétustes qui ont rempli l'église durant leurs heures glorieuses. J'espère que ça contentera Steve parce que je n'aurais jamais osé investir un lieu réellement sacré pour lui prouver mon amour.

– Est-ce que mon cadeau de mariage te plaît ? je l'interroge en le poussant sans ménagement dans l'un des compartiments d'un vieux confessionnal.

Il grogne en m'observant libérer les premiers boutons de son pantalon, et son souffle bruyant est la plus belle des récompenses. Steve m'apporte tellement qu'il était hors de question de ne pas assouvir l'un de ses nombreux fantasmes aujourd'hui.

– Oh putain, Marcy ! Attends… attends, suffoque-t-il, si tu veux vraiment faire quelque chose d'aussi dingue, il faut le faire correctement.

Et en moins de temps qu'il ne faut pour le dire, il se retrouve assis à la place du confesseur et moi de l'autre côté de la grille.

– Je vous écoute mon enfant, avouez-moi vos péchés et ils vous seront pardonnés, annonce Steve d'une voix incroyablement solennelle.

– J'ai fait plein de choses honteuses avec un homme.

– Ne craignez rien, mon enfant, je peux tout entendre. Je veux des détails.

Je me rapproche du grillage pour tenter d'apercevoir la malice dans les yeux verts de mon mari (qu'est-ce-que j'aime l'appeler comme ça !), mais il fait trop sombre pour distinguer quoi que ce soit.

– Tu penses vraiment me sucer dans un endroit aussi sacré ? s'étonne-t-il soudain.

Et je ne peux m'empêcher de rire, sa réaction ne pouvait me faire plus plaisir, elle prouve que je l'ai surpris, qu'il n'est pas toujours aussi aventureux qu'il le prétend. Mon cadeau restera inoubliable et rien que ça, c'est inestimable.

– Je suis prête à tout pour l'homme de ma vie.

– Bordel, Marcy, tu vas m'achever !

– Est-ce que tu veux encore que je confesse mes péchés ?

Il ne répond rien, alors je commence, en me redressant doucement pour le rejoindre :

– La première fois, c'était chez un ami, je l'ai juste observé se donner du plaisir en caressant son sexe sous mes yeux et ça m'a plu. Est-ce que vous pensez que c'est mal ?

J'ai enfin retrouvé son regard vert, soudain terriblement sombre. Il suffoque et ne me quitte pas des yeux tandis que je m'agenouille lentement devant lui.

– Ça me semble encore acceptable, commente-t-il entre deux halètements.

– La deuxième fois, je l'ai laissé soulager mon intimité avec sa bouche parce qu'il avait éveillé tellement de désir en moi que j'avais le sentiment d'être devenue une pile électrique.

Il frémit quand le bout de ma langue trouve enfin son gland et il ferme quelques instants les yeux avant de marmonner :

– Ça n'a rien de surprenant.

Je lèche et suçote sa peau si douce, si fine à cet endroit, et je savoure chacun de ses gémissements en retour, avant de poursuivre :

– La troisième fois, nous nous sommes dévêtus tous les deux pour nous contempler tandis que nous nous donnions seuls du plaisir.

– Ça devient intéressant.

– La quatrième fois, nous avons refait la même chose sauf que c'est lui qui me caressait et moi qui décuplais son plaisir avec mes doigts autour de son sexe.

Il grogne, et je sais que mes mots lui font de l'effet, qu'il aime que je me montre entreprenante pour lui. S'il savait que je nous ai enfermés à l'intérieur, qu'aucun de nos invités ne risque de nous surprendre, est-ce qu'il serait aussi excité ?

– Je ne vois pas ce qu'il y a de mal à faire les choses en douceur.

– Mais c'est devenu plus tordu et aussi terriblement excitant lorsqu'il m'a entraînée chez des inconnus pour faire l'amour sur le lave-linge de leur buanderie parce que, selon lui, les vibrations augmentaient la jouissance.

Il rit et je sais qu'il se remémore la scène lorsque je sens son sexe tressauter dans ma bouche. Nous avions bu ce soir-là et la lumière rouge des appareils a attiré son attention tandis que nous rentrions d'une fête de fraternité. Je ne sais même pas par quel miracle cette porte avait pu rester ouverte.

– Putain, Bébé, j'y suis ! me prévient-il en enfonçant ses longs doigts dans mes cheveux.

J'aime qu'il se montre toujours aussi prévenant, qu'il me laisse toujours le choix de prendre sa jouissance dans ma bouche ou non. J'aime tous les instants magiques que l'on a passés ensemble et plus encore de pouvoir lui en offrir de nouveaux. Sa tête bascule lourdement en arrière tandis qu'il se déverse en moi. Et je remonte à sa hauteur pour retrouver ses lèvres après avoir avalé son plaisir. Il me prend sur ses genoux et accède à ma demande, me donnant le plus doux des baisers.

– Je crois que c'est mon tour de me confesser, déclare-t-il en me posant délicatement sur le petit banc étroit.

– C'était mon cadeau, trouve le tien, je proteste sans conviction, alors qu'il remonte déjà ma robe.

– J'ai honte, mais je n'ai rien prévu d'autre que toi, moi et notre lit, pendant soixante-douze heures. Et puis, il faut que je t'avoue que les occupants de cette fameuse maison m'avaient payé pour que je nourrisse leur chat pour le week-end. C'est même moi qui ai programmé le lave-linge pour qu'il tourne au moment précis où nous rentrions.

– Tu es incroyable, Steve !

– À ma décharge, je ne pensais pas que tu accepterais, ajoute-t-il en trouvant l'humidité de mon sexe.

– Tu rends ma vie si captivante.

– C'est parce que je t'aime.

Sa bouche s'écrase sur la mienne tandis que ses doigts me font vivre le plus doux des supplices. Il avale les gémissements sourds qui s'échappent de mes lèvres, et que je sais qu'il adore. De tous les instants merveilleux que l'on vivra aujourd'hui, celui-ci restera le plus marquant. Parce que s'offrir à l'autre de toutes les façons possible, surpasser ses limites pour l'autre sont les plus belles des preuves d'amour, et c'est ce que nous faisons chaque jour, Steve et moi, ce qui fait que jamais notre amour ne s'effacera.

40

STEVE

Vous savez quelle sensation est la plus merveilleuse, en dehors du sexe, bien entendu ? Dormir entrelacés l'un dans l'autre, se repaître de la chaleur de l'autre, se laisser bercer par son souffle rassurant. Je suis épuisé par notre marathon sexuel post-mariage, mais je bande toujours comme un fou, parce que j'ai commis l'erreur de repenser à ce qu'elle a manigancé pour me prouver son amour. Marcy est prête à se surpasser constamment pour moi, et ça me gonfle le cœur. Elle a une manière bien à elle d'alimenter notre relation. Elle me rend dingue !

Alors, quand un coup résonne à l'entrée, mon cœur proteste violemment de ce que je lui inflige ces derniers temps. Le second coup me fait sursauter. Marcy, elle n'a pas bougé, j'ai peut-être rêvé. Je suis en train de démêler nos deux corps lorsque le troisième retentit. J'enfile le jean et le T-shirt qui traînent par terre depuis la veille et hésite devant la porte.

Il est trois heures du matin, putain !

– Bordel, tu vas ouvrir ? finit par grogner une voix de l'autre côté.

Et, bien sûr, je reconnais cette voix ! Mais qu'est-ce qu'il fout devant chez moi à une heure pareille ? Il s'affale dans mes bras à peine j'entrouvre la porte.

– Merde, mec, tu es bourré ! je commence, alors que Josh titube dans l'entrée. Le jeune marié que tu es ne devrait pas être en train de baiser comme un lapin avec sa femme ?

– Ça se voit que t'as pas de gosses, bafouille-t-il en s'écroulant dans notre canapé.

Ses fringues sont froissées, il a de la boue sur ses baskets et des brindilles dans les cheveux. Mais qu'est ce qu'il a branlé ? Il y a seulement trois jours, ils étaient encore sur un petit nuage tous les deux. On m'a même raconté qu'ils se tripotaient sous la table à notre banquet de mariage, qu'ils ont confié Lily à ses grands-parents pour faire je ne sais quoi dans le petit bois derrière l'église.

– Et c'est pour ça que tu te mets minable ? Je ne te juge pas, mon pote, je suis sûr que les hurlements stridents en pleine nuit c'est l'enfer, mais je t'ai connu plus perspicace.

– Elle m'a viré.

– Ne me dis pas que tu as déconné, ce n'est pas possible, tu as trop galéré pour l'avoir.

Je sais que ma repartie est pitoyable, mais il est tard, je suis crevé et je n'ai aucune idée de comment rassurer un ami en pleine crise conjugale. À sa place, je serais au fond du trou moi aussi, même s'il devait bien se douter qu'avec Sandre ça arriverait. Il se redresse pour arpenter la pièce, mais vacille et se ravise. Je m'approche et m'adosse à la table du salon, tandis qu'il explique la tête, entre les mains :

– Lily a hurlé toute la journée et je suis rentré tard parce que j'ai voulu récupérer Colin à son entraînement. Il est bizarre ces derniers temps, je l'ai emmené manger une pizza pour le cuisiner et je n'ai pas vu les messages désespérés de Sandre. Lily s'apaise plus facilement quand je suis là, mais je n'y étais pas. Je suis arrivé à la maison contrarié parce que mon petit frère refuse de me parler, et elle était dans une colère noire parce que la situation lui échappait. J'ai essayé de la calmer, et puis tout s'est emballé. Elle sait pour Colin. Il s'est confié à elle et elle n'a pas voulu me raconter. J'ai pété un câble ! C'est parti en sucette et elle m'a mis à la porte. J'ai tourné en rond dans le quartier pour retrouver mes esprits et je suis revenu m'excuser, mais elle n'a rien voulu entendre. Elle a dit qu'elle savait que je merderais, que je ne serais pas à la hauteur, elle a dit qu'elle ne voulait plus de moi. Et Lily pleurait toujours.

– C'est Sandre, tu sais bien qu'elle ne le pense pas. Tu dois te battre pour elle, mec. Je suis sûr que les deux mois merveilleux que vous venez de passer ensemble en valent le coup.

– Tu crois que je l'ignore, s'emporte-t-il soudain, c'est juste que c'est mort pour ce soir et ça me rend malade !

– Donc, c'est quoi ton plan ? On s'enfile des bières en attendant que tu t'écroules ?

En même temps, ça ne devrait pas tarder ! Il gémit en s'affalant davantage dans notre vieux canapé. J'ai promis à Marcy que c'est la première chose que l'on remplacerait dès que nous aurions les moyens, et vu comme il grince sous le poids de Josh, je me dis que ça devient peut-être urgent. Comme si c'était le moment de songer à renouveler le mobilier !

Je me dirige vers le frigo, parce que je ne sais vraiment pas quoi faire d'autre pour le réconforter. Mon truc à moi, c'est les entorses, les commotions, pas les bleus aux cœurs. Marcy elle saurait quoi dire, quoi faire, mais je ne peux quand même pas la réveiller pour ça. Et il grogne si pitoyablement que j'en ai mal aux tripes pour lui.

– Ça vous est déjà arrivé avec Marcy ?

Merde, je ne pensais pas qu'il était à ce point désespéré !

– Ne me dis pas que tu doutes ? Vous êtes faits l'un pour l'autre, c'est juste une mauvaise passe, c'est pas facile d'être parents.

– C'est pas toi qui viens de traverser toutes ces années foireuses, gémit-il tandis que je m'approche avec deux bières.

Je suis vraiment naze pour remonter le moral. Pire, j'ai l'impression de lui creuser sa tombe, et lui raconter mes erreurs avec Marcy ne peut pas l'aider. Si ? Je pourrais peut-être appeler Boby pour lui demander conseil, une visioconférence entre hommes, ça pourrait être une bonne idée. Mais lui aussi est en pleine phase post-mariage, je ne peux pas lui faire ça ! Je sursaute en entendant sa douce voix depuis les escaliers. Nous avons réveillé mon trésor et elle s'est contentée de s'envelopper dans un drap. Elle va m'achever !

– Tu ne peux pas te montrer comme ça devant ton ex, je proteste, sachant pertinemment qu'elle n'en fera pas cas.

C'est ce qui fait notre force, ça peut paraître étrange, mais comme l'a dit le père Clark, ensemble on est libres.

– À une soirée universitaire, Steve avait trop bu et il a décidé d'aller se coucher dans le premier lit qui a croisé son chemin. Quand je l'ai retrouvé après l'avoir cherché pendant plus d'une heure, il gémissait des « Nancy » tandis qu'une pouffiasse lui dégrafait son pantalon.

OK, je n'ai rien dit. Notre liberté est en péril ce soir, parce que ma femme a décidé de rassurer notre ami en lui offrant la reconstitution de l'une de nos plus belles disputes. J'opte donc pour le profil bas et planque les bières derrière mon dos en les déposant dans un coin de la cuisine avant qu'elle ne les remarque.

– Ne raconte pas cette histoire, mon cœur, j'en ai encore des sueurs froides.

– Moi, je veux bien la suite, intervient Josh.

Et en plus ça marche, cet enfoiré a déjà meilleure mine !

– J'ai viré la Nancy, poursuit ma femme.

– Elle s'appelait Brenda, c'est juste que je n'arrivais plus à prononcer ton prénom correctement.

– Elle était brune avec de gros nichons, difficile de confondre !

Et Josh rit de ma connerie. Il n'a même pas honte de venir gâcher notre lune de miel. Enfin presque… Parce que je compte bien lui offrir un voyage digne de ce nom.

– On ne va quand même pas remettre ça sur le tapis juste pour rassurer notre pote. Je n'avais plus la force d'ouvrir les yeux, je croyais que c'était toi.

– Et tu imagines ce qui se serait passé si je n'étais pas intervenue !

Je n'ose même pas, j'en suis encore malade. Marcy m'a ignoré pendant trois jours, et j'ai rampé comme un caniche pour la récupérer. Je m'apprête à le lui rappeler lorsque mon téléphone vibre dans ma poche, je ne savais même pas qu'il s'y trouvait. Merci, mon Dieu !

– Mon amour, est-ce que tu pourrais t'habiller pendant que je réponds, je supplie en lui montrant l'écran pour qu'elle sache qui m'appelle à une heure pareille.

Si j'ai un peu de chance, elle m'écoutera et j'aurai réussi à éviter le pire. Chaque fois que cette histoire refait surface, ça finit toujours par créer des tensions entre nous et je déteste ça.

– Dis-moi qu'il est avec toi ? hurle Sandre à l'instant où je décroche.

– Si tu veux te mêler à la scène de ménage, surtout n'hésite pas !

– Il est chez vous ?

Elle semble dans un tel état de panique que je grogne un « ouais » en grimpant les escaliers pour récupérer les vêtements que la femme de ma vie refuse d'enfiler.

– Il voulait s'assurer qu'on était bien tous sur la même longueur d'ondes, je précise sarcastique.

– J'arrive.

– Si c'est pour lui reprocher d'avoir trop bu, pas la peine.

– Tu sais bien que j'adore lorsque l'alcool le rend plus malléable, ironise-t-elle, semblant avoir retrouvé son calme et aussi sa repartie.

On est mal barrés !

– Raison de plus pour t'abstenir, ma maison n'est pas un baisodrome.

– Comme si ce n'était pas le cas depuis trois jours.

Ouais, c'est ce que je disais : mal barrés !

– Rapplique au lieu de dire des conneries.

– Je suis devant chez toi, annonce-t-elle au moment où on frappe à la porte.

Je dévale les escaliers et embrasse Marcy au passage en la suppliant silencieusement de se couvrir de la chemise que j'ai réussi à lui dégoter dans mon aller-retour pas vraiment concluant. Je ne suis plus très efficace, passé une certaine heure.

Josh se relève d'un bond et tangue légèrement avant de se stabiliser à l'instant même où j'ouvre la porte. Sandre entre, un cosy dans une main et un sac à langer dans l'autre. Elle porte une immense chemise bleue sur un legging noir et je grimace en la découvrant ainsi, ce n'est pas bon signe. C'est peut-être une tenue de Josh, mais lui non plus ne semble pas apprécier. Ils s'observent un long moment sans bouger, et je meurs d'envie d'entraîner Marcy dans notre chambre pour les laisser régler leur problème tous les deux.

De petits doigts gigotent dans le cosy et Sandre détourne le regard en esquissant un sourire attendrissant. Elle dépose son paquetage dans un coin et souffle bruyamment en s'avançant enfin dans la pièce encore très peu meublée.

– Je suis vraiment désolée, je n'aurais pas dû réagir comme ça, je t'avais promis de faire des efforts et je ne m'y suis pas tenue.

Josh fait un pas vers elle, se penche pour vérifier que la petite Lily est bien endormie et se contente de commenter :

– Elle dort bien.

Marcy et moi retenons notre souffle. Mais qu'est-ce qu'il fout, bordel ! Il y a cinq minutes, il chialait dans notre canapé parce qu'elle refusait de lui parler et maintenant qu'elle est là, il ne trouve rien de mieux à dire !

– Le trajet en voiture a été efficace.

– Je… je ne pensais pas que tu viendrais, j'ai fait un peu n'importe quoi moi aussi ce soir. Je ne voulais pas m'énerver, c'est juste que je m'inquiète pour Colin.

– Tu as trop bu, il me semble ! ironise-t-elle dans une tentative pas très discrète d'esquiver le sujet du conflit.

– Je suis tombé sur un barman un peu trop généreux.

– Tu sais bien que j'adore te mettre au lit.

Je grimace en imaginant à quoi elle peut bien faire allusion et jette un œil à Marcy, toujours sublime dans son drap enroulé autour de son corps nu. Moi aussi, je n'aurais rien contre mettre quelqu'un au lit maintenant ! Ma femme tente un geste furtif vers l'escalier. Si elle savait comme je meurs d'envie de m'éclipser avec elle, comme je rêve de lui faire oublier ce semblant de dispute, mais je n'ose pas bouger de peur que le moindre mouvement n'empire la situation déjà complexe. Sandre a toujours été douée pour tourner en dérision les pires moments, c'est sa manière à elle de se protéger, Josh a l'habitude qu'elle réagisse ainsi, mais clairement là, il n'apprécie pas.

– Sandre ! se fâche-t-il en tentant de ne pas flancher sous son propre poids.

Difficile de survivre à une telle conversation dans son état.

– Ton frère va bien, il est juste amoureux ! s'emporte à son tour Sandre. C'est délicat, parce que Tara est…

Elle porte une main à ses lèvres, et son regard furibond me fait frémir alors qu'il ne m'est même pas destiné.

– Merde, Josh, tu fais chier ! Tu peux bien comprendre que je ne te confie pas les secrets des autres ?

C'est plaisant de voir que, maintenant, Sandre se soucie de ce qui sort de sa bouche, mais il est trop tard. Je me précipite vers Marcy qui panique, je la prends dans mes bras, la serre fort. Il n'est plus question de soutenir nos amis, de nous chamailler, je me moque qu'elle n'ait pas mis la chemise que je lui ai apportée, mais je refuse qu'elle s'inquiète inutilement pour sa famille.

– Mon cœur, ils ne feront pas les mêmes erreurs que nous. Tara a vu comme tu as souffert des mensonges de Josh, de tes parents, de Lucy, elle sera plus méfiante, et Colin ne sait que trop bien comment son frère s'est perdu lui-même en voulant satisfaire tout le monde.

– Oui, ils ont forcément retenu la leçon, renchérit Josh en se tournant vers nous.

Mon pote a longtemps culpabilisé pour ce qu'il a fait endurer à Marcy, pour l'avoir abandonnée dans cette situation délicate. Je le sais parce qu'on en a souvent discuté lorsque nous étions à l'université, quand il m'appelait régulièrement pour s'assurer que je me comportais bien avec elle. Leurs souvenirs communs ne sont pas vraiment heureux, ils ressemblent plus à un passage obligé qu'ils ne souhaiteraient à personne. Alors, découvrir que leur frère et sœur puissent choisir d'emprunter le même chemin n'a rien de très réjouissant pour eux.

– Colin n'est pas comme moi, ajoute Josh, il ne…

– Je n'ai rien dit, l'interrompt Sandre, parce qu'il me faisait confiance, j'aurais dû me taire. Ça me rend malade que tu sois contrarié à cause de ça, mais je n'avais pas le droit de le trahir pour autant. Dis-moi que tu peux comprendre ça ?

Et au ton de sa voix, au regard irrité de mon pote, je sais que la suite ne va pas être belle à entendre.

– Tu aurais dû me le dire, je suis quand même bien placé pour lui en parler !

– Mais bien sûr ! Vous avez vu dans quel état ça vous met, Marcy et toi ? Faut pas vous étonner que Tara et Colin ne se confient pas à vous.

– C'est ma petite sœur, s'emporte Marcy à son tour, je ne veux pas qu'elle souffre comme j'ai souffert !

Je la serre plus fort et lui caresse lentement le dos pour tenter de l'apaiser. Si ma femme s'en mêle, on est foutus, je peux faire une croix sur mon câlin sous la couette ! Je n'ai plus le choix, c'est moi qui vais devoir employer la manière forte puisque personne ne veut se montrer raisonnable. On aurait vraiment eu besoin de Boby ce soir !

– Eh, on se calme ! C'est quoi, ces conneries ? Ce n'est pas à vous de décider ce qui est bien pour eux ! Je t'aime, mon cœur, et je déteste que tu t'inquiètes pour ta famille, mais c'est comme ça, il faut l'accepter, Tara et Colin doivent faire leurs propres erreurs. Ce n'est peut-être pas facile, mais est-ce que quelqu'un dans cette pièce regrette ce qui nous est arrivé ? Notre passé, c'est ce qui fait ce que nous sommes, c'est ce qui fait qu'on apprécie autant le présent.

Le regard que me lance Marcy est indescriptible, je ne l'avais jamais vue me regarder comme ça, et pourtant elle m'en a lancé des regards. C'est un mélange étrange de résignation, de fierté, d'admiration et d'amour, elle n'a pas besoin de mots pour que je le comprenne, et ce qu'elle pense me gonfle le cœur. Je suis devenu un homme meilleur pour elle et elle vient de m'offrir la plus belle des récompenses. Elle me fait suffisamment confiance pour se fier à mon jugement.

– Tu as raison, souffle Marcy en se blottissant davantage contre moi et en se dressant sur la pointe des pieds pour trouver ma bouche.

Je tourne le dos à nos invités pour nous donner un peu d'intimité, je me moque qu'ils ne parviennent pas à se mettre d'accord, pour nous la dispute est terminée et je m'apprête à les abandonner. Et les mots lointains de Sandre font écho à mes pensées :

– Est-ce que… est-ce que le problème est réglé ?

Josh ne répond rien, le silence est terrifiant, alors j'entrouvre un œil pour vérifier sa réaction. Il semble hésiter, il me fait paniquer. Il ne peut pas tout gâcher pour ça, il en a trop bavé pour l'avoir. Son frère est peut-être important, mais Sandre aussi et Lily encore plus. Soudain, il se jette sur elle et je frémis en étreignant instinctivement ma femme.

– Pas encore, siffle-t-il.

Dans son empressement, il la plaque contre le mur et les stabilise contre la cloison. Il ne lui laisse pas le temps de protester que sa bouche sur la sienne la restreint au silence, alors que je suis persuadé qu'elle meurt d'envie de riposter. Après l'avoir dévorée littéralement et m'avoir provoqué par la même occasion une érection du tonnerre, le corps toujours collé au sien, il susurre :

– Tu n'as pas le droit de me mettre à la porte même si j'ai déconné, tu n'as pas le droit de refuser de m'écouter. On forme une équipe, tu te souviens, toi, moi et Lily, on est ensemble quoi qu'il arrive.

Après des années à me demander ce qu'il pouvait bien lui trouver, je viens enfin de saisir. Dompter l'indomptable, maîtriser l'incontrôlable, c'est excitant, putain, et comme si Marcy pouvait lire en moi, elle m'oblige à me détourner d'eux, à ne regarder qu'elle.

– Désolé de te décevoir, mon cœur, mais dans notre couple c'est toi l'ingérable et moi qui attendris la bête, chuchote-t-elle en remontant les mains sous mon T-shirt, suivant de ses doigts les cicatrices dans mon dos.

Elle a raison, et j'adore ça !

– Ne m'attendris pas trop quand même, je riposte en me pressant contre elle pour bien lui faire comprendre ce qui passe par ma tête.

Elle rougit, bien sûr, parce que nous ne sommes pas seuls, mais elle ne proteste pas et me laisse lui sucer la lèvre inférieure et même écarter le drap pour y engouffrer mes mains. J'entends Josh murmurer à Sandre qu'il l'aime, qu'il ne lui en veut pas, qu'elle est tout pour lui, qu'ils ont juste besoin de se reposer, et j'en fais autant. Parce que c'est vrai, Marcy me rend dingue, elle est toute ma vie et plus encore.

– On s'en souviendra de cette nuit mémorable ! je commente en soulevant Marcy du sol pour l'emporter dans notre chambre. Si vous voulez bien nous excuser, on vous laisse. Claquez bien la porte en partant.

FIN

L'histoire de Steve et Marcy, Sandre et Josh prend fin avec ce tome.

Je sais que beaucoup d'entre vous n'attendaient pas forcément leur histoire, mais Steve et Marcy avaient tellement de choses à raconter que je ne pouvais les négliger. Il n'a pas toujours été facile pour moi d'écrire ce récit qui se mêle à celui de Sandre et Josh, mais j'espère avoir réussi le défi de faire redécouvrir les personnages sous un angle nouveau et de vous les faire aimer juste un peu plus.

Le vrai challenge, c'était Marcy, surtout parce que je ne suis pas très croyante, mais grâce à Lisa, j'ai découvert que la Bible pouvait aussi être belle, alors un immense merci à elle pour son aide et son soutien.

Et vous êtes tellement nombreuses à me soutenir que je ne pourrai jamais vous citer toutes, mais je voudrais faire un petit clin d'œil à quelques blogueuses génialissimes : Lola et Cassie de Belle Addiction Littéraire, les wordettes de Words of Love, les Tessie-cops du blog Dans notre petite bulle, Nath's Dreams, Jenni et ses folles tentations des indécises, nos irremplaçables Tentatrices… et toutes celles que j'ai peut-être oubliées et qui méritent certainement leur place dans cette liste.

Encore une chose, j'aimerais envoyer pleins d'énormes bisous à tous ceux qui me soutiennent et qui croient en moi, avec une pensée particulière pour mes princesses, ma filleule, mes super-copines, et Nanoue et Gounet, mes agents très spéciaux. Si vous avez quelque chose à redire, c'est à eux qu'il faut vous adresser !

PS : Avant de vous laisser, je voulais vous donner des nouvelles de Sandre et Josh que j'ai laissés dans une période un peu « touchy » de leur histoire…

À Sandre, le mot de la fin...

Il nous arrive encore de nous chamailler pour des bêtises ou des choses plus importantes, mais maintenant nous avons notre technique. C'est Josh qui l'a mise au point. Quand tout s'emballe et que je m'emporte, il nous enferme dans la buanderie et interdiction d'en sortir tant que nous n'avons pas décidé l'un et l'autre que le problème était réglé. Lorsque Lily était plus petite, c'est dans la voiture que l'on se cloîtrait et on roulait tandis que les vibrations de la route berçaient notre trésor. Il nous est même arrivé d'aller jusqu'à New York pour mettre les choses à plat. Heureusement que ça nous arrive moins souvent depuis quelque temps, parce que Lily ne s'endort plus si facilement.

J'avais peur qu'il regrette d'avoir abandonné l'équipe de Boston pour une place d'entraîneur au lycée de Winsted, mais il semble s'être trouvé une nouvelle vocation. Josh redoutait que je me sente trop perdue loin des miens pour que nous restions ensemble là-bas. Ignore-t-il toujours qu'il est le seul être indispensable à ma vie ? Sans oublier Lily, bien sûr.

Lily et Josh sont dans le jardin. Il avait prévu de tailler le chêne qui devient trop grand derrière notre nouvelle maison située à quelques mètres de chez Élise et Phil, mais Lily est venue le narguer avec son ballon de rugby. Elle n'a que cinq ans, mais elle dit déjà qu'elle fera comme papa plus tard. Nous ne lui avons pas encore dit que les équipes de filles sont plutôt rares. Hors de question de détruire ses rêves. Je contemple son petit corps si menu, elle court avec joie et sa bouche charnue laisse échapper un rire cristallin, tandis que son père fait semblant de se laisser devancer.

Josh est magnifique, torse nu avec son vieux jean déchiré qui ne lui sert qu'à bricoler. C'est un papa exceptionnel et Lily est un ange. Elle comprend les choses si vite pour son âge. Ses grands yeux clairs se posent sur moi et elle se précipite dans ma direction en m'apercevant sur le perron. Elle me saute au cou, et ses longs cheveux châtains qu'elle refuse de couper se répandent sur mes épaules lorsque je la serre dans mes bras.

– Tu vas te reposer et c'est moi qui mets la table, déclare-t-elle en me caressant la joue.

Nous avons invité les Marchal à dîner, et Lily est tout excitée. Marcy et Steve ont eu un petit Jake deux ans après Lily, et lui et notre fille sont inséparables, c'en est terrifiant. Josh panique chaque fois qu'il les voit ensemble et Steve ne se gêne pas pour se moquer.

– Je n'avais pas remarqué que tu étais déjà si grande, commente Josh en lui ébouriffant les cheveux.

Il est en sueur et je ne peux m'empêcher de mater ses abdos. Quel bonheur de savoir que j'y goûterai ce soir !

– Maman est fatiguée, il faut bien que quelqu'un l'aide. Et toi aussi, Papa, tu vas faire des efforts, la gronde-t-elle.

– Qu'est-ce qui te fait dire que j'ai besoin de me reposer ? je m'étonne en la déposant sur le sol.

– La maîtresse aussi était fatiguée quand elle avait un bébé dans son ventre.

Arrêt sur image. Je viens tout juste de faire un test de grossesse et je n'en ai parlé à personne. Ça y est, je flippe ! Je sais que je ne devrais pas, mais c'est plus fort que moi, je panique dès que je constate la moindre ressemblance entre Lily et ma mère. Elle n'a rien remarqué, elle se faufile dans la maison toute guillerette, mais Josh, lui, a tout compris. Il m'enlace, et ses grands yeux azur plongent dans les miens.

– On va avoir un autre bébé ? me demande-t-il, ravi, en taquinant mon nez avec le bout du sien.

– Elle est comme ma mère, je commente, toujours perdue dans mes pensées.

Je sais, c'est ridicule, mais c'est plus fort que moi, ça me terrifie de me dire que ma fille pourrait un jour lui ressembler. Pourtant, ça va mieux entre nous, il arrive même que je lui confie Lily parfois, et Ryan aussi a profondément changé au contact de la petite. On se voit plus souvent depuis qu'ils m'ont racheté notre ancienne maison, mais j'ai encore du mal à m'y faire.

Rita aussi est plus présente, même si elle a du mal avec notre fille. Je crois juste que les enfants, ce n'est pas son truc, mais Josh est rassuré de la voir plus responsable depuis qu'elle est avec Harry.

– Hé, mon cœur, susurre Josh en me soulevant le menton pour m'obliger à le regarder. C'est un don plutôt sympa. Tu le sais depuis longtemps ? insiste-t-il, tout sourire.

– À peine quelques heures !

– Notre fille est exceptionnelle et toi, tu es merveilleuse. Je vais te dorloter comme jamais, tu en auras tellement marre de moi que tu finiras par me supplier de faire la vaisselle, ajoute-t-il, en me faisant tourner.

Mon cœur se gonfle de bonheur, Josh est toujours là quand j'ai besoin de lui et il sait si bien trouver les mots qu'il faut.

Je culpabilise souvent de ne pas lui avoir offert les premiers instants de la maternité. Ça lui est tombé dessus comme ça et ça ne l'a pas empêché d'être formidable. Cette fois-ci, je veux qu'il connaisse les joies d'apercevoir son bébé sur un écran pas net, les sensations exceptionnelles de le sentir se mouvoir dans mon ventre. Je veux qu'il soit là à chaque instant et plus encore, parce que je flippe à nouveau de retrouver mon corps déformé par la grossesse.

Il vérifie que Lily ne peut nous voir d'où elle se trouve et glisse les mains sous mon T-shirt en m'embrassant tendrement. Ses doigts partout sur moi et sa langue qui me promet tellement plus me feraient presque gémir. Après toutes ces années, cet enfoiré me fait toujours autant d'effet, et il le sait. Nous protestons tous les deux en entendant Steve hurler un « Y a quelqu'un ? »

– Pourquoi tu les as invités ? je râle en m'écartant à contrecœur.

– Si tu m'avais dit que tu nous préparais une si belle surprise, je nous aurais enfermés dans notre chambre.

– On le garde encore un peu rien que pour nous, je propose en me penchant pour voir Lily accueillir nos invités.

– Bien sûr, murmure Josh en déposant un baiser sur mon front et en enroulant son bras autour de ma taille pour me guider à l'intérieur.

– Alors, comme ça, vous vous cachez pour faire des cochonneries pendant que votre fille prépare tout ? nous taquine Steve.

– Comme si tu n'y avais jamais pensé ! je contre en embrassant chaleureusement Marcy.

Avec le temps, j'ai appris à accepter ses marques d'affection que tout le monde semble tant apprécier, ça ne me dérange même plus d'en être l'instigatrice. J'ai aussi découvert que Marcy était trop adorable pour que je la malmène, qu'elle aussi avait morflé. Elle est comme Prudence, c'est peut-être pour ça qu'elles s'entendent si bien, vous avez beau les blesser, les brutaliser, elles sont incapables de faire du mal en retour. Et je n'ai plus peur qu'elle me reprenne Josh, parce que je sais qu'elle est bien plus heureuse avec Steve. Elle a besoin de quelqu'un qui la pousse à dépasser ses limites autant que j'ai besoin de quelqu'un qui m'impose les siennes. C'est aussi pour ça que lorsque je doute, c'est à Steve que je demande conseil. Je sais, c'est surprenant, mais on se ressemble tellement que je ne crains jamais son jugement.

Nous passons la soirée à discuter de tout et de rien pendant que nos enfants s'amusent un peu plus loin. Nous parlons de Tara et Colin qui ont déjà dix-sept ans et qui semblent jouer à cache-cache tous les deux. Ça inquiète Marcy, parce qu'elle voit bien que sa petite sœur redoute elle aussi de perturber sa mère, mais elle a accepté qu'elle ne pouvait rien y faire puisque Tara refuse de l'écouter.

Comme promis, Josh m'aide beaucoup, me dorlote et il ne s'arrête pas là. Une fois nos amis partis, il ne me laisse pas débarrasser la table, s'occupant seul de laver et de coucher Lily et me faisant même couler un bain en m'ordonnant de me détendre. Je pensais le voir débarquer peu de temps après avoir vérifié que notre puce dormait à poings fermés. Je l'imaginais me faire un strip-tease avant de se glisser avec moi dans l'eau fumante, mais il n'est pas apparu. Je tente de l'appeler. Rien !

Après avoir enfilé l'un de ses T-shirts, je quitte la salle de bains et me fige sur le pas de la porte de notre chambre. Des pétales de roses semblent tracer un chemin. Mon cœur s'affole, Josh m'a préparé une surprise. Je suis le sentier rose qui descend les escaliers pour serpenter vers le salon et se perdre dans la cuisine. Il s'arrête devant la baie vitrée donnant sur le jardin. Je l'ouvre.

Au milieu de la pelouse est étendue une couverture sur laquelle reposent des verres de jus de fruits et un saladier de fraises. Des bougies illuminent la pénombre de cette fin de soirée. Je cherche mon mari, mais ne le vois nulle part.

Une main se pose sur mon ventre et je sens sa chaleur dans mon dos.

– Je voulais attendre samedi, mais vu les circonstances, nous devons arroser ça sans tarder.

Josh fait allusion à notre anniversaire de mariage. Je n'arrive pas à croire que ça fait déjà cinq ans. Nous avons vécu tellement de bons moments, de joies et de bonheurs. Josh me soulève du sol et me sort de mes pensées.

– Je sais que ce n'est pas aussi impressionnant que l'année dernière, mais…

Il m'avait emmenée pour une seconde lune de miel, laissant Lily chez ses parents.

– Je devrais pouvoir arranger ça, je le coupe, alors qu'il me dépose sur la couverture. Est-ce que tu sais que je suis nue sous ton T-shirt ?

– C'est bien pour ça que je t'ai fait prendre un bain avant.

– Petit coquin ! Mais tu as oublié de retirer tes vêtements.

– Je devrais pouvoir y remédier, déclare-t-il en enlevant son sweat.

– Mmh, c'est mieux, je grogne en l'obligeant à s'allonger.

Je l'enjambe pour m'asseoir sur lui, me frotter à son corps magnifique et profiter de la protubérance qui gonfle déjà entre ses jambes.

– J'espère que tu as mis des glaçons, je commente en attrapant l'un des verres de jus de fruits.

Ils tintent à la surface, et j'avale une petite gorgée pour en glisser un entre mes dents. Je repose le verre en me penchant sur lui. Du bout des lèvres, je laisse fondre le glaçon sur son torse et savoure les frissons qui recouvrent sa peau. Après un grognement, il m'empoigne et, d'un geste rapide et précis, nous fait rouler. Je me retrouve sous lui.

– Tu t'imaginais vraiment que j'allais te laisser faire ? me demande-t-il en se couchant sur moi et en récupérant le petit cube froid avec ses dents. Ce soir, c'est moi le bourreau.

– Vraiment ?

– Tu es fatiguée, tu dois te reposer. Lily me gronderait si elle savait que je te laisse t'épuiser, riposte-t-il, alors que ses mains s'aventurent sous mon T-shirt pour le remonter.

– Justement, je pensais me coucher tôt.

– Mais peut-être aurais-tu besoin d'un petit massage pour te détendre, insiste-t-il en faisant voler mon haut par-dessus ma tête.

Il m'embrasse, et le glaçon qui a fondu dans sa bouche vient rafraîchir ma langue. Je savoure ce baiser glacé, mais il quitte trop vite mes lèvres pour descendre le long de mon cou. Sa langue dessine des sillons entre mes seins et je gémis, tandis que ses mains caressent mes hanches et me soulèvent pour me presser contre son entrejambe dressé pour moi.

– Est-ce que je t'ai déjà dit à quel point ces cinq dernières années ont été merveilleuses ? m'interroge-t-il en laissant courir une fraise sur le bas de mon ventre.

– Il me semble que oui.

– Mais je ne suis pas sûr de l'avoir assez dit, précise-t-il en attrapant la fraise entre ses lèvres et en la faisant disparaître dans sa bouche. Mmmh… c'est bien meilleur avec ton goût.

Et, de nouveau, il m'embrasse pour me faire profiter de la saveur du fruit rouge sur sa langue.

– Tu es la seule capable de me procurer un tel bonheur, me rassure-t-il, comme chaque année pour notre anniversaire.

– Et tu es le seul capable d'apprivoiser ma part rebelle.

– C'était loin d'être facile, mais ça vaut le détour, précise-t-il en jouant avec la peau de mon cou.

Mon cœur s'emballe quand sa bouche commence à parcourir mon corps et s'attarde sur chaque point sensible. Il finit entre mes jambes, et je me mords la lèvre inférieure pour ne pas trahir notre présence à tout le voisinage. Je me cambre de plaisir lorsque sa langue rencontre mon clitoris et il déclare, malicieux :

– Interrogation surprise, Madame Anderson. Vous souvenez-vous du sujet de l'exposé qui a bouleversé notre vie ?

Et, de nouveau, il s'acharne entre mes jambes pour brouiller mon esprit de sensations enivrantes. Je grogne en attrapant son menton pour l'obliger à me regarder.

– Ce n'est pas ta langue que je veux sentir en moi.

Il me sourit, et je sais que je n'obtiendrai pas si facilement ce que je désire. Il retire son jean et son boxer et, contre toute attente, je sens ses membres musclés se presser contre ma peau et lentement, délicatement, il s'introduit en moi.

– Je veux bien faire un effort pour ne pas trop vous épuiser, me taquine-t-il, mais vous allez devoir répondre à ma question.

Et avec une douceur incroyable, il s'enfonce davantage, le corps tremblant de désir.

– Alors, j'attends, insiste-t-il en se contentant d'un petit déhanchement qui, il le sait, me rend complètement folle.

– Comment pourrais-je oublier ce jour, je suffoque. Comme j'ai haï cette garce de mère Salomon. J'ai cru que l'enfer me guettait, mais si c'est ça l'enfer, je veux bien y rester.

J'empoigne ses fesses bien fermes entre mes mains et amplifie son mouvement en soulevant mon bassin.

– Tu triches, grogne-t-il, mais ses hanches ne peuvent s'empêcher de suivre le rythme. Tu penses que je parviendrai à m'en lasser un jour ? me questionne-t-il en gémissant.

– J'espère que non, je râle en sentant la jouissance approcher.

Il accélère la cadence et plaque sa bouche contre la mienne en donnant de profonds coups de reins. Putain, comme j'aime ça !

– Je vous aime tellement, Madame Anderson, susurre Josh en retenant son poids pour ne pas s'écrouler sur moi.